John Macfadyen

An T-Eileanach

Original Gaelic Songs, Poems and Readings

John Macfadyen

An T-Eileanach
Original Gaelic Songs, Poems and Readings

ISBN/EAN: 9783337181239

Printed in Europe, USA, Canada, Australia, Japan

Cover: Foto ©Andreas Hilbeck / pixelio.de

More available books at **www.hansebooks.com**

ORIGINAL

GAELIC SONGS,

POEMS AND READINGS,

BY

JOHN MACFADYEN,

GLASGOW.

GLASGOW:
ARCHIBALD SINCLAIR, GAELIC PUBLISHER,
62 ARGYLE STREET.

1890.

ROIMH-RÀDH.

Feuch nach salaich, feuch nach srac,
  'S na d' thoir mi 'chas an fhalbhain,
Leugh 'us gléidh mi 'n taice riut,
  'S na leig mi mach air-choingheall,
Na fàg mi 'n cùil gun tigh'nn a' m' shealltuinn,
  'S fiacail leomainn air mo thaobh,
'S mar am fiona nach dean breothadh,
  Théid mi 'm feabhas leis an aois.

AN T-EILEANACH.

THA

AN T-EILEANACH

AIR A CHUR FO CHUL-TAICE AN

FHIOR UASAIL GHAIDHEALAICH

DONNACHADH MAC'ILLEBHAIN.

(COIR'-AN-T-SITH,)

D' AN DUALCHAS MOR SPEIS D'A LUCHD-DUTHCHA,

A' GHAILIG, A' BARDACHD, 'S A CEOL.

An Glaschu nan stiopall àrd, fad' o 'n àite dh' àraich sinn,
Cruinnichidh sinn a sheinn nan dàn, anns a' Ghàilig bhlasda, bhinn,
Bidh an sean 's an t-òg 's an làthair, bho gach ceàrna do ar tìr,
Is aithnichidh a h-uile Gàidheal Buachaille Bàn Choir'-an-t-sìth.

CLÀR-INNSIDH.

ORAIN.

Mo ghaol an t-uasal,   1

Litir Eòghain gu chàirdean anns an eilean Mhuileach,   3

Saighdeirean Gàidhealach ann an Afghanistan,   5

Oran mu'n Chollainn,   7

Oran do Dh'oidhche-Shamhna,   10

Oran mu "*Grandfather's Clock*,"   13

Oran do'n "*Chlutha*,"   15

A fhleasgaich òig,   18

Turus Eòghain do Ghlaschu,   20

Oran do'n *Oban Railway*,   23

Oran do'n *Theatre*,   26

Ho ró, tha mi fo smalan dheth,   28

Am breacan uallach,   31

An t-ùmpaidh,   33

Oran na mulachaig,   36

A' mhaduinn Chéitein chiùin,   40

Oran do Sheanalair Gordon,   43

Oran air latha taghaidh Parlamaid,   45

Oran an Fhir chuairt, - - - - - 47
Suas na h-Eileanaich as ùr, - - - 65
Oran do'n mhisg, - - - - - 67
'S i 'n gràdh a' chailleach, - - - - 70
Seinn an duan le buaidh do'n ainnir, - - 72
Oran do'n Chuthag, - - - - - - 74
Oran mu 'n bhuntàta-ròisde, - - - 77
Oran nan dealbh, - - - - - - 80
Cumha na mulachaig, - - - 84
Oran na *Valentine*, - - - - - 86
Oran do 'n *Hokey Pokey*, - - - - 88
An Drochaid, - - - - - - - 90
Oran Margadh-an-t-salainn, - - - 93
Mo chaileag dhonn á *Paisley*, - - - 95
Ruaraidh 'cur bh' uaith na croite, - - 97
Sgrìob do Mhuile, - - - - - - 99
Eachdraidh agus trioblaidean Dhòmhnuill an ùird, 101
An nathair bha 's an *Oban*, - - - - 105
Oran do Niall Mac 'Illeathain, - - - 108
Réiseamaid nan Gòrdanach, - - - 110
Loch Leamhain, - - - - - - 112
Duanag an t-seòladair, - - - - 115
Oran do'n Bhàn-righ, - - - - 118
Mrs. Gordon Bailie, - - - - 120
Am *Parcel Post*, - - - - - 122
Oran an Ridire mhòir, - - - - - 180
A' bhuachailleachd, - - - - - 187
Oran a' chnòdain, - - - - - - 193
Doire nan dos uaine, - - - - - 196

Am mart odhar,   -   -   -   -   -   - 210
Dòmhnull-nan-greallag,   -   -   -   -   - 217
Oran a' Ghlugaire,   -   -   -   -   -   - 221
Oran a' Mhinisteir dhuibh,   -   -   -   -   - 227
Oran Chaluim nan rann,   -   -   -   -   -   - 234
Oran Dhùghaill bhàin,   -   -   -   -   -   - 238
Oran Anna Bhig,   -   -   -   -   -   - 245
Cailein Gallda,   -   -   -   -   -   - 253
Oran Iain Mhic Ghuaire,   -   -   -   - 265
Sgrìob a' Chartain do Ghlaschu,   -   -   -   - 277

DAIN.

Còmhradh eadar an t-Ughdar agus cailleach-oidhche,   49
Còmhradh eadar an t-Ughdar agus calman-coille,   - 125
Dealbh na maighdinn,   «   -   -   •   -   - 139
Na h-òighean,   •   -   -   -   -   •   -   • 148
A' mhaighdean mhara,   -   -   -   -   -   - 153
Stoirm air drochaid a' Bhroomielaw,   •   -   - 162
Air an Fhéill,   -   -   -   -   -   -   - 167

SGEOIL-AITHRIS.

Coma leibh có, -   -   -   -   -   -   -   - 177
Mac Fir a' Choire,   -   -   -   -   -   - 195
An Glugaire,   -   -   -   -   -   -   -   - 214
Bàrdachd Dhùghaill Oig,   -   -   -   -   -   - 225
Trod nam ban mu'n sgarbh,   -   -   -   -   • 236
Baker cam agus bùidseir breac,   -   -   -   - 269
Air chéilidh le cailleach-nan-sop,   -   -   -   - 279

AN T-EILEANACH.

MO GHAOL AN T-UASAL.

Air Fonn:—"*An gille dubh cha treig mi.*"

Seisd.—Gur e mo ghaol an t-uasal,
    Mo dhùrachd, beannachd bhuan leis,
    A dhealaich oidhche Luain rium
      A sheòladh stuagh na maranna.

Gur e mo ghaol am fiùran,
Thig deise ghorm o 'n bhùth dhuit,
'S gur fonnar thu air ùrlar
    Ri pong cruit-chiùil neo-mhearachdach.

Sùil chorrach ghorm a' d' aodann,
Mar dhearc 'o dhealt an aonaich,
Tha deirge 'n gruaidh mo ghaol-sa,
    'Bheir bàrr air caor' na meangana.

A

'N uair bha sinn anns a' Ghàidh'ltachd,
Aig dachaidh chaomh ar màthar,
Bu tric 'o d' sgéith an cràdh-gheadh,
    Mu 'n dùisgeadh càch 's a' chamhanaich.

Stuireadair sgoth chaoil thu,
Cho math 's théid troimh na caoiltean,
'S 'n uair theid an long 'na h-aodach
    Gur deas mo laoch 'na crannagaibh.

Cha taobh mi saor na *barbair*,
Na gobhainn dubh na teanchair,
'S mo leannan air an fhairge,
    Am fear 'ni cainb a theannachadh.

A fhleasgaich an fhuilt-chraobhaich,
Gur h-òg a thug mi gaol dhuit,
Nach ceilinn air an t-saoghal
    Na 'n éireadh aobhar aideachaidh.

Gur deas a dh' fhalbhainn fhéin leat,
Mo chàirdean uile thréiginn,
'S ma 's mi do rogha céile
    Cha dean ach eug ar dealachadh.

Cha bhi mis' ach brònach
Gach Sathurna 's Di-dònaich,
'S an cluinn mi gu' m bheil Dòmhnull
    A' pasgadh sheòl 's a' chala so.

LITIR EOGHAIN GU CHAIRDEAN ANNS AN EILEAN MHUILEACH.

Air Fonn :—"*Dòmhnull an dannsair.*"

Seisd.—A chuideachd mo ghaoil 'tha tobh na tuinne,
Fo dhubhar nan craobh, fo bhraon an duillich,
A còmhnuidh ri'r taobh cha'n fhaod mi fuireachd,
Ach sgriobhaidh mi thugaibh mar gheall mi.

'S e gainne na h-oibre 'us lughad a' phàigheadh,
Daoiread an fhearainn 'us togail nam màl—
'S nach taobhadh an sgadan Loch-Leamhan mar b'àbhaist,
Chuir mise bhi 'n dràsd air a' Ghalldachd.

A' cumail ri m' ghealladh am facal no dhà,
Gu 'n toir mi sgeul aithgheàrr air fasain an àite,
A mheud 's a th' air m' inntinn cha 'n innsinn gu bràth
Air eagal gu 'n sàraich am peann mi.

Na h-ionagan bòidheach bha òg anns an sgoil leam
Ged thig iad am chòmhail ga 'n deòin cha dean sodan,
A falbh air an t-sràid 's gur h-àrd bhios an dosan,
'S iad seachad 'n uair nodas iad ceann rium.

Tha gis' a thà fuasach air gruagaichean Ghlaschu,
Cha chreideadh sibh bhuam e ged bhuailinn air aithris,
Cha 'n urrainn na ciadan diu 'n ciabhag a thachas,
Tha 'n làmhan an ceangal 's an *dolman*.

Air oidhche Dhi-sathuirn' bidh caithream 'us ceòl ann,
Suisdeadh 'us satadh, gu maduinn Di-dònaich,
Cha 'n ioghnadh an rìoghachd so idir bhi brònach,
    Ma tha uibhir 'g an leòn 's an *Soudan* dhinn.

Ma théid mi 'n tigh-òsda bidh stòp aig na cailleachan,
Suidhe aig bòrd ann, ri mòran do sheanachas,
A'càineadh nan daoin' ac' 's a' caoineadh an scana-mhathar,
    'Us cosdaidh iad airgiod gun taing ann.

Bidh bean 's i gun chais'eart m' an stairsnich 's giùig oirr'
Pàisde na h-achlais 'dh 'fhag altrum crùbach,
'Us fàin' air a' chorraig 'us fhaisg' air a lùdaig,—
    'S mar'aisg air ùmpaidh chuir ann e.

Gu'n tog i mo mhi-thlachd 'n uair chì mi air sraid i,
'S dosan a cinn 's nach robh cir 'o chionn ràthaidh,
Dheanadh e peallan domh 'thearradh a' bhàta,
    'Thoirt oirre 'bhi deàrrsadh 'san t-Samhradh.

Ach ni mi an litir so nis a cho-dhùnadh,
Beannachd gu Lachunn, gu Ailein, 's gu Dùghall,
'S innsidh tu dh' Iseabal mise 'bhi 'n dùrachd
    Gu'n crìoch'naich i 'chùbhrainn roimh Bhealltuinn.

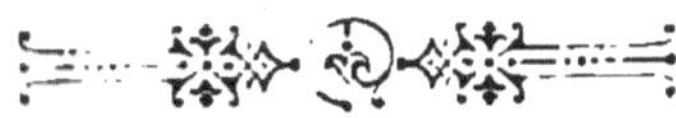

SAIGHDEIREAN GAIDHEALACH ANN AN AFGHANISTAN.

Air Fonn :—"*So deoch-slàinte 'Ghàidheil ghasda.*"

Seisd.—Slàn gu 'n till na Gàidheil ghasda,
  'Tha thar sàil' air mhears' nam bratach,
  Furan fàilt 'us slàn, tigh 'n dachaidh
   Do na suinn tha 'n Afghan thall.

Thug an Sàmhradh ruinn a chùlaobh,
'S tha 'm Faoghar fann 'fas gann ri chùnntas,
'So 'n tha 'n Geamhradh air tigh'n dlùth
  Gur mithich siùthadachdainn air rann.

Cia mar chuirinn 'm buil a b' fheàrr e,
Na bhi seinn air cliù nan àrmunn,
A ghleidh a' bhuaidh aig Kandahàr,
  'S a chuir an ruaig air Ahab Khan.

Moire! 's iad mo ghaol na h-àrmuinn,
Sgeadaicht' anns an éideadh Ghàidhealach,
Cruaidh-ghreimeach le buaidh mar b' àbhaist,
  'N dream a dh' àraich tìr nam beann.

Sheas na naimhdean ruibh le dìorras,
Bha iad reachmhor, làidir, lìonmhor,
Ach gun taing dhaibh b' eudar strìochdadh,—
  Ruag sibh iad le roinn nan lann.

Ach ged bhuadhaich anns an strì leibh,
Bha i daor dhuinn mu 'n deach crìoch oirr',
'S iomadh laoch 'bha marbh 'na shìneadh, -
    Faic a Righ! 's bu mhòr an call.

Tha mar dhùthchas dhuibh bhi dìleas, —
Th' aig eachdraidh fhéin bhur 'n euchdan sgrìobhta.
'S tric a bhios bhur cliù ga Innseadh
    'San Iompaireachd 'o cheann gu ceann.

Their cuid rium gu bheil mi féineil
Nach bu Gàidheil gu leir an réiseamaid,
Cha stàth dhomh seinn air cliù luchd-Beurla
    Chionn cha tuig iad fhéin mo chainnt.

Seinnidh mise cliù nan Gàidheal,
'S e mu dhùrachd iad 'thigh'n sàbhailt'.
Bhar a' chuain do 'n tìr a dh' fhàg iad
    Dh' fhaodainn duais o 'n Bhàn-righ, 's taing.

ORAN MU'N CHOLLAINN.

Air Fonn :—"*Sud mar bhuilich mi 'n t-each-odhar*.

Chaidh an t-òran so a dheanamh goirid an deagh do chathair
na Gaidhlig a bhi air a stéidheachadh ann an Oil-thigh Dhun-
eideann.

Seisd.—Sud mar bhuilich mise 'Chollainn
      Chaidh mi Ghlaschu le odhail.
      Thug mi 'm breacan leam 's a 'chromag
      'S thog mi orm gu Galldachd.

Dh' falbh mi anns an "*Chevalier*,"
'Us dh' fhàg i mi air gnob an Grianaig,
'N còrr do 'n astar ghabh mi 'n sliabh,
    Anns an each-iaruinn 'srann aig'.

'N uair a dh' falbh e, sin bha sgrìob aig'
Cha choimeas dhomh dha da-rireadh
Sion ach fiadh a' fiaradh frithe,
    'S miol-choin a' tigh'n teann air.

'N uair a dh' fhalbh e 's e na shradan,
Dol ro bhruachan mar am fachach*
Thug e 'n tùchadh air Mac-Talla,
    Langanaich na h-*engine*.

Bha mi 'n Glaschu 's a' mhionaid
Anns an *Station* aig "St. *Enoch*,"

* The name in Mull for a mole.

'S leis a' ghleadhraich a bha 'n sud
   Gu 'n chur iad mis' air aimhreit.

Theab an solus ud mu dhalladh,
A bha deàrrsadh as na sparan,
Chaidh mi null 'us rinn mi fharraid
   Am b' e ghealach Ghalld' e !

Righ ! gur mise bha 'n am chàs
Ag iarraidh air gach taobh do 'n t-sràid,
Mu 'n d' fhuair mi mach far 'n robh mu chàirdean
   Gabhail tàmh 'san "*Trongate.*"

'N uair a fhuair mi 'n àite-còmhnuidh,
Dhéirich m' inntinn suas le sòlas,
Na bha chairdean 's do luchd-eòlais
   Còmhla riu aig dram ann.

Bha Calum 'us Eachann Mac Ghuair' ann,
Clann Iain mhaoil á Tòr-na-h-uamha
Dùghall bàn á Lag-nan-sguab.
   'Us Pàruig Ruadh Mac Amlaidh.

Dh ol mi slàinte fir an tighe,
'N uair a lion e 'n t-slige-chreachainn,
Cuimhneachan bh 'aig air a' sheanair
   'Bh' ann an Glaic-na-Samhna.

'S iad na h-òrain bha 'n 's a' chomunn,—
"Chabhraich a bha 'n tigh a' ghobhainn,"
"Sud mar bhuilich mi 'n t-each-odhar,"
   'S am "*Bogaise Landy.*"*

       *An old *port-a-bial* or dance tune.

Parnig Ruadh 'san t-slige-chreachainn
Chuir iad suanach ann am chlaigionn,
'S leis na dh-ol mi 'n uisge-bheatha
    Chadail mi gu sranndach.

Bhruadair mi bhi aig a' bhaile,
Dol le Niall do 'n chladach fheamainn,
'S paidhir chliabh air druim a' ghearrain,
    Seachad air an t-seann-tigh.

Shaoil mi gun robh mi 'n Dun-eideann,
Ann an talla mhòr na Beurla,
'S gruagaichean a luadhadh air cléithe,
    'S mi 'g éisdeachd nan rann ac'.

Shaoil mi gu 'n robh 'n sud a' Bhàn-righ
Na suidhe anns a' chathair Ghàidhlig,
'Leughadh "Sar-obair-nam-bàrd"
    'Us Pàrnig 's e toirt dram di.

Bha pìobaire 'n ceann shuas an tighe'
'Se toirt smùid air "Gille-Calum,"
'S bha Mac Ionmhuinn agus *Blackie*
    Cur nan car dhiu dannsadh.

'Sionna ceòl a bh' anns an fhàrdaich,
Gun robh fiodhall ann 'us clàrsach,
Boineid air maide-bhuntàta
    Air an spàr 's e canntaireachd.

Gun robh bearaich agus mùrlaich,
Gobairnich, giomaich, 'us crùbain,
'S iad a dannsadh air an ùrlar,—
    Dhùisg mi, 's gu 'n robh 'n t-àm ann !

ORAN DO DH' OIDHCHE-SHAMHNA.

AIR FONN :—"*Na brògan dannsaidh.*"

SEISD.—Chaidh mi oidhche-Shamhna,
  Còmhl' ri càch a shealltainn leannan,
  Dh' fhalbh mi leis an *Tramway*,
  'Dhol taobh thall nan '*Shaws** air.

'N uair a ràinig sinn an lùchairt
 'S an robh sùgradh 'us làn-aighear,
Ceòl 'us dannsadh air an ùrlar,
 Oigridh shùnndach Ghàidhealach.

Cha robh cleas a dh' òrduich m' eudal
 Nach deachaidh air ghleus an cabhaig,
Cnothan laisde taobh nan éibhleag,—
 An dòigh an réitich càraid.

'S gu robh mise air an ùrlar,
 An déigh nan ùbhlan mar an t-amhsan, †
Cùl na coinnle, 's mi ga feuchainn,
 Gus 'n robh m' fheusag dàthte.

Chaidh buntàta pronn gu leòir,
 A chuir air dòigh, 's bu mhòr an soireadh,
'S gu 'n deach airgiod ann a phutadh,
 Putan agus fàinne.

   * Pollokshaws. † Solan-goose.

'N uair a thòisich sinn ri strì
    Bha 'm fàinne dhìth air h-uile duine,
'S dh' ith sinn gun fhios dhuinn fhìn
    'S nach iarr sinn mìr am màireach.

Ge b' e car a ghabh am fàinne
    Cha dean mi gu bràth a thuigsinn,
Cha chreid neach a bh' ann 's a' chuideachd
    Nach do shluig Mac Aidh e.

Chaidh sinn an sin le aonadh iarrtais,
    A spionadh nan dias do 'n mhulan,
'S ann le faicill mhòr 'us cùram
    A chùnntadh gach gràin dheth.

Thuirt Iseabal, théid sinn do 'n ghàradh
    'Dhol a spionadh càl a' bhodaich,
'S mur a dìreach bhios gach gas dheth,
    'S e mo chreach ar càradh.

Ach an gas a spion Nic Labhruinn
    Bha e crom mar chramhachdan daraich,
Cha robh aig Màiri ach eireaplach,—
    Mhill an t-seilcheag tràth e.

Ach thàinig fear a' chòta ghuirm,
    'S na 'm putain airgid, dheth 'n robh 'n lannair,
Gus ar càradh teann fo ghlais,
    Bho 'n ghlac e sinn 's a' mhéirle.

Cha robh sgil aig air ar cànain,
    'S ann a rinn e gàire magaidh,

'S dh' aontaich sinn a chur 's a' ghlumaig
  Chionn nach tuig e Gàidhlig.

Thuirt Eachann, beiribh air an diùlnach,
  B' fheàirrd e iompachadh 's a thumadh,
'S 'n uair a thog sinn as an uisg' e
  Gu 'n robh glug 'n a mhàileid.

Rach thusa dhachaidh nis a laochain,
  'S dean do laoran fuar a gharadh,
'Us bi taingeil fad' do shaoghail
  Nach do ghlaodhadh bàtht' thu.

ORAN MU "*GRANDFATHER'S CLOCK.*"

AIR FONN :—"*The Laird of Cockpen.*"

Chaidh na rannan so a sgrìobhadh 'n uair bha 'n t-òran Beurla "*Grandfather's Clock*" ri chluinntinn aig gach darna duine a falbh na sràide.

SEISD.—Thàinig mi Ghlaschu, mach thun na Galldachd,
   Toiseachd an t-Samhraidh thàinig mi 'n so,
   'S beag tha do m' thlachd-sa do dh'fhasan nan Gall,
   'S e bhodhair 's a dhall mi *Grandfather's Clock.*

Cha chluinn mi ann uiseag no smeòrach an coill,
 No cuthag air craoibh, ged dh' éireas mi moch,
'Chlann bheag bhios a cleasachd 'n uair sheinneas iad rann
 Cha tig smid as an ceann ach *Grandfather's Clock.*

Gach taobh ni mi gabhail troimh rathad no cùl-shraid.
 Tha iomairt 'us ùpraid g'a chluinntinn gun chlos,
'S a dh'aindeoin gach starum ni casan 'us cuibhlean.
 Cluinnidh mi "hùg" air *Grandfather's Clock.*

'N uair chì mi fear daoraich, e glaodhaich 's ceann crom
  air,
 'S e falbh air a' chabhsair 's a' tuiteam 'n a chlod.
Eiridh e, scallaidh e, 's togaidh e 'cheann—
 'S an sin bheir e srann air *Grandfather's Clock.*

Bidh cailleach 's i tighinn 'us dileag do 'n dram oirre,
 Sùrdan na ceann, gun chomas nan cas,

An sin bidh am *Bobby* do 'n *Office* g' a cuibhleadh,
　　'S ise toirt "hùg" air *Grandfather's Clock*.

Tha 'm fear dubh aig an drochaid le bocs' a reic phìoban,
　　'S bidh e 'g an sìneadh dhuit, 's trì aig air sgnoic,
O'n rugadh 'n tìr chéin e cha'n'eil Beurl' aig' a sheinneas
　　Ach bidh e ri feadaireachd *Grandfather's Clock*.

'N uair chì sibh an *Teapot* * na sheasamh aig *Ann Street*,
　　Cho sìobhalt ri maighdean, 's e aoibheil gun sprochd,
Cha labhair e smid riut ged thairgeas e 'm paipeir,
　　Ach bidh e ri canntaireachd *Grandfather's Clock*.

'N uair bhrist iad am *Banka* 's ann ann a bha 'n straighlich,
　　Rinn iad an fhoill 'us cheil iad an t-olc,
Ach chàraich iad cuid dhiu do *Dhuke Street*† mar thoill iad,
　　Gus a bhi seinn an *Grandfather's Clock*.

'N uair shocraich iad cùisean aig cùirt an Dun-éideann,
　　Chuir iad do dh' *Ayr*‖ iad g' an cumail á cron,
Ach dh' fhalbh *Nicol Fleming* 'us theich e le nàire,
　　As thug e do 'n Spàinnt leis *Grandfather's Clock*.

---

* A thin old man, who sold papers in Jamaica Street at the corner of Ann Street, commonly called the "Teapot" from the position in which he always stood.

† H.M. Prison, 71 Duke Street, Glasgow.

‖ After sentence the City of Glasgow Bank Directors were conveyed to Ayr prison.

ORAN DO 'N "*CLUTHA*,"

BATA AISEIG CHLUAIDH.

Air Fonn :—"*Poltalloch House.*"

Seisd.- -A Mhòr a bhuineadh, 's a Mhòr a ghràidh,
    A Mhòr a bhuineadh, 's a Mhòr Nic Aidh,*
      Cha mhòr nach coma leam 'd é their càch,
    Théid mise fad seachduinn do Ghlaschu mòr.

O'n a bh' agamsa leannan am baile nam bùth,
Gu 'n deach mi g' a h-amharc aig àm na bliadhn' ùir,
    'S dh' fhàg mi am baile 's a' bhàta 's a' mhadainn,
'S ann ormsa bha 'm fadal a dh' fhaicinn mo rùin.

Gu faca mi mìorbhuilean 's ioghnadh gu leòir,
Am *Bonanza* e féin, 's obair-chéirc Mhic Leòid,
    An *Tramway* 'na ruith leam a shealltuinn nan nighean,
O, creidibh so, 'illean, bha mis' air mo dhòigh !

Bha mi sgìth do gach ùpraid 'us lùchairt 'us ceòl,
Thug mi orm cois na tuinne gu luingeis nan seòl,
    A shealltuinn na h-aibhne air bòrd *Penny Liner*,
Chaidh mise 's mo mhaighdean gu h-aoibheil air bòrd.

'S a' mhaduinn ged b' fhuar i, gu 'n ghluais mi mar gheall,
'N uair rinn iad na h-uairean a bhualadh le *bell*,

* "*Nic Aidh*,"—generally written *Nic Aoidh* the
Gaelic for Mackay.

Bu ghruamach an latha 's e coltach ri frasan,
'N uair thog sinn an t-achdair aig cas na *Stockwell*.

Bha mis' anns an toiseach 's mi 'g amharc mu 'n cuairt,
'N uair ràinig i 'n drochaid tha thairis air Cluaidh,
   'S ann lùb i a *funnel* 'us sgnoc mi mo bhoineid,
'S na daoine mu 'm choinneamh a sealltuinn a nuas.

Ach 's ann a rinn loireag dol troimhe 'n a lcum,
'S gu 'n d' tharruinn mi m' anail 'n uair fhuair mi ma réir,
   Cha 'n fhaca mi fhathasd ach crioman do 'n athar,
'S each-iaruinn 'n a shradan dol seachad troimh 'n speur.

Cha 'n fhaicinn an coire, an doire, na 'n gleann,
An t-easan, na sruthain, na mullach nam beann,
   'S ann bheireadh i fead aisd' gu càch chur air theicheadh
'S i bogail 's a beichdeil troimh leitir nan crann.

'N uair dh' éirich an fhairge gu garbh-mheallaibh trom,
'S a tòiseachd ri monbhar air onadh nan tonn,
   Bu bhras bha gach buinne fo chaor-gheal na tuinne,
'S a dh' ain-deoin nan tuiltean bha 'n *Clutha* na deann.

Bha luingeis mu 'n cuairt dhuinn ri luasgan gun tàmh,
Tigh'nn dachaidh bhar cuain, 's cuid dhiu gluasad gu sàil',
   Bha 'n sgiobair 'us gruaim air 's e glaodhaich gu fuasach
"O, cum ris an fhuaradh neo buailidh i 'm *barge!*"

Iad a' falbh as mo shealladh mar shearraich ri réis,
Mar chù théid ri caoraich air aodan an t-sléibh

Bha *pacaid* ri 'r taoibh-ne ri meisdeireadh baoghail,
'S té eil' aic' air thaod 's i g' a slaodadh 'n a déigh.

Bha aig cailleach nam briosgaidean measan gu leòir,
Bha òigearan gasd' ann as *flasg* ac' na 'm pòc',
   Bha Muillich ann, Canaich, 'us Uibhistich 's Barraich,
O, dhaoin', ach an *cargo* a bh' againn air bòrd.

Bha " bliadhna mhath ùr dhuit " air hùg anns gach àit',
Bha botail 'g an taomadh gach taobh dhinn gun tàmh,
   Bha òrain ga 'n gleusadh an Gàidhlig 's am Beurla,
'S a' chailleach 's i séideadh air " Eirinn gu bràth."

A FHLEASGAICH OIG.

AIR FONN :—" *A horo mo nighean donn.*"

SEISD.—A fhleasgaich òig a sheòl Di-màirt,
 Air a' chuairt a null thar sàil',·
 Mo dhùrachd-sa gu 'n till thu slàn,
 A dh' ionns' an àit' 's an d' rugadh thu.

As an Eiphit bhar a' chuain,
Litir ghrinn gu 'm faigh mi uait,
Dh' innseas gu bheil t-inntinn buan,
 'S nach toir thu luaidh gu ruig thu mi.

Tha mo chàirdean rium am feirg,
Nach tilginn-se mo bhòid le ceilg,
Bho 'n a fhuair thu còta dearg,
 'S a chaidh thu dh' arm nan gunnachan.

Ach ged gheibhinn fear le maoin,
Grunnd fo stochd no fearann saor,
'Us cridhe bochd 'n a chlod ri m' thaobh,
 Nach gluaiseadh gaol no cuideachd e.

Gur a dìomhain do d' luchd-fuath,
Do mhi-chliu bhi rium g' a luaidh,
'S do chòrdaibh gaoil mu 'm chridhe suainnt',
 Nach fuasgailinn ged b' urrainn mi.

Ged a théid mi do 'n bhall-danns'
'S a bhios an sin cruit-chiùil 'n a deann,
Tha sùil mo chrìdh' taobh thall nan tonn,
   An camp nan tromb 's nan drumachan.

Air a' phaipeir 's tric mi 'n tòir.—
'S ann le geilt théid mi g'a chòir,
Ma 'm bi t-ainm a measg na leònadh
   Aig a' chòmhstri ghuinich ud.

Measg gach onair a gheibh càch,
Na dhùraichdinn a nis do m' ghràdh,
'S e d' fhaicinn-sa gun chnead, gun àr,
   A' d' éideadh Gàidhealach cumachdail.

'S e mo mhiann gu 'm faic mi 'n t-àm,
'S an téid casg air bualadh lann ;
An cinneadh-daonn 'cur sìth air bonn,
   Gach geal, 'us donn 'us dubh aca.

'S mar faic mi féin gu bràth mo luaidh,—
'S mìos gach là o 'n sheòl e bh' uam,
Bith'dh sinn beò taobh thall do 'n uaigh,-
   Cha 'n 'eil ach cuairt 's a' chruinne so.

TURUS EOGHAIN DO GHLASCHU.

SEISD.—Hiram ho ró, hi ri, hòro ho, oro,
        Horann an óh, hi ri, ho re hòro,
        Fuirich air d' athais 's bheir mise dhuit n aigheachd
        Mur h-innis thu 'neach i, cho fada 's is beò thu.

'S mise Mac Calum, o thaobh Alld a' Bharraich,
    Far an robh m' athair 's mo shean-athair o 'n òige,
'Us thuirt iad na 'n tugainn mo mhucan do Ghlaschu,
    'S cinnteach gu faighinn ann m' eallach de 'n òr orr'.

Dh' fhàg mi am baile moch maduinn Di-luain,
    'S cha b' ann air bheag cruadail a fhuair mi air bòrd iad,
Seachad air Diùra bha smùid a dol tharum,
    'S gu 'm b' fheàrr leam na ceannach gu 'n d' fhan mi
        's an Oban.

'N uair ràinig mi Glaschu, baile na h-ùbraid,
    Bha mi fo chùram mu 'n chùis 's gun mi eòlach,
Dh' fheumainn mo stiùradh a dh' ionnsuidh nam *Boughts,**
    'S bha Calum o 'n Oitir 'n a throtan 'g am sheòladh.

Thuirt Calum, 's e labhairt, o 'n tha thu gun Bheurla,
    'S ann chuireas mi féin h-uile seud dhuit an òrdugh,

* Glasgow Cattle Market.

Gheibh mi uait faoighrean 'n àm fàgail na féile
  'S gu 'n téid mi 'n am leum 'dh' obair-chéire Mhic Leòid
    leat.*

'N uair ràinig mi 'n lùchairt 's ann ann bha na diùlnaich,
  Le clogaid 'us lùireach 'us cùirneachadh òir orr'.
Gaisgich bha ainmeil fo làn an cuid arm ann,
  'S cha bu chaomh leam an coinneachainn 's an an moch
    's a mhòintich.

Bha bodach beag peallach 'n a shuidhe air cathair,
  'S ann thuirt e gu cabach, 's e 'g amharc am chòir-sa :
" *Give us a penny and try the Galvanic,*"
  "O, dean," arsa Calum, "'s e math air an lònaidh."

Rug mi air shinnean air, chionn mi bhi socharach,
  Chaidh mi 'n a dhos, 's cha b'e 'm fortan a sheòl mi,
Shaoil mi gu 'n d' fhuair mi Mac-mollachd air adhaircean,
  Fhearaibh 's a dhaoine 's i 'ghaoir ud a leòn mi.

Bha m'uilt 's iad ga m' fàsgadh 's mo chnàmhan 'gan snìomh
  'S gu'n shaoil mi gu 'r prìneachan 'lingich mo bhrògan,
Cha chreidinn-sa buileach o dhuine gu bràth,
  Nach robh mìltean de shnàthadan 'sàs ann am fheòil-sa.

'N uair fhuair mi á sàs leis an stàirn a bha 'm chlaigionn,
  Mi 'm leum leis an staighear, 's cha 'n fhanainn ri m'
    sheòladh,
Na 'm faighinn-sa dhachaidh le còmhnadh an fhortain,
  Ni cuid-eigin " eòlas a' chronachaidh " dhòmhsa.

    * A well-known wax-work in Glasgow.

Bha 'n "Claidheamh Mòr"* àillidh aig taobh *Bhroomielaw*,
   'S 'n uair fhuair mi air chlàr oirre dh' àithn' mi dhi
      scòladh,
'Us chaidh i gu astar, 's i gearradh na bocanan,
   Oirre-se tha 'n coltar gu sgoltadh nam bòchd-thonn.

Dh' fhalbh an leann-dubh dhiom 'us dh' fhàg e mi buileach
   'N uair fhuair mi 's a' chuideachd ud, 's cluich agus
      ceòl ann,
'Us dileag do 'n stuth ud thig á Lag-a'-mhuilinn,
   'S a chuala mi luinneag air " Muille nam mòr-bheann."

* The Steamer "Claymore."

ORAN DO'N *OBAN RAILWAY.*

AIR FONN.—*"Haoi oh, na 'n cuala tusa."*

SEISD,—Haoi oh fair e, fair e,
    'N còta ruadh 's mo chuaille daraich,
    'S o 'n tha 'n *train* air tigh'n cho fagus,
    Théid mi 'Ghlaschu mu 'n till.

Chuala mi le mòran spleidhrich,
Gu 'm bheil an *train* air tigh'n do 'n Oban,
'S beag nach 'eil iad air mo bhòdhradh
    Mu 'n each mhòr 'tha falbh le *steam.*

Thubhairt mi rium fhéin Di-ciadain,
Théid mi ann—cha robh mi riamh ann,
'S dh' iarr mi uisge-blàth, 'us siabunn,
    Gus an fhiasag a thoirt dhiom.

Thuirt Seònaid gu 'n robh i toileach,
'S thàinig i leam dh' ionns' an doruis
'S thuirt i rium gun bhi ri dolaidh,
    'S dh' fheuch nach tugta 'n sporan dhiom.

'N uair a fhuair mi suidhe sàbhailt',
'S a' charbad gu dearbh bha àillidh,
Thug e aghaidh air Dail-mhàilidh
    'Cheart cho fàilidh ri each sìth.

Chuir mi mach mu cheann gu m' ghuaillean,
Dh' feuch am faicinn mullach Chruachain,
Ach gu 'm b' eudar dhomh toirt suas dheth
    Air son tuainealaich ma chinn.

Cha 'n 'eil ian air sgiath 's an ealtuinn
Bheireadh fiaradh ás feadh bheannaibh,
Shaoil mi gu 'n slugadh e 'n talamh
    'Dol troimh Chalasraid 'n a sgrìob.

'N uair ràinig mi baile nam bùthan
Bha g' am choinneachadh Nial Mac Uisdean,
'S dh' òl sinn cuach do Ruairidh Dùbh,*
    A shocraich sùrdagan mo chinn.

Thachair oirnn Dòmhnull Mac Ruairidh
'S thug e leis sinn greis air chuairt,
'S gu faiceadh-mid an t-ioghnadh fuasach
    A bha shuas aig *Vinegar Hill.*

'S fhuair sinn cuireadh dol do phàillinn,
'S ann an sud bha mhaighdean àluinn,
'S h-uile gruaidh a bh' air a' mhàldaig
    Cho leathunn ri màs *tureen.*

'S iomadh ioghnadh bh' ann ri fhaicinn,
Famhairean cho mòr ri gearrain,
'S daoine crìon do shìol nan seangan,
    Clann bràth'r sean-athar do *Thom Thumb.*

* A famous blend of Highland Whisky.

Air Di-h-aoine chaidh mi dhachaidh,
'S thuirt Niall mòr Mac Iain 'Ic Chaluim,
Teann a nall 's thoir dhuinn do naigheachd,
　Cia mar thaitinn riut do sgrìob?

ORAN DO 'N *THEATRE.*

Air Fonn :—" *Sud an sgeul tha taitinneach.*"

Composed after witnessing the pantomime of "Rob Roy" in 1881, when the leading characters portrayed were those of some of the best friends of the Highlands and Highlanders.

Seisd.—Teann a nall an taice rium,
        Aom do chluais 's gu 'n cagair mi,
        'S gu 'n innsinn dhuit gu dé thug sgrìob
        Do 'n *Theatre* 's na *Cowcaddens* mi.

Mìorbhuilean gun amharus,
Bha sgrìobhte ris na ballachan,
Gu 'n robh Rob Ruadh a fhuair am bàs,
Air tigh'n an dràsd do Ghlaschu.

Gu 'n robh e beò ri fhaicinn ann,—
Bha 'bhean 's a chlann, 's a ghaisgich leis,
Le 'chlaidheamh mòr air nach robh 'mheirg
'S bu mhairg a gheibheadh sgailleag dheth.

Ged 'bha òighean maiseach leis,
Cho sùbailt ri gad leamhain iad,
Tha leam fhéin gur beag an t-ioghnadh—
Cha robh annt' ach faileasan.

Ged bha sròl gun ghoinn' oirre,
Le geiltreadh òir 'us lannair dheth,
Gur e sud aogasg nam ban-sìth,
A réir 's mar dh' inns' ar sean-athair dhuinn.

Gur ioma àrmunn gasda a bha
'S a Phàrlamaid á Sasunn ann,
Gu 'n robh *Bradlaugh* ann 'us *Pàrnell,*
Am Bàillidh 's *Doctor Tanner** ann.

Bha morairean ann 'us marsantan,
Saighdearan 'us sagartan,
Fear na dhà de chléir na rìoghachd—
'S na h-ìnnsibh e, bha *Blackie* ann.

Thug Dùghal *Cratur* barantas,
Gur h-iorgaill a bh' air aithre-san,
'S e bualadh dhòrn orr' bhos 'us thall,
'S a cumail greann air fear-eigin.

'N uair thòisich iad air tabaid ann,
Cha 'n fhios dhomh dé bu choimeas dhoibh,
Mur iad na h-Eirionnaich, a ghràisg !
A bh' air an t-sràid a *Boycottadh.*

'Righ bu chruadh na claiginn bh' aca,
Bhuaileadh agus smalpadh iad,
'S gu 'n robh mactalla bh' anns' an stuaigh,
A' freagairt fuaim na slachdartaich.

Thionndaidh agus charaich mi,
'S mi 'n dùil nach robh mi 'm fhaireachadh,
'S mo shùilean gu 'n d' rinn mise shuathadh
Feuch am bu bhruadar cadail bh' ann.

---

*Dr. Tanner, who had just completed a forty days' fast.

ORAN.

AIR FONN :—"*Och, och, is mi gun charachadh.*
'S e'n dram as aobhar gearain dhomh."

SEISD.—Ho ro, tha mi fo smalan dheth,
An t-uisge-beatha chrean mi air,
'S e Mac-na-braiche fear nan car,
'S gur ioma neach a mheallar leis.

Innsidh mi 's an ealáidh dhuibh,
A' ghaoth a dh' fhàg a' Challuinn againn,
Bhuail i dìreach cùl mo chinn,
'S mi tigh'n a nìos an *Gallowgate*.

Thachair seann luchd-eòlais
A bh' ann 's an t-sràid aig Deòrsa rium,
'Us chaidh mi còmhla riu air aoidheachd,
'Chionn 's e daoine còire bh' annt'.

Bha fear dhiu 's pige bàn aige,
'Us shlaod e fhéin an t-àrcan ás,
'Us dh' òl mi còr 'us làn a' ghloinne,—
'N Tobar-Mhoire thàirng'eadh e.

Bha fear eile 'g innseadh dhomh
Gur e 'chuid fhéin bu bhrìghmhoire,
Bha searag chruinn do 'n stuth 'tha còr,
A Bogha-mòr an Ile aige.

Dh' òl mi dhà no trì dhiu sud,
Bha Muileach agus Ileach agam,
'S le cuid-eigin eile * còmhl' riu,
Cha robh 'n còr a dhìth orm.

Thug mis' 'n t-sràid an sud orm
A measg na h-ùbraid iongantaich,
Ach 's eagal leam gu 'n robh mi 'faicinn
Rudan nach robh idir ann.

Thug mi " *George's Square* " orm,
'S gu faicinn fhìn a Bhan-righ ann,
Sir Cailean, 's *Moore*, 's iad fhéin na diùlnaich,
Dhùraichdinn am fàilteachadh.

Bha 'm Prionnsa 's e ri sanntaireachd,
Bha *Burns* e féin 's e canntaireachd,
Ach co bha 'n sud gu h-àrd air stob,
Ach *Walter Scott* 's e dannsadh ris!

Thachair bùth làn ianlaidh rium,
'Us solus dealrach briadha ann,
Chaidh mi stigh 's air *cupal* tasdan
Bha mi 'mach 'us giadh agam.

Thug mi sìos an t-sràid orm,
'Us thuirt fear facal tàrail rium,
'S le car de sgòrnan 'gheòidh mu m' làimh,
Gu 'n tug mi seann strabhàillidh air.

*" Muileach 'us Ileach 'us deomhan,
   Triùir a 's miosa 's an domhan,—
'S miosa am Muileach na 'n t-Ileach,
  'S miosa an t-Ileach na 'n deomhan."

Mu 'n gann a bheirinn fead asam,
Gu 'n d' éirich iad na 'n leth-dusain,
'S gach fear dhiu 'chàrainn ris a' ghrunnd,
Mar chumadh triùir 'n a sheasamh e.

Dà char mu m' làimh do 'n amhaich aig',
Bho chùl mo chinn g' a tharruinn orra,
A leith'd do lann cha robh aig Fionn
A cur air chùl nan samhanach.

Bha iteach bhàn g' a reubadh as,
'S i falbh troimh 'n t-sràid na cléiteagan,
Mar dhall-chur sneachd ri aodan cnuic,—
'Us mise mort nan Eirionnach.

Ach thòisich séideadh fhìdeagan,
'Us dh' fhalbh mi 'n sin 'na 'm shìnteagan,
Gu 'n tug mi ás le luath's mo chas,
Mar mhoitheach ghlas 'us mial-chu rith'.

Ach sheall mo bhean glé mhi cheudach,
Mi 'dhol a stigh 's an *spree* orm,
Ach thuirt mi, "So dhuit giadh a Mhor
'S cha 'n iarr e mòran spìonaidh ort."

An lath'r-na-mhàireach b' aithreach leam,
Gach ni mar bha 's mar thachair dhomh,
Sgàinteach mo chnàmh bha sud burbail,
'S mi air furm an aithreachais.

AM BREACAN UALLACH.

Seisd.—Ni mi 'm breacan uallach, hi ri u ì,
'Thilgeil thar mo ghualainn horom bo oh,
'Dhìreadh ris na cruachan, hi ri u ì,
'Shealltuinn air a' ghruagaich mu'm bheil an
    othail.

'S neònach leam an nì, mar a chì mi nis e,
Mar tha nighean Sìn' ann an Lag-a'-bhile,
O'n a fhuair i 'n dìleab tha mòran meas oirr',
Tha gach fear an geall oirre ann am mionaid.

Cha 'n 'eil fear 's an àite nach bi 'g a farraid,
'S òrdugh aig' 'o mhàthair a bhi 'g a leanachd.
Uilleam aig Catrìn' agus Pàruig *Fleming*.
'S Eachann againn fhìn, bidh e 'dol an rathad.

Na cailleachan air chéilidh 's aig taobh na teallaich,
Togaidh iad a beusan gu ruig a' ghealach,
Leis na fhuair i 'sheudan 'nuair dh' eug a sean-athair,
'S i cho math air fuaghal, 's i fuasach banail.

Tha seachd-bliadhn'-deug is còr o'n a bha i fichead,
'S cha robh fear an tòir oirre 'chunnaic mise,
Gus an d' fhuair i 'n tòrr a bh' aig fear na Sgrigheig,
Naigeinean do 'n òr a bh' aig anns a' chisde.

'S ioma rud a fhuair i 'n uair dh' fhalbh am bodach,
Tha còig mairt 'us laoigh aice, 's math a tochar,

Ged tha té dhiu 'gamhnach 's i ris a' mhonadh,
Tha'd a' dol g' a reamhrachadh thun na Nolluig.

'S ann tha mòran seilbh aice, 's airgiod tioram,
Caoraich agus uain aice air an fhireach,
Tunnagan 'us geòidh agus cearcan riobach,
Searrach agus seann-làir cho math ri biorach.

'S ro mhath 'n t-ùlar-bualaidh a tha 's an t-sabhull,
Sochd ann agus urchaill chum an earraich.
Amull 'us cliabh-chliata le paidhir dhreallag,
Agus fuirm-smiùiridh 'us tubadh thearraidh.

Tha gunna ann an sloman 's i ann an crochadh.
A bh' aig fear d'a shinnsireach aig Cuil-fhodair.
Ged a fhuair Iain Ciar i 's a chuir e 'n spor dhith,
An latha leòn e fiadh ann am bun a' choire.

'S a' *phress* a tha 's an t-seòmar gur lionmhor ullaidh,
Cuimhneachan bh' aig Dòmhnull air iomadh curaidh,
Sporan agus cùineadh a bh' aig Righ Uilleam,
'S botul 's a bheil cungaidh o 'n Ollamh Mhuileach.

Tha sgian-dubh 'us tuagh bh' aig Rob Ruadh Mac
    Griogair,
Claidheamh a bh' aig Diarmad 's gu bheil e biorach,
Clogaid a bh' aig Fionn aic' ann agus biodag,
Agus curachd-oidhche 'bh' aig Calum Cille.

Fhuair mise na dh' fhòghnas dhomh, 's e sin sealladh,
Thug mi thar an lòin orm, chaidh mi dhachaidh,
Ged a robh Bheinn Mhór aice 's Tòrr a' Mhanaich,
B' fhearr leam bhi le Mòraig a dol do 'n chladach.

AN T-UMPAIDH.

Air Fonn :—" *Chaidh an comunn air chùl.*"

Seisd.—Bheir mi horo, chall oro,
Bheir mi horo chall é
Tha mi 'feitheamh na chì mi,
'S tha mo mhì-ghean g'a réir.

Do d' sheanachas a dhuine,
Tha mi tuillidh 'us sgìth,
'S tric a dh' éisdeas mi tacan,
Briathran snasmhor gun bhrigh,
Gur naomh thu 'na d' choltas,
'S làn nomhrann do chrìdh,
Tha thu searm'nachadh soisgeul,
'S a' cur droch-bheirt an gnìomh.

Tha thu 'creidsinn na fìrinn,
Chuir thu fiachaibh ort féin,
Tha a gheallaidhean prìseil,
Dhuit, ma 's fìor thu, gu léir,
Ach cha 'n fhaic mi a'd' ghnìomhan
Toradh sìochaint 's deadh bheus ;
Feuch an duilleach da-rìreabh,
'S gu 'n an fhiog air a' ghéig.

Teanga lùbach a mhì-ruin
A's milltiche beum,
A chuireadh dubh air an fhìrinn,
'S geal fo d' innleachd mì-bheus ;
Chaidh an saoghal so clì ort,
Cha 'n 'eil mìr dheth ga d' réir,
'S tha ath-leasachadh dhìth
Air h-uile nì ach thu fhéin.

Am fac thu gilead na faoilinn,
Is bòidhche aogasg air sgéith,
Am fac' thu duibhead an fhithich,
'Tha air spiris an t-sléibh.
Cha 'n 'eil earbag an fhirich,
Mar tha iolair nan speur,
'S gun dà chraoibh an coill dhosraich
A tha coltach ri chéil'.

Ann an cuideachd do dhìlsean
Cha b' fhiach leat cuir suas,
Thog thu balla mu d' chaisteal,
'S taobh a mach dheth tha 'n sluagh,
Ach tha roithean na tìm so
A dol gu cinnteach mu 'n cuairt,
'S cia mar mheallas tu sìorr'eachd
Far nach strìochdadh tu uair ?

Cia mar tha thu gun chomain,
Gun chomunn, gun ghaol,
Dhuits' tha cluainteag na 'm faillean
Mar chloich-mheallain air raon,

'S cruaidh do chrannchur air thalamh,
Gun charaid, gun chaomh,
'S tu ri d' chéile neo-chaidreach
A tha cadal ri d' thaobh.

'N e do staid a bhi ìosal,
Dh' fhàg t-inntinn fo phràmh,
Tha do choimpirean lìonmhor,
Tha ni 's ìsl' air gach làimh ;
Tha fiamh a' ghàir air an dithein
Mu 'n cinn an lus làir,
'N uair tha 'n darach 'us gruaim air,
Air a luasg' le gaoth Mhàirt.

'S ioma fear aig bheil bràithrean,
Nach càirdeas dha 'n còir,
'S ioma té aig bheil piuthar
Tha gun chuideachd gun treòir,
'S ioma bean 'tha 'n a màthair,
'S beag a's feàirrd' i 'n sliochd òg,
'S ioma dìlleachdan cràiteach
Aig 'bheil pàrantan beò.

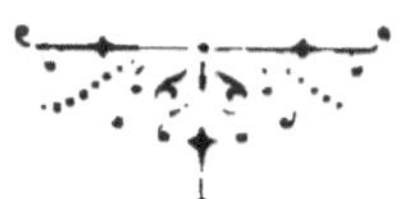

ORAN NA MULACHAIG.

AIR FONN :—" *Corn riggs and barley riggs.*"

This song was written when Mr. Lipton, the famous provision
merchant exhibited his first monster cheese in his shop window.

SEISD.—Am faca sibh a' mhulachag,
        Am faca sibh an tulaman,
    Am faca sibh a' mhulachag do 'n chàise ?
        'S i cho mòr ri cloich-mhuillinn,
        Shìos aig *Lipton* anns an uinneag,
    Agus miann gach neach a chunnaic i air pàirt di.

        'S i sud a' mhulachag eireachdail,
        A thàinig á *America*,
    Tha leth-tun' innte 's ceathramh, tha 'd ag ràdh rium ;
        Tha cuid a their gur geir a th' ann,
        'S cuid eile gur e maide 'th' ann,
    'S tha cònnsachadh 'us caganadh gun tàmh iomp'.

        Chruinnich iad mu 'n cuairt oirr',
        Mur sheileinean mu 'n chuachan,
    'S gur gann gu faigh thu gluasad air sràid leò,
        'S gille mòr a' chòt' air
        Am bheil na putain bhòidheach,
    Gu tric a' toirt doibh òrdugh gu meàrsadh.

’N uair a thàinig mise nall,
Cha robh fhiosam ciod a bh’ ann,
’N uair a chunnaic mi ’n am meall air an t-sràid iad;
Sasunnaich ’us Gaill,
Agus Eirionnaich neo-ghann,
Agus argumaidean teann anns a’ Ghàidhlig.

Bha Còmhullaich ann, ’s Cinntirich,
Lathurnnaich, ’us Fìnich,
Muileach agus Ileach no dhà ann,
Collaich agus Tirisdich,
Uibhistich ’us Sgiathanaich,
’S a h-uile fear a’ bruithinn air a’ chàise.

Cha deach mi stigh an chòmhradh
’N uair thòisich iad air bòlaich,
Ach sheas mi aig a’ *chorner*, car sàmhach ;
’S a h-uile fear a chunnaic dhiubh,
Mulchag ’s an robh tunna,
Bha fear eile ’chunnaic dusan ’s an robh dhà dhiubh.

Thionndaidh fear gu leth-taobh,
’S e bruidhinn ri Gilleasbuig,
“Cha bhiodh i so ach beag, ann ar n-àit’-ne,
’N uair ’bha bràth’r mo shean-athar-s’
Agus bail’ aig’ ann an Eisdeal,
Chunnaic mise deich air an spàrr dhiubh.”

Bha fear a chunnaic barrachd,
Anns a’ Mhorairne ghleannach,
Far an robh a mhainnir a bha àluinn,

Bha mulachag aig *Sellar*,
Bha cho mòr ri Càrn-na-caillich,
'S cha b' urrainn iad a carachadh le gèimhleag.

'Sin 'n uair thuirt am Muileach,
Cha 'n 'eil *doubt* nach 'eil i sannsail,
Ach chunnaic mi 's a' ghleann té a b' fheàrr na i,
Thug sinn do Chreag-an-iubhair i,
'Los a cur 's a' " *Chlansman*,"
'Us thog iad leis a' *chrane* ás a' bhàt' i.

'Sin 'n uair thuirt an t-Ileach,
Fuiridh mi air fìrinn,
Chunnaic mise trì anns a' Bhàrr dhiubh,
Thuirt fear 's e 'tigh'n 'us saothan air,
A dhaoine nach i 'n *clipper* i
Cha téid dad an giorra dhi air meudachd.

'Sin 'n uair thuirt an Tirisdeach,
Cha tric leam a bhi *brag*,
Ach innsidh mi gun ag mar a tha dhuibh,
Chunnaic mis' an Sgairinis,
Cnapaich nach robh *slack*,
'Sinn g' an aiseag leis an *smack* do Loch-làthaich.

Thuirt fear, a ghlas a' chiabhag,
Nach tog sibh féin d' ar briagan,
Cha 'n fhac' a h-aon dhibh riamh 'leith'd air meudachd,
B' eòlach an Dunbreatunn mi,
Mu 'n Cheathramh, 's Tigh Iain Ghròta,
'S cha 'n fhaca mi cho mòr, no mar sgàileadh.

Tha 'n Nolluig air tigh'n teann oirnn,
   'S gheibh sinn uile sgonn dhi,
Air bonnach beag 'us toll ann, mar b' àbhaist,
   'Us dileag leis do 'n Ileach—
   Cha mhisd' sinn g'a chuir sìos e,
Ach cha 'n fhaod sinn 'bhi 'n ar sìneadh 's a' chlàbar

A' MHADUINN CHEITEIN CHIUIN.

Air Fonn. —"Jock o' Hazeldean."

An t-sùil ri mùirn 'us gàirdeachas,
  Le àilleachd ghleann 'us stùchd,
A' chluas le fuaim 'g a sàsachadh,
  'S na pòraibh làn le tùis.
An sealladh so, mu 's léir dhuit e,
  Bheir neart 'us spéirid 's iùil,
Oirdhearcas nan sléibhtibh mòr,
  Air maduinn chéitein chiùin.

Mi 'g imeachd air an fhonn mu 'n cuairt,
  Gur maoth fo m' bhuinn na tòic,
A chòinteach gorm-bhàr chléiteagach,
  'S i 'g éiridh 'n déigh mo bhròig.
An neòinein òr-shul gheal-bhileach,
  Le chrom-cheann a measg feòir,
'S an driùchd mar chùirnein airgiod air,
  'S air seamragan nan lòn.

'S gur sgiathach, stiallach, badanach,
  'N a phaidireanan an ceò,
Mu mhulach bheann mar cheann-aodach,
  Co-cheangal ris na neòil;

An t-athar àrd 'n a bhuilg-shoilleir,
    'S troimh 'n ghuirm tha gathan òir,
'S na reultan fhéin air fannachadh,
    Aig camhanaich an lò.

Gur ceòl tha binn ri éisdeachd leam,
    Thig o gach creutair àil,
'S tha inneal-ciùil g' am brosnachadh,
    An coill nan dos-crann àrd ;
Tha 'n smeòrach anns an duilleach uain',
    'S g' a freagairt druid air làr,
'S gur fonnmhor, sranmmhor, caithreamach,
    'Tha clacharan nan càrn.

Na h-uillt measg thom a morbhanaich,
    'S far bhruach le torman réidh,
Troimh 'n fhraoch, an roid, 's a' bhcallaidh,
    'Us cannaichean geal an t-sléibh—
Tha geal-bhriccin 's a ghlumaig ud,
    'S a' chulag ris 'cur réis,
'S am bradan tara-gheal dearg-bhallach,
    Ri steallraichean a' leum.

Tha 'n loch, a lion o 'n iarmailte,
    Le ianlaith air tighinn beò,
Air 'bhroilleach chi mi sgiathail iad,
    'S gun ghaoth ach fiath g' a chòir ;
Tha 'n fhaoileann bheag ag ulfhardaich,
    'S tha curracag éisg air sàil,

Tha guileag binn o 'n ghulbairneach,
   'S tha 'ghulmag air an tràigh.

Air uchd a' chuain 's a faileas ann,
   Gur bòidheach lainnir sgéith,
'S tha toit a' bhothain shimplidh ud,
   'Dol dìreach anns an speur.
Tha bàrr nan sliabh 's na bearraichean,
   Air lasadh anns a' ghréin,
'S an seilein fhéin 'us srann aige,
   Mu 'n cuairt nan tom le séir.

Fhir bha 'n raoir a' pòitaireachd,
   'S na cuachan dh' òl gu 'n grunnd,
Trom-lidhe air do leabaidh ort,
   A dh' fhàgas d' aigne brùit',
'S ged robh do chluasag 's canach innt',
   Cha toir do chadal sunnd,
'Us chaill thu 'n sealladh éibhinn ud,
   'S a' mhaduinn chéitein, chiùin.

ORAN DO SHEANALAIR GORDON.

Air Fonn:—"*Cumha Mhic-an-Tòisich.*"

Fhuair sinne sgeul a' bhròin,
Bhrùchd ioma sùil le deòir,
Dh' fhàg e gach cridh' fo leòn,
  Còir aig a' Bhàs ort.
Chualas thar cuain 's cha mhath,
Mhùchadh gach dùil gu grad,
Dh' innseadh gu 'n thuit e 'cath,
  Seanalair Gordon.

Seisd.—Och nan och, dhealaich ruinn,
  Och mo chreach, dhealaich ruinn!
  Och nan och, dhealaich ruinn!
    Seanalair Gordon.

Saighdear 's ceann-iùil nam buadh,
Colgar' gun gheilt, gun ghruaim,
Sgrìobht' tha air inntinn sluaigh
  D' iomadh buaidh làrach.
Calma fo d' arm gun sprochd,
Ceannsgalach ciùin gun chron,
Sèamh mar an t-uan gun lochd,
  Seanalair Gordon.

Gaisgeach ri àm gach feum,
Ceannard nan laoch gu euchd,
Fiùran 's a chliù gun bheum,
  Geur-shùileach, làidir.

Marcaich' nan steud each bras,
Troimh gharbh-fhras 'na luaidh ghlais,
Luath far 'm bu cruaidhe 'n cath,
    Seanalair Gordon.

'S lionmhor fear-fiurail cruaidh,
Nach iarradh do dh' ùin' ach uair,
'Dhùrachd bhi nunn thar cuain,
    Dh' fhuasgladh an àrmuinn.
Thréig iad thu stigh 's a muigh,
'S nàr leinn mar chaidh do chluich,
Seudan fo chasan mhuc,
    Seanalair Gordon.

Dh' earb thu gu daingeann teann
'S an Ti sin a chaoidh nach meall.
A' charraig a's treise bonn,
    Nach géill ri àm gàbhaidh.
Ionndrainear t-iùil 's do rian,
An cridhe bha farsuinn fial,
A' ghnùis nach do mhùth le fiamh,
    Seanalair Gordon.

Gach dòchas gu 'n dhìobair sinn,
Och, 's gur sgeul fior tha 'n so,
An cuiridh 'n a shìneadh
    'S cha till e gu bràth ruinn.
An com ud mu 'n d' iath gach rath,
Toinnte 'an còrdadh gean,
Ughdar nan ioma math,
    Seanalair Gordon.

ORAN AIR LATHA TAGHADH PARLAMAID.

Air Fonn:—" *Tha 'gheola dhubh cho aotrom.*"

Seisd.—Gur ann an diugh tha i 'g a cluich,
    Gur ann an diugh tha chaonnag,
Cha 'n fhaigh mi clos a stigh na 'muigh,
    'S mar bi mi sud bidh glaodh rium.

An diugh tha taghadh Pàrlamaid,
    Cur ànradh mòr air daoine,
Tha cuid dhiu cur a mach air càch,
    'S tha pàirt dhiu air an daoraich.

Thàinig litrichean ga m' ionnsaidh,
    Dùinte o na daoin' ud,
Is m' ainm le *Esquire* air an cùl',
    Na 'n tugainn gnùis d' an aobhar.

Chunna mi fear shuas air stairsnich,
    'S e 'cuir dheth gu baobhail,
'S gu 'n d' thuirt mi gu 'm bu ghnothach math
    Mur leum e 'mach á 'aodach.

Théid iad sios 's a nios an t-sràid,
    Is iad ri cànran cianail,
Is mur bi fortan fàbharach
    Théid pàirt dhiubh ás an riaghailt.

Na geallaidhean 'bheir pàirt dhiubh dhuit,
  Gun àicheadh, tha iad briadha,
Mu ni thu obair seachdain shlàn,
  Bidh pàigheadh còig-là-diag ann.

Gheall fear croit dhomh taobh a' chladaich,
  Thaitinn sud rium ciatach,
Gheibh mi gearran 'tharruinn feamainn
  Amul 'us cliath-chliata.

Bidh mo bhàta air an oitir,
  Bhar nan stoc am bliadhna,
'Thig dubhain thugam leis a' phosda,
  Dh' iasgach throsg 'us liabag.

Airgiod cha bhi anns a' mhalairt,
  Cha tèid fharraid dhiom-sa,
'S e choir-ceannaich a bhios agam—
  Bha mo sheanair riamh ann.

Ach ged leigeas mi mo thaic' riu
  Cha 'n fhaigh mi neart a's fhiach bh' uap',
Oir fear dhiu sud cha 'n aithnich mi
  Gu ceann na seachdamh bliadhna.

'N uair a théid am batailt seachad,
  'S math leis fad na sriana,
Bidh *Brandy* 's *Cigars* an *St. Stephens*,
  'S leigear mis' air dhi-chuimhn'.

ORAN AN FHIR CHUAIRT.

AIR FONN:—" *Cha 'n fhaigh am muillear mo leanabh.*"

Chuir mi ceithir chuairt mu 'n t-saoghal,
  'Mheudaicheadh mo mhaoin 's mo stòr,
Fada thall air chùl na gréine,
  Choisinn mi na seudan òir.
'S cuimhne leam a' chuideachd rùnach,
  A bha mùirneach anns a' ghleann,
Dh' fhàg mi 'n comunn 's tìr mo dhùthcha,
  Ach dh' fhan mo dhùil ri tilleadh ann.

SEISD.—Hug oirinn ò, 's mi fo smalan,
    Hug oirinn ò, 's mi fo ghruaim,
    Air a' bhruaich os cionn na tuinne,
    Ag amharc air an tullaich bh' uam.

Chunnaic mi 'n dùbhlachd a' gheamhraidh,
  Sneachda trom air bhàrr nan stùchd,
Is ann an céitein ciùin an t-samhraidh
  Doireachan nan allt fo 'n driùchd,
Inneil-chiùil 's an speur air sgiathan,
  No air gheugaibh air an tom,
Bha gach ni dhiubh sud gu m' réir,
  Ach tha ni-eigin orm air chall.

Chunna mi 'chlann bheaga ruiteas,
  Mu na pris a' buain nan cnò,
'Us caorann dearg o gharbhlach firich,
  Smiar na drise, 's dearcan lòn.

B' e mo mhian a bhi 's an àireamh,
  Dé cha robh mo chàil ach fann,
Thug mi ionnsuidh 'dhol 'n an déigh,
  Ach bha ni-eigin orm air chall.

Chunna mi na h-àrmuinn shonnail
  'Us òighean somalta a' danns'.
'S lionadh mi le ioghnadh obunn
  Chionn nach robh mi togar ann.
Thàinig seann-duin' 's e air liathadh,
  'S thuirt e le guth tiamhaidh, fann,
"Cuinn' gu 'n iarradh tu 'n an còmhail,
  Cuimhnich gu bheil t-òig' air chall."

'N uair a chì thu 'n t-ubhal bòidheach
  Air crann mòr 's e fada 'uait,
Lannair dhealrach anns a' ghréin dheth,
  A' fàs air géig nam meangan uain',
Tòisichidh an streup le dùrachd,
  Gus an lùb ioma do mheòir,
Na gabh iongantas na diumb rium,
  Ged théid e 'n a smùr 'n a dhòrn.

Air do shlighe gabh do shòlas—
  Le stuamachd bu chòir dhomh 'ràdh,
'S na bi 'cumail spuir 'us dìollaid
  Ris an steud nach till gu bràth,
Deanadh ceartas caomh do sheòladh
  Air sporan dò-bheirt 's tric thig toll,
'S an uair a chruinnicheas tu do stòras,
  Dh' fhaoidte gu bheil t-òig' air chall.

COMHRADH

EADAR AN T-UGHDAR AGUS CAILLEACH-OIDHCHE.

AN T-UGHDAR.

Bha mi oidhch' air Sràid an Dòchais,
Cha b' ann Di-dòmhnuich, thoir fainear,
Ach Di-sathuirn' 's cuideachd chòir leam,
Chòmhlaich sinn ann fear ma seach ;
Chruinnich sinn air feadh a' bhaile
Le tuiteamas, ma 's math mo bheachd,
Ach gus 'n do mheudaicheadh ar n-àireamh,
'Suas cho àrd ri sia na seachd,
     Do ghillean gasd'.

Dh' imich sinn le mòran aoibhneis,
'Dol 'n ar paidhrichean roimh 'n t-sràid,
An dara buidhean ann an déigh
Air cluinntinn ciod an sgeul bh' aig càch.
Do 'n ruidhtearachd cha nochd sinn bàigh,
'S cha deanar tràillean dhinn le òl,
Ach thuirt sinn nach bu mhòr am peacadh.
Dhuinn dol tacan do 'n tigh-òsd',
     'S chaidh sinn a stigh.

Math 'us ro-mhath g' am bheil sonas,
Tha e dona 'chosd na tìm,
'N uair 'shaol mi nach robh mi uair ann
'S ann a mi bha 'suas ri trì,

Cha do dh' òl a h-aon na mhill e,
'S cha deanadh-maid mi-mhodh air neach,
Ach na bhlàthaicheadh an inntinn,
'S na bha cinnteach rud thoirt aisd'.
      Ma bha dad innt'.

Dh' éirich sinn, 's cha b' e air cabhag,
Chuir gu 'n d' tharruinn sinn cho grad,
Ach a chionn nach b' àill leinn fuireachd
Gus an deant' ar cur a mach.
Cha robh sinn idir sgìth do 'n chaithream,
'S mòran aig gach neach ri 'ràdh,
'S los gu faigheadh-maid an còrr dheth,
Sheas na seòid ud air an t-sràid
      'Toirt greis mu seach.

'S ioma sean-fhacal 'us ursgeul
A labhradh le duine glic,
Bh' aig gach fear dhiu ri thoirt seachad
Mu 'd do dhealaich sinn á sud,
Ranntachd aosmhor anns a' Ghàidhlig,
Cainnt nam bàrd a bh' ann o chian,
Ainmichte air ùghdar àraidh,—
'S mòran nach tuirt pàirt dhiubh riamh,
      'S bu chòir a chleith.

An sin sgaoil sinn gu dol dachaidh
'S ghabh gach fear a rathad fhéin,
Gu robh mise ann am shiubhal
Leis a' bhruthach, 's mi 'n am leum,
Sheall mi 'n t-uaireadair 's a' mhionaid

'S ghabh mi iongantas gu leòir
Nach robh cuimhn'am gus an sud
Gu 'n robh i idir ann am phòc'
    'Gu 'toirt a mach.

'N uair a bha mi fhéin 'dol seachad
Air Eaglais Chaluim chaoimh,*
Far an d' fhuair 's am faigh sinn earail,
Chum air math, ma bheir sinn suim,
Bha mi cuimhneachadh mu 'n churaidh
'Tha dhealbh 's a chumadh anns an tranns',
'S bha sàmhchair shòluimte mu 'n aitreabh
'Dh' aindeoin na bha stairn mu 'n *chlous.*
    Aig luchd droch-bheairt.

Thog mi mo shùil ris an stìobull,
Ghabh mi ioghnadh, 's rinn mi stad,
Coltas eóin air sgòrr 'n a shuidhe,
An sud 'n a ghurrach shuas fo 'n chlag ;
'S cinnteach 's calman a ta ann
A chaidh air chall air neach an raoir,—
" Cha 'n e calman, sgarbh, na tunnag,
'S ann a th' annam cailleach-oidhch',
    Roimh 'n tric a theich."

AN T-UGHDAR.

Tha thu ceart an dràsd a' d' aithris,
'S tric a thug mi as roimh d' thùrs',

---

* St. Columba Church, Glasgow, in the lobby of which stands
a marble bust of the late Dr. Norman MacLeod—*Caraid nan
Gaidheal.*

Ach aon do d' sheòrs cha robh 's a' bhaile,
O 'n thogadh le *Tennant* smùid,
Ciod air bith e fàth do thurais,
Air an turaid sin a' d' stoc,
Cha chuir do thuireadh mòran eagail,
Air an fhleasgach a tha 'n so,
      'Us creid mo chainnt.

A' CHAILLEACH-OIDHCHE.

Chunnaic mise oidhche eile,
'S ann a theicheadh tu gu teann,
'S tric a rinn thu 'n ceum a ghreasad
'N uair a bheirinn sgread 's an allt,
Cha tilleadh féatha no preas thu,
'S d' fhalt 'n a sheasamh air do cheann,
'S ged a sgròbta leis an dris thu,
Cha 'n fhaireachadh tu sud 's an àm,
      Le luathas do chas.

AN T-UGHDAR.

Ach o 'n thachair dhuinn tigh'n còmhla
Innis dhòmhsa 's na dean breug,
C'uim nach tig thu mach 's an t-soillse,
'Us ann an solus boillsgeach gréin',
Seach 's an dorcha bhi 's gach cuilidh
Nuallanaich mu bhun nan geug,
'Us tu sporghail feadh an duillich,
A' ruith nan luch 's nan dealan-dé,
      'S nach léir dhuinn dad.

A' CHAILLEACH-OIDHCHE.

'S ann ga d' dhion o fhuachd an fhaoillich,
A lìngtich thu cho maoth do chòt',
'Us tha teanchair aig a' ghobhainn,
Air eagal gu 'n loisg e 'mheòir,
'S ann chionn gu bheil e pàiteach, acrach,
A ni 'n t-uan am bainne òl,
'Us tha mise mach 'san oidhche
Chionn nach fulainnear mi 's an lò,
Le gràisg gun mhodh.

Thig an fheannag bhar a' bhearraich,
'S thig an clamhan bhar an t-sléibh,
Brcac-an-t-sìl 's am bricean-beithe,
'S iad a cleasachd mu mo sgéith,
Thig an riabhag, 's thig an uiscag,
'Dhol g' an cuideachadh 's an streup,
'S thig an ònseach ud an fhaoileann,
'S bidh i 'glaodhaich ás mo dhéigh,
'S cha bhinn a gliug.

AN T-UGHDAR.

Cha 'n ioghnadh leam idir an ianlaith,
A ghabhail fiamh 'n uair thig thu mach,
Ach nan seinneadh tu dhoibh òran
Theicheadh iad do 'n fhròig air fad,
Bu neònach mar a deanta gleadhar,
As do dheighinn-sa le glag,
Creutair luideach, lachdunn, odhar,
Mur gu 'n cuirte gob air cat,
'Us paidhear sgiath.

A' CHAILLEACH-OIDHCHE

Cha 'n 'eil mise odhar, lachdunn,
Mar a's math a th' agad fios,
Tha mi mar chanach air mòintich,
'S aig do sheòrsa ann am meas,
Cha diùltar *guinea* do 'n fhear-giollachd
'Chuireas inich mi air dòigh,
'S mo nàmhaid an t-seobhag ri m' thaobh
'Us saoilidh tu gu 'm bheil sinn beò,
Gu h-àrd air stob.

AN T-UGHDAR.

Ged a théid do sheiche 'ghiollachd,
'S do chuir air spiris leis na h-eòin,
Cha 'n ann a chionn as gu 'n robh daoine
'N gaol ort 'n uair a bha thu beò,
Cha mhòr aig am bheil suim do d' chòmhradh,
'Us tu ròmhanaich 's an t-shlochd.
Aon ni as am bheil mi cinnteach,
Gur e do ghnìomharan 'bhi olc.
Chuir thu 's an dorch'.

A' CHAILLEACH-OIDHCHE.

Olc ! gur ioma olc 'tha tachairt,
Mu 'n aitreabh air am bheil mi 'n dràsd,
Thig thu fhéin an so 's a' mhaduinn,
'Us aodann ort cho fad' ri càch,
Ach cha bu mhath leat neach a dh' fhoighneachd,
" An robh thu 'n raoir a' d' leabaidh tràth,

Na 'n robh thu gus an àm so dh' oidhche,
Ann a' d' ghlaoic a' seinn nan dàn.
        An sud 's an so.

Saoilidh tu 'n uair chi thu 'n òg-bhean
Sgeadaichte le cleòc 'us gùn,
Gur e a sòlas air Di-dòmhnaich,
Tighin a dh' fhòghlum 's a sheinn cliù,
Ach 'n e sud a thug a mach i,
No gu 'm faict' a boineid ùr,
Air neo 'shealltainn dé bh' air Iseabal,
Cha 'n 'eil fios agam, co dhiubh,
        'S cha 'n 'eil mi tais.

Thig am fleasgach rìomhach, speiscalt',
Slabhraidh air 'us deise bhriadh,
Tha tasdain gheal 'n a phòca straoighlich,
Ged a dh' òl e 'n raoir dhiu sia,
Phàigh e leth *guinea* do 'n òr
Air piob le òmbar 'tha 'n a bhial.
Ach mhùth e 'n sgillinn—sud an fhìrinn--
A chur 's an truinnseir bonn-a-sia,
        'S e dol a stigh.

Cha tig daonnan faoisg gu toradh,
No 'n ceann liath gu corran glòir,
'S tric tha 'n creideamh-san 'g a mheasgadh
Còmhl' ri gisreagan 'us gò.
'S neònach leam o 'n rinn sibh cromadh,
Nach do mheudaich comunn gràdh,

Tha mòran dhibh 's cha 'n e cion-teagaisg,
'Ni seirbhis-eagail mar an tràill,
    Do Rìgh nam feart.

Ach seall thu 'm fear ud, 's faic an gill ud,
Sud agad e tighin a nios,
Dà thaobh na sràide 's a teis meadhoin,
Mur gu 'm biodh e 'dol troimh 'n ruidhl'
Thug e ionnsuidh le mòr spàirn
Gus a làmhan 'chuir mu 'n phosd',
Cha deach leis, 's a sios a tha e
Air an t-sràid 'us e 'n a chlod,
    Ged 's cruaidh an leac.

Seall thu nis e, fiach nach gleusd e,
Mar a dh' éireas e ri taic,
Tha cheann cho trom ri cloich mhuilinn,
Uillt 's iad uile mar an gad,
Faic an dràsd mar streap e suas ris,
'S beag nach d' fhuair e air a bhonn,
O, mo thruaighe! chaill e 'm posda
'Us tha 'n a ghnog am beul a' *chlous*,
    'S e 'cuir a mach.

Sin fear eile nuas an t-sràid,
Cha 'n 'eil dad ceàrr air ann an dòigh,
Ràinig e 'm fear 'tha 'n a shìneadh.
Chrom e sìos, cha b' ann le pòig,
Saoilidh tusa gur e bhràthair
A th' ás a chionn le cànran bròin,

Ach tha mo shealladh-sa ni 's fheàrr,
'Us chi mi nis a làmh 'n a phòc',
   'S e 'toirt rud às.

Dh' fhalbh an sporan 's h-uile sgillinn
A bha gliogartaich 'n a phòc',
Botul beag anns an robh siola,
An t-uaireadair, 's an crioman òir.
'S 'n uair dh' fhàg e a cho-chreutair falamh,
'S beag nach d' rinn e 'fheannadh beò,
A mach a ghabh e ris a' bhruthach,
'S cha 'n 'eil duine air a thòir,
   A chum a chasg.

Nach fhaic thu nuas i té 'chinn ghuanaich,
'S fàilidh ghluaiseas i air lic,
Boirionnach, 's gu 'n d' chinn i aosmhor,
Anns an saoileadh tu bhiodh iochd,
Iochd, mo chreach, cha 'n 'eil innt' idir,
Cha 'n 'eil sud innte na truas,
Cha 'n 'eil iochd a nochdas ise
Nach fhaigh mis' o 'n chroman ruadh,
   Ged 's geur a ghob.

Sud i nunn a dh' ionns' an duine,
Cho luath 's a chunnaic i e thall,
A làmh 'n a phòc gu ruig an uileann,
Tubaist air, cha 'n 'eil dad ann ;
Feuch aon eile ma 's a h-urrainn,

Mallachd air mar thuit e nall—
Cha 'n 'eil dad 's an fhear ud cuideachd,
Dh' òl am burraidh h-uile bonn,
    An tràill gun mhath.

Ach 's minic air fuighleach an fhithich
Fhuair feannag ghlas an fhirich leòir,
'S neònach leam mar faigh i sud ach
Spioladh air a' ghille chòir,
Nach d' thuirt riut e, seall cho seòlt'
'S a shuaimil i fo 'n chleòca 'n ad,
Slaodadh eile, 's i cho eòlach,
'S tha na brògan bhar a chas,
    'S a mach a ghabh.

AN T-UGHDAR.

Ged a thuiteas clann nan daoine,
Cha bhi iad daonnan anns a' pholl,
Eiridh iad os cionn gach aomadh
'S laigse bhaoth a tha 'n an com,
Cha ruig thu leas a bhi cho cuideil
As na chunna tu do 'n fhoill,
Ged a ghoideas duin' air duine,
Ghoideadh tus' air cailleach-oidhch',
    A cheart cho math.

A' CHAILLEACH-OIDHCHE.

Cha d' thuirt mi nach togainn gun fharraid
Na 'n robh 'n t-acras ga m' chlaoidh.
Sud an seòl air 'm faigh mi m' aran,

'S mi gun sabhal g' a chuir cruinn,
Ach aon ni sònruicht' tha 'n am chuideachd,
Cha tuislich mi le 'n chuir mi 'm bhroinn,
Ni 's mó air snàmh 'na sgeath air stairsnich,
Riamh cha 'n fhacas cailleach oidhch',
     'S gu bràth cha 'n fhaic.

Nach seall thu nis air cor an fhleasgaich,
'Us gabh eagal air a réir,
'N uair a dh' fhàg e 'dhachaidh feasgar
Bha e cho speiscalta riut féin,
'Us cha 'n 'eil fhios agad no eòlas
Air gach dòigh air an tig beud,
'S dh' fhaoidte nach bu mhòr 's an stòp e,
An còrr a dh' òl e seach thu féin,
     Ged tha e 'n sud.

'N uair bha thu anns a' chuideachd ghasd' ud
'S ann ro phailt gu 'n robh an dram,
Cha robh gainne cur mu 'n cuairt ann,
Fuarachadh cha robh 'n ur ceann,
Bha sibh càirdeal, ceòlmhor, cridheal,
'Us thug thu féin dhoibh ioma rann,
Cuid a thuirt gu 'n robh iad prìseal,
'S cuid eile nach b' fhiach iad bonn,
     'S nach robh iad math.

Gu 'n robh foirbheach anns a' chuideachd,
Bha sin ann 'us duine còir,
Fear as feàrr cha 'n 'eil 'n a bhuidhean,

Diadhaidh, duineal, anns gach dòigh,
Dithis shaor ann agus tàillear,
Gobhainn, gàirnealair, 'us posd',
Agus oileinich a dhà dhiubh
O chùl na pàirce, thar a' chnoic,
       Sin *Gilmorehill*.

Fear dhiubh, mac an duine chiataich,
As a' chiar-ghleann taobh an loch,
Cumaidh esan fad na bliadhn' e,
Air rùisg a chuid bhliadhnach mholt;
Ach athair an fhir eil', Iain Bàn,
G' a shàrachadh thu 'n duine bochd,
'S ithidh e tur am buntàta,
A' cumail Phàruig anns an sgoil,
       Air feur dà mhart.

AN T-UGHDAR.

An ann eòin a' deanadh tàir
Air oidhirp pàranta ri 'chloinn,
Co e leis nach math a phàisdean
Fhaicinn tigh'n a n-àird gu loinn,
'S cha 'n 'eil thu 'n suidheachadh gu 'thuigsinn,
Gach ni air am bheil duine 'n tòir,
'S an fhròig am falach anns a' choill,
'S do bhiadh a' d' bhroinn, cha 'n iarr thu 'n còrr,
       'S bidh thu gu math.

A' CHAILLEACH OIDHCHE.

Cha d' rinn mi tàir air oidhirp duine,
'S mòr a ghabhainn, 's mi nach dian,

'N uair tha sin a' deanamh dìchioll
Air gach nì a thoirt gu rian.
Ach 'n uair a fhuair e 'bhòrd a phàigheadh,
'S deise bhlàth uime do 'n chlò,
Innis dhomhsa 'n t-aobhar àraidh,
'Bhi 'toirt dhasan airgiod-pòc',
   Gun fhios c' arson.

Tha càirdeas, comunn, agus gaol,
A' measg dhaoine math gu leòir,
B' fhuar am fàsach as an ioghnais,
Bhiodh an saoghal bochd gun treòir,
Ach streap a' mheasain ris a' mhial-chu,
'Tuigidh leanabh crìoch an sgeòil,
Is cuideachd ghòrach sòlas baoth,
Gu 'm falbh iad mar a sgaoileas ceò.
   Bhar stùchd 'us ghlac.

'N uair lasar coinneal ann an seòmar,
Gur a bòidheach ni e deàrrs',
'S luath a dh' éireas leomann suas rith'
A' dol mu 'n cuairt oirr' uair no dhà,
Nunn 's a nall a' dol m' a tuairmeas,
Gus an d' fhàs an truaghan dàn',
Le siabag thaoibh gu 'n chaill e 'chùrsa,
'S thuit e air an ùrlar dàtht',
   Gun sgiath gun chas.

Lorg na h-ealla air an t-snàmh,
Lorg an eòin an àird na speur,

Cha chluinn thu 'n diugh thar tulaich àrd,
An tàirneineach a bh' ann an dé,
Mar sin cha till ri clann nan daoin'
Gach sòlas faoin 's na chuir iad ùigh,
Tha 'n duilleag sheargt' air falbh o 'n phreas,
'S ri gréin na teas cha sheas an driùchd,
  Ach thiormaich às.

Mar shiùbhlas dubhair air an t-sliabh,
Gu riasgalach a' ruith a chéil',
'N uair ghreasar leis a' ghaoith gach neul,
A bha cur sgàil air aodann gréin',
Falbhaidh iad 's gur math tha fios
Gur mòr a's misd',—ge beag an treòir,
'S cha d' fhàg iad ale le 'm faic thu 'm bith,
Mar na fir-chlis ri oidhche reòt',
  'Us luath théid às.

Na faic na chì, 's na cluinn na chualaig,
Na tog buaireas gun cheann fàth,
Ma's ceannach air an ubh an gog,
'S e 'n t-aran tioram bochd a's feàrr,
Gur sonas sìth nach ceannaich ni,
'S ma ruagar i cha till gu bràth,
Air cluasaig iomagain dhùisg le ioma-cheist,
Clann na h-iorgail anns gach àit',
  Gun bhuaidh gun rath.

Na bi ro-reachmhor ann a' d' bheachdan,
'S laigse neart an cleachdadh gò,

Tha stuamachd bhriathran cheart cho ciatach.
Ris an rian a bhac an t-òl,
Ni aidmheil chealgach suain gu seargadh,
Is éiridh chearbach aig a' mhòd,
Cagar tuaileis cum á chluais e,
'S aig an truaghan faic a chòir,
    Ma's comas dhuit.

AN T-UGHDAR.

Gu cinnteach tha mi 'gabhail tlachd
Do mhòran de na tha thu 'g ràdh,
Ged a chum thu 'n so mi tacan,
'S mi 'bhi fada mar a bha,
Ma dh' fhanas tu gu beul an latha
Bidh eòin a' bhaile-s' as do dhéigh,
'S mar a teich thu sios do 'n t-simleir,
Cha bhi iteag ann a' d' sgéith,
    Nach toir iad as.

A' CHAILLEACH-OIDHCHE.

Fàgaidh mi so a thiota,
Cian mu 'n cluinnear blg aig ian,
Bi'dh thusa air an t-sràid a' gligeal,
Seòlaidh mis' os cionn nan sgliat,
Bi'dh mi fad' air falbh o 'n bhaile,
Mu 'n tig camhanaich an lò,
Am chadal thall air cùl na sgàirnich,
Mu 'm beir Teàrlach air an ròp,
    'S mu 'm buail an clag.

Ach mu 'm falbh mi their mi so riut,
Cum do ghnothach air dheadh sgoinn,
'S na fuirich mu 'n stòp ri sodan,
Gus am fàs a nochd 'n a raoir;
Cha tig maorach ás a mhonadh,
'S cha tig sonas ás an fhoill,
Air do shlighe imich romhad,
'S cuimhnich comhairl' cailleach-oidhch',
　　　'Us beannachd leat.

SUAS NA H-EILEANAICH AS UR.

Air Fonn.—*An t-urram aig a' "bhàrge" ruadh.*

Seisd.—Suas na h-eileanaich ás ùr,
    Fàir a nall mo shean chruit-chiùil,
    Suas na h-eileanaich ás ùr,
      Gur h-ann a chuir mi ùidh 's na seòid.

Albainn aosd' air uchd an t-sàil',
Tìr nan cruach 's nam fuar-bheann àrd,
'Us t-eileanan mu 'n iath an tràigh,
    'S tu mar an lach le 'h-àl air òb.

Tha 'r leam gu faic mi fada bh' uam
Eilean Leòdhais 's an taobh tuath,
Tìr nan gallan smearail, cruaidh,
    Nan àrdaibh stuadhach, 's nam fear mòr.

S bòidheach 'n uair a dh' éireas grian,
Uibhist nam beann gleannach, ciar;
Barra 'm beuchdaich a' chuain shiair,
    'Us Eilean Sgiathanach a' cheò.

Tha Rum 'us Eige fada shìos,
Ris an éirich stoth 'n a mill,
'S Colla creagach sheasas sian,
    Ri taobh tìr ìosal, mhìn, an eòrn'.

Ged a's beag e, eilean I—
Creathal fòghlum agus sìth—

'S Muile mòr-bheannach g'a dhìon,
  'S i sud an tìr 's an cinn am pòr.

'N uair a sheòlas mi troimh 'n chaol
Chì mi 'n sin Liosmòr an aoil,
Cearara, Scarba, Luing 'us Saoil,
  'Us Siùna 's am bi chraobh fo chròic.

Colasa, mu 'n séid an stoirm,
Oransa, mu 'm faighte 'n learg,
Diùra caol nam fraoch-bheann garbh,
  'Us làmh ris Ile ghorm an fheòir.

Tha mo ghaol air tìr nan sonn,
Innsean nam bó laoigh 's nam meann,
'Us fiùrain 's deise 'shiùbhlas fonn,
  'S air bhàr nan tonn iad mar na ròin.

Maraichean gur tric a dhearbh,
Cruadalas ri fuachd ro chalm',
'S tha leam fhéin gur cinnteach sealg,
  A thigh'n o 'n làimh 's nach cearbach sgòd.

Stiùraidh iad an sgoth 'n a deann,
Ri sruth lionaidh 's gaoth an ceann,
'S cìrein currac-bharrach nan tonn
  A' tigh'n ro theann air an stràc-beòil.

Shaoileadh coigreach bhar fairg'
Nach biodh mùirn fo 'r stùcan borb,
Faic a rìgh, 's bu bhinn ar seirm,
  An uair a chruinnicheadh sibh mu.'n bhòrd.

ORAN DO 'N MHISG.

Air Fonn:—*"Ma théid thu dh' Airidh-thuathlain."*

Seisd.—'S e 'n t-òl a rinn am milleadh oirnn',
 Is gòraiche gun phiseach e,
 'N uair thòisicheas na gillean air
 Cha 'n 'eil iad idir sàbhailt.

Is comharra na truaighe sud,
Fear-teaghlaich nach bi stuamachd ann,
'S an leth-bhodach air chluais aige
 Cho luath 's a fhuair e 'phàigheadh.

'S e fhéin an duine ciatach,
Seall mar phàigheas, 's mar a dh'iarras e,
'S cha 'n fhàg e sud—cha b' fhiach leis—
 Gus an òl e 'n trian a's fheàrr dheth.

Thig a bhean glé shimplidh,
Le cròilean lag 's tha dìol orra,
G' a iarraidh seach mu mill iad e,—
 'S a clochran air a gàirdean.

Gur clach no ploc is crìdh 's an ucach,
Nach taisich 'n uair a chì e sud,
'Us cha 'n 'eil iad na 'n dilleachdain,
 'S gu 'n leig an sgìreachd bàs iad.

An dachaidh bhochd 's gun nì innte,
Tha neul an acrais sgrìobht' oirre—
Chì thu *bowl* 'us pìosan as,
    'Us truinseir agus beàrrn ann.

Gun éibhleag air a' chagailt ud,
Gun stial do dh' aodach-leaba stigh,
An dorus fhéin cha ghlaisear e,
    'S gun dad ann a gheibh meàrlaich.

'N uair thòisicheas na mnathan air,
Gu 'n dean iad seòrsa falaich air,
'S bidh clùd g' a cuir mu 'n t-shearaig
    Seach mu 'm faicear air an t-sràid i.

Tha bleid 'us braid ag iathadh ioma,
Slaight 'us foill ga riarachadh,
Mu thuirt e fìrinn 's iasad i,
    'S na briagan a' comh-fhàs leis.

Ri ùine dh' fhàs i suarach ioma,
'Us thig i mach 'us spuaic oirre,
Càinidh i luchd-stuamachd,
    'S ann tha uaill oirr' ás a nàire.

Gur iomadh fear le còta math,
'S cha 'n aidich e gu 'n òl e deur,
Tha 'shùilean dearg 'us deòir annta,
    'S a shròn mar ròs a' ghàraidh.

Cha 'n fhaic mi anns an t-saoghal so,
Cho uamhasach an aogasg leam,

Ri fear 'us bean air daoraich
   'S gun an t-aodach air na pàisdean.

'N uair chì sinn anns a' mhaduinn
'Dol do 'n *phawn* le aodach leinibh i,
'S ma their thu gu bheil anam innt',
   Nach fhaod mi fharraid "C' àite?"

Dhiu dhomh 'bhruit a's fiadhaiche,
'S a's ìsle air an t-sliabh againn,
A thug a brù 'n a miann oirre,
   Gu 'n d' thréig i riamh a h-àlach.

'S I 'N GRADH A' CHAILLEACH.

AIR FONN:—"'*S i 'ghràin a' chailleach.*"

SEISD.—O hì, o hà, 's i 'n gràdh a' chailleach,
O hù, o hà, 's i 'n t-àgh a' chailleach,
O hì, o hà, 's i 'n gràdh a' chailleach,
'S i mànran 's ceanalt' an còmhnuidh.

Ged leanas i dlùth ri mùirn na cuideachd,
Chaidh fada air chùl 's an t-ùr nach tuig i,
Cha sgeig air a cùl, ach ùmpaidh burraidh,—
'S mi dhùraichdeadh buille 's an t-sròin dha.

Tha caoinalmeas 'us blàthas, 'us bàigh 'us foighid,
Tha comhfhurtachd chàich a ghnàth 'n a h-aithre,
Cha diomhain a làmh chuir àird 'us callan,
Air sgèimh na dachaidh do 'n òigridh.

Le binnead a dàin 's i tàladh leanabh
A crònan cho sèamh ri mànran cagair,
Gu 'n sguireadh am pàisd' d' a chànran gearain,
'S tha sàmhchair cadal 'us clò air.

Tha coiseachan òg 's rinn stòl a dhochann,
'Us silidh e deòir 's a mheòir 's an dorus,
'S e leigheas gach leòin 'n uair phòg i chorrag—
Tha 'bhròn 's a chorruich air fògar.

Ged cheileas i nì nach b' fhiach ri 'aithris,
'S thuirt sgeul nach robh fìor, chuir sìth mu 'n chag-
    ailt,
'S e aobhar gach gnìomh, neo 's clì mo bharail-sa,
    Crionndachd, maitheas, 'us còrach.

Gur h-aoibheil a sùil, gur ciùin a h-aithris,
A chionn gu bheil mùirn 'us sunnd mu 'n teallaich,
Ach nochdaidh iad diumb no tnù nach falaich,
    'S tha 'gnùis fo smalan ro bhrònach.

Ged dh' fhàisgeadh a crìdh le mì-run guineach,
'S na dheoghail a cìch a dhìobradh buileach,
Tha nàdur bha grinn, ma chì 's ma thuig thu,
    Ri linn gach buille na 's bòidhche.

Ma tha thu gu dian dol sios troimh 'n mhachair,
Thoir sùil, ma sa miann, tha 'n dias so abaich,
Nach maiseach falt liath air fiamh a' chanaich,
    A' triall gu Flaitheas na glòire.

Ma chaidh thu far sàil air ànradh tamull,
Le cuimhneachan blàth mar dh' fhàg thu'n dachaidh
Ged thilleas tu slàn 's a h-àite falamh,
    Chaidh sgaileadh smal air a chòr dheth.

SEINN AN DUAN LE BUAIDH DO 'N AINNIR.

AIR FONN:—"*Ged tha mi gun chrodh gun aighean.*"

SEISD.—Seinn an duan le buaidh do 'n ainnir,
Maighdean chiùin a' chùl duinn chlannaich,
Gur a h-òg a bha mi mar-riut
Anns a' ghleannan taobh an uillt.

Gur a h-òg a bha mi 's m' éideag,
Anns a' ghleann a' cualach spréidhe,
'N uair bhiodh na laoigh bheaga geumnaich,
'S uiseag anns an speur a' seinn.

An cuimhne leat a liuthad uair
'S a thionail sinn sugh-craobh nam bruachan,
'S tric a spùin mi 'n seilean ruadh,
'S a thug mi 'n cuachan dhuit 's a chìr.

'S tric an uair a bhiodh-maid còmhla
Anns an doire 'n goir an smeòrach,
'Lùb mi 'gheug gu 'n d' fhuair thu 'd mheòir
Am mogal 's am bi 'chnò 's a' choill.

'S tric a dh' fhigh mi crios do 'n luachair
Mar do mhiann gu 'n deanainn suas e,
'S neòineanan a's bòidhche snuadh,
Na 'm paideirean mu 'n cuairt do chinn.

Sguiridh an lon-dubh 's an smeòrach,
Air cho binn 's g'a bheil an ceòl ac',
Dh' éisdeadh iad gu léir le sòlas,
    'N uair a dheanadh Mòrag seinn.

An nochd 's an talla 'm measg nan ceudan,
Mhùch thu àilleachd chàich gu léir,
Mar choinnlean ann am boillsgeadh gréine,
    Dh' fhàg thu gean gach té gu tinn.

Miann gach sùil thu, iùil gach gruagaich,
D' fhìnealtachd 's an ruidhle chuairteig,
Fana-bhuidheach do cham-lub dualach,
    'N uair a ghluaiseas iad fo 'n stìm.

Ré chòig bliadhn' bha mi air ànradh
Fada bh' uaitse, 'ghaoil, 's o m' chàirdean,
Ach a nis o 'n fhuair mi làmh riut,
    'S goirid gu 'n cuir *Blair* * an t-snaoim.

'S ged a tha sinn greis air fògar
O 'n àite 'n d' àricheadh òg sinn,
Théid sinn fhathasd 's ni sinn còmhnuidh
    'N Ile bhòidheach a' chrodh laoigh.

* Rev. R. Blair, M.A., Cambuslang; formerly of St. Columba
Church, Glasgow.

ORAN DO 'N CHUTHAG.

AIR FONN :—"*Banais Dhùghaill.*"

"Chuala mi 'chuthag, gun bhiadh am bhroinn,
Chunna mi searrach 's a chùlthaobh rium,
Chunna mi 'n t-seilcheag air an lic luim,
'S thuig mi nach rachadh a' bhliadhna leam."

SEISD.—Ho ro, 's gu bheil mi muladach,
          Mu 'n dìol a dh' fhàg a' chuthag orm,
          Mu 'n gann a charaich duin' againn,
          Troimh 'n uinneig bha gù gùg aic'.

Be sud an gnothach iongantach
Mar thàinig thu gun fhios oirnn,
Mu 'n gann a nochd an Giblein
    Gu 'n robh thu 'm pris an Iùralld.

Cha b' e blàths' na h-aimsir
A chuir cho tràth air falbhan thu,
Ach ghuireadh thu 's a' chealgaireachd,
    'S cha 'n earbadh riut ach ùmpaidh.

Na 'n tigeadh tu mar b' àbhaist dhuit,
Gu 'n éisdinn riut le gàirdeachas;

Ach tigh'n an àm mi-nàdurra
  'S mu ghàrrnachadh mu 'n dhùisg mi.

Thuirt Iseabal 's i carachadh,
Tha bonnaich anns a' bharaille,
Ach cha b'e 'n t-àm gu'n caganadh,
  'Us bradag 'cur na smùid dhith.

Bidh iomadh crois a' tachairt air
Fear 'chuala gun ghreim maduinn thu.
'S mu 'n téid a' bhliadhna seachad 'orm,
  Gu 'n crean mi air do dhiumb-sa.

An t-achadh 'n robh 'm buntàt' agam
A ruamhair mi 's a ràsail mi,
Ged leasaich mi gu làidir e
  Cha d' thàinig bàrr troimh 'n ùir dheth.

Gu 'n d' mheath e anns an talamh orm,
A chuid nach d' ith na radain dheth,
'S far an d' thàinig bacalag
  Gu 'n d' thog am fachach * dùn air.

Mo ghamhainn làidir, ceannsgalach,
A dheanadh màl na Bealltainn dhomh,
Gu 'n tug e greis air chall orm
  'S an toll gu ruig a shùilean.

Ged fhuair mi air an fhonn e
Cha dean e ceum ach stamban dhomh,

* Molc.

Gur coltach e ri seann duine
  'S e dannsadh "Calum crùbach."

Mo chaoirich chaidh an lomairt dhomh,
Thug dris 'us fraoch an olann dhiubh,
'N làir-bhàn 's i air an togail,
  'Us tha 'n othaisg anns an sturdan.

Tha Iseabal gu muladach,
Cha d' fhuair i 'm bliadhna gur a mach,
Na cearcan 's a' ghlas-ghuib orra,
  'S na tunnagan 's iad crùbach.

Gur ann an raoir a chunna mi
Thu air an tom a' d' ghudaman,
Ach cuiridh mise 'n gunna riut,
  Ma thig thu tuillidh dlùth dhomh.

Thuirt Iseabal 's i tàir orm,—
Bi 'd thosd 's na bi 'cuir spleumas orm,
Cha 'n amaiseadh tu 's tu làmh rithe
  A' bheinn a's àirde 's dùthaich.

ORAN MU 'N BHUNTATA-ROISDE.

AIR FONN :—"*Hùgaibh air nighean donn nam meall-shùil.*"

SEISD.—Hùgaibh air nighean donn nam meall-shùil,
  A th' aig a' bhàillidh bràigh a' bhaile,
  Hùgaibh air nighean donn nam meall-shùil !

Mo nighean donn nam meall-shùl blàtha,
Gur-a trom a thug mi gràdh dhuit,
'S o 'n a thréig thu gun cheann-fàth mi
  Innse mi do chàch mar thachair.

Oidhche dhomhsa còmhl' ri càirdean
A' dol troimh shràid Earraghàidheal,
Chaidh sinn do 'n tigh-òsd' aig Pàruig,
  'S dh' òl sinn fear no dhà mu 'n d' dhealaich.

Dh' òl sinn h-aon, 's a dhà, 's a trì dhiu,
Do 'n stuth shoilleir thig á Ile,
'S iomadh fleasgach a th' air thì air,
  'S bidh na h-ìghneagan g' a bhlasad.

Ann am mionaid theich na h-uairean,
'S thàinig fleasgach flathail, suairce,
'S thuirt e Forbes * a dhaoin'-uaisle,
  Tha 'n t-àm agaibh bhi gluasad dhachaidh.

* Forbes Mackenzie.

'N uair a fhuair mi air a chabhsair,
Leis an t-suaineach a bha 'm cheann-sa,
Rachainn le solus an lanntair,
    A ruith nam ball na 'n d' fhuair mi caman.

Thàinig bodach nall 'n ar còmhail,
Gealbhan aige 's e ri stòbhadh,
'S rud a bha 'n a ioghnadh dhomhsa,
    Buntàta-ròisde aig air asail.

Thug e cuireadh farsuinn, fial dhuinn,
'S ann bh' uaith fhéin bu bhlasda briathran,
'S fhuair sinn suipeir mar a dh' iarr sinn,
    Dh' fhoghnadh do mac iarla 's barain.

Thug e dhomh le fiamh a' ghàir air,
'S thuirt e feuch nach téid do sgàladh,
'S 'n uair a shìn mi mach mo làmh
    Gu 'n d' fhuair mi dà bhuntàta, 's marag.

Gur e 'n teas a rinn mo leònadh,
Thug e 'n craicionn bhar mo mheòir-sa,
Thug mi greim àisd' nach do chòrd rium,
    'S chaidh an còrr am phòca 'sparradh.

Mar a b' àbhaist, an ath oidhche,
Chaidh mi 'shealltainn air a' mhaighdean,
Còmhl' ri cuideachd chridheil, chaoimhneil,
    'S cha robh cuimhn'-am air a' mharaig.

'N uair a chaidh a chuideachd còmhla,
'S sinn ri aighear agus sòlas,

Gu dé a leum mach ás mo phòca,
   Ach dò-bhliadhnach mòr do radan.

Dh' éirich Màiri 's thug i leum aisd',
Ghlac i 'm *poker* a chum feuma,
An còcaire le ladar créise,
   As a dhéigh a suas an staighear.

Chaidh e 'm falach ann am fròig,
'Us thionndaidh mise mach mo phòca,
Dh' fheuch an robh tuilleadh d' a sheòrs' ann,
   'S nochd sud do na seòid a' mharag.

Leis an nàire dh' fhàg mo thùr mi,
Shaoil mi gu 'n rachainn troimh 'n ùrlar,
Chaidh mi mach air dorus cùil,
   'Us thug mi ionnsuidh air dol dachaidh.

Leis an aimheal ghabh mi 'n daorach,
'S dol chum na drochaid cha 'n fhaod mi,
Dhùraichdinn gach ceann dhiu 'chaobadh,
   'S iad a glaodhaich—"C' à 'il do mharag?"

A Mhàiri mu thug thu cùl rium,
Feumaidh mi tigh 'n beò as t-ioghnais,
Dheanainn long 'us bàta stiùradh,
   Ged a bha mi 'giùlan marag.

ORAN NAN DEALBH.

AIR FONN:—*"Am bruadar a chunnaic Anna."*

Chaidh an t-òran so a sgriobhadh air "Comunn Gaidhealach
Ghlaschu" a chaidh a dh'fhaodainn an dealbh air a tharuinn air
latha àraidh.

SEISĎ.—Horo 'n cuala sibh
    An gluasad a bh' air ar n-aire,
Chruinnich sinn gu h-iomlan,
    Gu dealbhadair gus ar tarruinn,
Chaidh an Comunn còmhla,
    'S bu phròiseil iad air an rathad,
Sinne bha gu foirmeil
    A' falbh gu ruige bràigh 'bhaile.

Chaidh an Comunn Gàidh'lach,
    An dràsd far nach robh an sean-athair,
Chruinnich iad do 'n àite,
    Gu àrd air mullach a *gharret,*
O 'n a tha iad ainmeil,
    Bha 'n dealbh a dhith orra 'tharruinn,
Cha robh fhios o chian,
    Ciod bu chiall do na *photographers.*

'N uair a rinn sinn cruinneachadh,
    'S ann iomraiteach bhios an latha,

'N uair a chaidh sinn còmhla,
   Bha còrr agus fichead fear ann,
Cha robh mòran rùm ann
   'S a' chùil anns an deach' an sailleadh,
'S cuileagan na 'n ciadan
   A' siabail air feadh an tighe.

Fead aca mu 'n cuairt dhinn,
   Mu 'r cluasan 'us air ar bathais,
Athainean a' chruadail,
   Bu truagh a bhi aca 'n ceangal,
'N ar seasamh 'n ar maol chnap,
   Gun aomadh, mar gu 'm biodh carradh,
'S na 'm faodadh-maid gluasad
   G' am bualadh, cha robh mi gearan.

Leis gach cùis a bh' ann,
   Gur a gann gu robh mise toilicht',
Ga m' sparradh ann am fròig,
   Air mo chòmhdach le Mac-an-rothaich,
Bha dos mòr Mhic Leòid
   Aig mo sgòrnan a brath mo stobadh,
M' amhach 's mi g' a sìneadh,
   'S gun mìr dhiom ris ach an dosan.

Bheireadh cuileag srann aisde
   Thall air taobh eil' an tighe,
Ghabhadh i 'n a ceann e,
   'S a nall bhiodh i ann am charamh,

Bhiodh i stigh a' m' chluais,
  'Us bu chruaidh a bheireadh i *rattle*,
Shaoilinn gu 'n robh 'n *Tramway*
  'Tigh'n teann orm, 's i na sradan.

Bu shuarach leam gach ni,
  Seach an dìoll a bh' ac' air Mac Eacharn,
Bha iad mu 'n cuairt d' a aodann,
  Mar fhaoileannan ann an cabhaig,
Dh' innseadh e do chàch,
  Mar a shàraich iad e le tachas,
'S gach fear a bha làmh ris
  Le gàireachdainn 'n impis spreadhadh.

Gur iad luchd an fhéilidh
  Iad fhéin fhuair a' chuid bu mhiosa,
Bha iad ri uchd bualaidh,
  'Us gruaim air a h-uile gin dhiu,
Ach na 'm faoidte stamban
  'S an àm ged nach robh ann fiodhal,
Cha bhiodh feum air canntaireachd,
  Dhannsadh iad leis an diogailt.

'N uair chunnaic sinn na h-aogaisg,
  Cha 'n fhaodadh-mid an cuir air balla,
Bha Mac Aoidh a' caogadh,
  'Us bha claon-shùil air Mac-a'-Phearsain ;
Bha Eanruig g' a phianadh
  'S a chiabhagan air am pabadh,

Cuileag air a bheul 'us
  E feuchainn oirre le a theangadh.

Bha h-uile fear cho neònach,
  'S a shròn, gu 'n robh ioma car innt',
'S thug fear eile 'chròic* leis,
  Gu pròiseal a bheir an tarninn,
Bha sinn uile searbh dheth,
  'S cho cearbach 's a chaidh ar pacadh,
Dheanta sgadain dearg-dhinn,
  Gu dearbhte na 'm biodh-mid fad ann.

* Deer-antlers that were hanging on the wall, and which
appeared as growing on the head of one in the group.

CUMHA NA MULACHAIG.*

SEISD.—Hoirean an hi ri ho ro bo,
    Hiuraibh o ho ri ho ro ho,
    Hoirean an hi ri ho ro ho,
    Hiuraibh o hill oraibh o.

An cuala sibh mar chaidh mo mhilleadh,
Dh' fhalbh mo chuspair bh' uam a thiota,
Ciod an rud mu 'n seinn mi 'nis
    O 'n dh' ith iad orm a' mhulachag?

Moch Di-sathuirne troimh Nolluig,
'N uair a dh' fhosgail iad an dorus,
'S iomadh sreang bha tigh'n bhar sporan,
    Dh' fhaodainn sgnog do 'n mhalachaig.

Fada mu 'n d' rinn pàirt dhinn éiridh,
'S cian mu 'm facas solus gréine—
Fear le spaid, 's e ás a léine
    A' reubadh na mulachaig.

Ach rinn an oidhche pàirt dhiu dhearbhadh,
'S iomadh fear a chrean gu searbh air,
Chum e mòran ás an t-searmoin,
    Na bha 'bheirm 's a' mhulachaig.

* Faic eachdraidh na Mulachaig air taobh duilleig 36.

Bean a' ghobhainn 's an t-sràid mheadhoin,
Bha i 'dannsadh ris an innein,
'S cha robh dad ann a rinn sud oirr',
    Ach na dh' ith i 'n mhulachaig.

Cailleach mhòr 's i fuathasach reamhar,
Air an t-sràid le trinnseir sgadain,
'S beul a *chlose* cha robh i 'g amas,
    Leis na ghabh i 'n mhulachaig.

Ghabh na cailleachan *spree* na dunach,
'N uair a fhuair iad 's an tigh mhullaich,
Dileag bheag á Lag-a'-mhuilinn,
    'Chuideachadh na mulachaig.

'N uair a fhuair iad air a' *gharret*,
Chuir iad ròpa ris na sparran,
'S chuir iad Iseabal 's an dreallaig,
    'S Anna bha 'g a tullagan.

Rinn a chailleach ruadh aig *Kelly*,
Car-a'-mhuiltein leis an staighear,
'S rinn e dùsgadh ás a phreathal,
    A casaid air a' mhulachaig.

Chum iad air gu glaodh a' choilich,
Dh' ith an cat na bh' aca choinneal,
Bhrist iad am botal 's an gloine—
    Coireannan na mulachaig.

ORAN NA VALENTINE.

Air Fonn :—" *Hey for Bob and John*,"

Seisd.— -Port a bh' agam fhìn,
            Port a bh' aig mo shean-athair,
            Port a bh' aig mo sheana-mhathair,
            'N uair a dh' fhalbh mo shean-athair.

So agaibh an t-àm a tha trang an Glaschu,
Valentines neo-ghann aig gach ceann do 'n bhaile,
Posdaichean gun tàmh, dol troimh 'n t-sràid nan deannaibh,
'S air oidhche Dhi-màirt cha robh 'm màileid falamh.

Lachunn Mac-a-Phì shios aig bun an t-sruthain,
'S toigh leas dileag chrìou, feuch nach inns' sibh guth
            dheth,
Tha e 'na ghille grinn, ionrachdan do dhuine,
Ged a ghabh e 'n *spree* aig *soiree* nam Muileach.

Màiri nigh'n Iain Ruaidh shuas anns na *Cowcaddens*,
Tha i math air fuaigheal 's deanadh suas nam fasan,
Tha i 'n dùil gu 'm buanaichd i tuathanach fearainn,
'S cia mar théid i 'n bhuaile, 's buarach air a casan.

Seall sibh Lachan Ruadh, gille fuasgailt', fearail,
Mu chreideas tu 'dhuan, tha e fuath'sach gramail,
Maraiche air cuan ri gaoth tuath 's ri gaillinn,
'S chuir e taobh na luaithre 'n ruaig air Arab Pasha.

Seall sibh bean gun ghruaim suaich 'antas na h-ainnir,
'S rìomhach òr a cluas a' measg dhual 'us chamag,
Air taobh thall do Chluaidh air Di-luain so chaidhe,
Dh' fhàg i Calum Ruadh 'n uair a fhuair i *masher*.

Seall sibh fear mo ghràidh, tàilleir Thom-a'-bhirein,
Bidh e tric air mhisg 'us ioma rud a's miosa,
Thòisich e air càradh le 'shnàthaid 'us le shiosar,
Gu mo fad' thu maireann, 's meal 'us caith do bhrigis.

Iseabal Nic Aidh, caileag mhàgach, reamhar,
Coisichidh i 'n t sràid 's cha 'n 'eil fàth 'bhi gearan,
Lughdaicheadh e 'bùc, 's bhiodh i sùmhail, ceanalt',
Le dol greis a nunn dlùth air *Dr. Tanner.*

So mo ghille còir Dòmhnull nan casan fada,
Leth-cheud bliadhn' 'us còr, 's cha do phòs e fhathasd,
O'n thàinig na faoillich ghabh e gaol air caileig,
'S minic a bha scann-each ann an geall air searrach.

Seall sibh bean mo ghràidh Màire bhàn Nic Phabain,
An còcair' aig a' bhaillidh an ceann àrd a' bhaile,
'S coingeis leis a' mhàldag a cràg air neo an ladar,
Spàin aic' agus cupa leis an tuig i 'n taigeis.

Do gach cùil 'us fròg anns an còmhnuich duine,
Eadar Tigh Iain Ghròt agus baille Lunnainn,
Théid iad 'thìr nam beann thar gach alld 'us sruthan,
'S posdaichean na 'n deann feadh nan gleann g'an liubhairt.

ORAN DO 'N HOKEY POKEY.

Seisd.—Co sud thall a' falbh 'n a throtan,
Bara-roth 'us buideal aige?
Sud agaibh, gu cead do 'n chuideachd,
Duin' air am bheil *Hokey*.

Hokey pokey rinn mo léireadh,
'S ann am cheann-sa chuir e 'n déireach,
Cha 'n e fear air am bi 'n déideadh,
Aig bheil feum air *hokey*.

Hokey pokey dubh na dunach,
Port tha 'm beul a h-uile duine,
Bheir a' pharracaid anns an uinneig,
Luinneag air an *hokey*.

Oigridh 'bhaile so gu léir,
'S a' mhaduinn mhoich 'n uair ni iad éiridh,
Iad a' fàilteachadh a chéile,
Le 'bhi 'g éigheach *hokey*.

Bidh na balaich 'us na cailean
'Dol troimh 'n t-sràid 'us iad nan deannaibh,
Bidh iad suas 's a nuas an staighear,
'S caithream ac' air *hokey*.

Am pàisde nach 'eil bliadhna dh' aois,
An uair a dh' fhàgar e 'n a aonar,

Greis a gàireachdaidh 's a caoineadh,
  'S greis a glaodhaich *hokey*.

'S iomadh nìghneag bhòidheach, lurach,
Aig bheil boinneid agus currachd,
'S feumaidh i mu 'n téid i 'chuideachd,
  Bloomer mar th' aig *Hokey*.

A h-uile fleasgach òg 's a' bhaile,
A bha 's a' Ghàidhealtachd aig an fhaidhear,
Dh' fheumadh e mu 'n deach e dhachaidh,
  Ada mar bh' aig *Hokey*.

Ach thig an geamhradh oirnn gun dàil,
Le reothadh cruaidh 'us fuachd gun tàmh,
A chuireas fuadach fo 'n a ghràisg,
  Tha 'n déigh an t-àite bhòdhradh.

'N uair a dh' fhalbhas fuachd na gaillinn,
'S a thig samhradh maoth nam faillein,
Dh' fhaoidte gu 'n tig Arab Pasha,
  'S bar' aige le *hokey*.

AN DROCHAID.

Air Fonn:—"*An t-aparan goirid, 's an t-aparan ùr.*"

Seisd.—Bheir mi dhuit naigheachd o'n tha sinn lein fhìn,
Bheir mi dhuit naigheachd 'us tha i glé fhìor,
Bheir mi dhuit naigheachd o'n thàinig thu 'n
rathad,
Is eallaidh air ballaich a' bhail' againn fhìn.

'S ann thig na fir sparaiseach deas agus tuath,
O 'n iar 's cuid o 'n ear dhiu 's gach rathad mu'n cuairt,
'N uair chi thu troimh 'n bhail' e dol seachad 'n a dheann
Gur foirmeal a choiseachd, tha 'n drochaid 'na cheann.

'S an fheasgar 'na chabhaig tigh'n dhachaidh gu luath,
Chuir suas deise rìomhach 'n uair chìreas e 'ghruag,
Tha 'n t-aodach bha salach 's a' chùil air a sparradh,
Tha 'n ceap air an tarunn 's tha 'n ada 'dol suas.

Tha fear eile 'n a shradan dol seachad troimh 'n t-sràid,
Cha 'n earb e ri chasan ach gabhaidh e *car*,
'S e mheudaich a mhasladh bhi daonnan cho fada,
'S cha bhi iasg anns a' chaisil nach glacar le càch.

Gu 'n càraidich caigeann mu 'm faigh mise nunn,
Ged 'tha mo chuid airgid an carbad na mùil,

Bidh Lachann 'us Uilleam a' seilbh anns a' chudainn,
Bidh Seumas 's a' chuideachd, 's cha 'n uilear leis triùir.

Bu nàrach 's bu mhaslach do mhac Iain 'Ic Aidh,
Mar dh' fhalbh e le m' leannan 's a mach gu *Cowlairs*,
'Sa thé fhéin ann an Arain a' fuireachd car tamuil,
'S an deighinn dha Anna fhaicinn dhachaidh mar bha.

Thuirt Mòr gu 'm bu neònach do Sheònaid 's gu 'm b' olc,
Nach soirbhich le daoine bhios daonnan ri cron,
I bhi sràid'machd le Dòmhnull 's a' phàirce Di-dòmhnuich
Cho fad 's a bha Deòrsa air còrsa *New York*.

Thuirt i ri Sìne 's mi fhìn 'tigh'n a nall,
Gur burraidh gun tlachd a bha 'm mac Dhòmhnuill 'Ic
     Cuinn,
Mar dh' fhalbh e le Iric a chionn i bhi rìomhach,
'S gun fhalt oirr' r'a chìreadh, 's gun fiacaill 'n a ceann.

Nach seall sibh tigh'n thairis oirr' Alasdair mòr,
'S e tàladh air caileag 's cha tig i g' a chòir,
Leis cho fad 's a tha 'n duin' ud ag iasgach nan liuthag,
Tha 'mhaodhar cho dubh aig ri currachd an ròin,

Cha b' e sud air an gabhadh a bhanag gheal òg,
Air maodhar dh' fhàs odhar g' a bhogadh 's an lòn,
Ach fuaidearag innich 's an dubhan ro bhiorach,
Cha tugadh e spiolag á iteag a' gheòidh.

Tha cuid dhiubh nach fàg i a latha no dh' oidhch'
Gun mùthadh tigh'n orra, tha 'n nochd mar bha 'n raoir,

Ach mu thuiteas an drochaid mar thuirt fàidhean an
    droch-sgeul,
Bidh Gilleasbuig 's a' *bhottom*, 's bidh Rob air a shlaoic.

Do 'n eaglais Di-dòmhnuich cha téid mòran dhiu steach,
'S iad fada gun éiridh air réir an droch cleachd,
Ach bu mhòr bhiodh an call leis 's e falbh air a' chabhsair
Mur téid aig air bhi thall ann an àm tigh'n a mach.

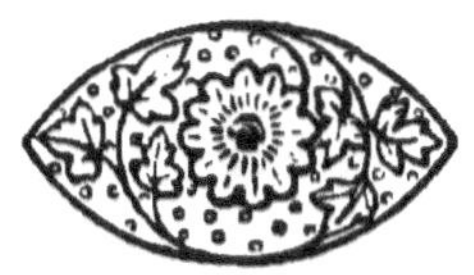

ORAN MARGADH-AN-T-SALAINN.

AIR FONN:—*"Johnie stays long at the fair."*

SEISD.—O 'n cual', an cuala sibh 'n caithream ud,
E 'n cual', an cuala sibh 'n sadadh ud,
O 'n cual', an cuala sibh 'n tabaid,
Bha 'm Margadh-an-t-Salainn an dé?

'N uair chruinnich iad còmhla 's an tigh-òsd' aig M'Kennie
'S ann ann a bha 'bhòlaich mu 'n dòigh bh' aig an sean-athair,
Mar bhuaileadh e dhòrn 'us mar dh' òladh e searrag,
'S ann bha e 's an tabaid ro thréin.

Bha piobaire 'n aon-a-phuirt a' bronnagail le farum,
Gun ghaoithe 'n a phluic, ach mar chluicheadh e 'achlais,
Fiodhal dà theud air ghleus 'n a deannaibh,
A' togail làn aighear nan treun.

Bha Bridget air cabhsair 's i dannsadh ri Brolligan,
Ceann-rùisgte, cas-rùisgte, 's chnacadh i corragan,
Spreadadh i 'm poll a nall mu na h-oisinnean,
'S ghlaodh i le sodan, ho-ré.

Bha Michael MaGinty 's e setadh m' a coinneamh,
Bha toll aig an uilinn 's bha 'm mullach troimh bhoinneid
Bha 'bhriogais 'n a stròicean 's a bhròg air a h-oir aige,
'Us leth-shlat do chotan 'n a dhéigh.

Ach thòisich an iorghuill 'n uair chruinnich na fineachan
A Ulster, á Munster, á Antrim, 's Leitrim,
Connaucht, 's Tralee, 's O'Shee's á Limerick,
    'S thàinig na fir á Kildare.

Na O'Rorks 's na M'Gorks 's iad a mort na O'Branigans,
Bh' aig Kelley shillelah 's e 'g éiridh air Flannigan,
Michael Mulhoul gun 'n dhall e O'Rafferty,
    'S leag iad M'Cafferty fhéin.

'N uair thòisich an tuasaid bu chruaidh a bha 'n sadadh,
Bha slaodadh air cluasan 'us struaiceadh air claiginn,
Gach fear air a bhualadh 'us spuaic air a mhalaidh,
    'S e glaodhaich air caraid gu streub.

O'Brian, 's O'Ryan, O'Reilly, 's O'Ligerim,
O'Brearie, 's O'Learie, O'Sheaie, 's O'Sigerim,
O'Hara, M'Ara, O'Larra, 's O'Liderim,
    Barney M'Fiddie, 's M'Dade.

'N uair shéid iad na fideagan chìte 'n an cabhaig iad,
A' crùban g' an deòin 's gach fròig am falach,
Gu 'n tug iad an cinn 's na tuill fo thalamh,
    Mar radain 'us abhag 'n an déigh.

MO CHAILEAG DHONN A PAISLEY.*

AIR FONN:—"*Mo chaileag dhonn á Baideanach.*"

SEISD.—Mo chaileag dhonn á Paisley,
    Gu bheil mi fhìn fo mhi-ghean riut,
    Gur e 'chuir gruaim an dràsd orm,
    Gu 'n d' fhalbh thu fhéin 's gu 'n d' fhàg thu mi.

Gur e 'chuir m' inntinn fhéin fo phràmh,
Gu 'n d' thàinig thu do 'n bhaile 'n dràsd,
'Us thaoghail thu air fad air càch,
'S chaidh mise 'mhàin air dhì-chuimhn' ort.

Cha chreid mi o neach air an t-saoghal,
'S coingeis leam gu dé their daoine,
Gu 'n tilgeadh tu mi bh' uait cho faoin,
Na 'n d' rugadh taobh Loch Scrìdein thu.

Ma thàinig thu o chùl a' Mhàim,
Co b' ùghdar dhuit 's a chuir a nall,
Cha ghabh iad riut mu Loch-nan-ceall,
'S cha d' thàinig cnàimh á Grìobunn dhiot.

Ma bha do shinnsireachd 's a Chròig,
Cha d' fhàgadh neach a dh' innseadh sgeòil,

* Composed on the occasion of every member of the Glasgow
Mull and Iona Association, except the author, receiving a letter
bearing the Paisley postmark, and reflecting on the choice made
by the Association of a gentleman to preside over their annual
gathering.

'S gann gu 'n robh thu riamh 's a Chrògan,
'S cha ghabh Bròlas mìr dhiot bh'uainn,

Air oidhche h-Aoine dol do 'n *hall*,
Bha cùram mòr orm mu d' dhòigh,
'S gu robh mi sealltainn anns gach fròig,
Gun fhios nach dòirt i 'n *tea* orm.

Gur e dh' fhàg m' inntinn fhéin fo ghruaim,
'S chuir mi sealltainn feadh an t-sluaigh,
Bha eagal orm gu 'n cluinninn d' fhuaim,
'N àm cur mu 'n cuairt nan truinnseirean.

Ach ma thàinig thu o 'n Chalbh,
'S e cò rinn às do chuir air falbh,
'Us cha tug d' athair fhéin dhuit ainm,
'S tha eagal orm gur diolain thu.

RUARAIDH 'CUR BH' UAITH NA CROITE.

AIR FONN :—" *Fàilte dhuit 'us soraidh leat.*"

SEISD.—Falbhaidh mise, fàgaidh mise,
　　　Fàgaidh mi so an diugh fhéin,
　　　Théid mi Ghlaschu nan dubh Ghall,
　　　Gheibh mi bùth ann 's ni mi feum.

Fàgaidh mi croit Dhriom-an-t-slinnein,
　　　Cha dean mi air giomaich feum,
O' nach d' fhuair mi o 'n *Chommission*
　　　Na 's fhiach dhomh 'bhi ruith 'n a dhéigh.

Ged is iomadh là g' a gur mi,
　　　Cha chluinnear an cliug am dhéigh,
Ciod a's fheàirrd am bliadhna 'n uiridh—
　　　Tha mi 'n diugh mar bha mi 'n dé.

Creicidh mi 'bhò ruadh 's an gamhainn,
　　　'S an làir ghlas a th' air an déin,
'S théid 's a' phoit gach cearc 'us tunnag,
　　　'S tuireadh cha dean mi na 'n déigh.

Bidh seudan ann am bhùth gun àireamh,
　　　'S cha bhi air na Gàidheil dìth,
Gleidhidh mi snaoisinn 's tombaca,
　　　Is *spunks* air son lasadh phìob.

'S o nach fhiach tigh mòr gun straoighlich,
    Gleidhidh mi do 'n chloinn na *toys*,
Bataichean, cromagan, 's camain,
    Coinnlean 'us *paraffin oil*.

'S ma dh' éireas do 'n chùis nach pàigh e.
    Tionndaidh sinn ar làmh gu gnìomh,   .
*Star*taidh Màiri *Exhibition*,
    'S *start*aidh mise *Jubilee*.

Cha téid mi air chùl le taise,
    Mur tionndaidh gu math gach ni.
Ged ghlacas mi 'n t-sràid le m' bharra,
    A' glaodhaich sgadan *Jubilee*.

Chuirinn geall le dearbhadh pàighidh,
    Nach be fàillinn anns a' ghnìomh,
'S gu faigh mi as leth na Bàn-righ,
    Prìs a's feàrr na fear Lochfinn.

'S mur an soirbhich leam 's a ghnothach
    Cha téid mi le sprochd air chùil,
*Star*taidh mi 'n sin *Police Office*,
    'S ni mi m' fhortan ann co dhiu.

SGRIOB DO MUILE.

AIR FONN :—"*Ni mi duan do'n ghruagaich bhanail.*"

SEISD.—Bheir mi sgrìob a nunn do Mhuile,
   Théid mi shealltainn air a' chruinneig,
   Bheir mi sgrìob a nunn do Mhuile,
   Tha mo chruinneag thall ann.

'S tric mi sealltainn ris an uair,
Ni m' fhòrlach samhraidh tigh'n mu 'n cuairt,
'S a gheibh mi 'n t-òrd a thilgeadh bh'uam,
 'S a théid mi tuath na m' dheann-ruith.

Ann an carbad an eich-iaruinn,
'Us mu 'n gluais e bheir e sgriach as,
Fàg an rathad 's leig an t-srian leis,
 Slaod an nios an lanndair.

'Dol troimh Shruidhla 's ceann Loch-éireann,
Seachad Cruachan 's taobh Loch-éite,
'Stigh do 'n Oban 's e 'n a leum,
 'S e cuir na sréine teann ris.

Bidh bàta làidir 's rogha sgioba,
Taobh a' chaoil an uair a ruigeas,
'S théid i troimh bhuinne nam biodag,
 Ged robh spread mu 'ceann deth.

Bheir mi greis an tìr nam fuaran,
Fo dhubhar nan craobh 's nam fuar-bheann,
Far an cluinn mi cùl na buaile
    Duan air feasgar samhraidh.

Geum air càthar 's mèal* air cnoc,
'Us inneal ciùil am bàrr gach dos,
Air neo air sgéith gu àrd 's an fhosg,†
    A' seinn nam port gu sranndail.

Moire ! 's i mo ghaol an ainnir,
'S ann o d' bhlàth-shùil 's ciùin leam sealladh,
Gruaidh a's bòidheb' 'n an ròs air mheangan,
    'Fàs an glaic nan alldan.

Anns an ruidhle dol mu 'n cuairt,
'S tu thogadh m' inntinn fhéin o ghruaim,
A liuthad camag, 's òr gach dual,
    Tha danns' air guaillean m' annsachd.

Sgrìobhaidh mis', cuir thus' am ionnsuidh,
Dh' fheuch an lion e eadar-ùine,
Mìle beannachd aig mo rùn,
    Co-dhùnaidh mi mo rann dhuit.

*Bleeting.   † Space.

EACHDRUIDH AGUS TRIOBLAIDEAN DHOMHNUILL AN UIRD.

AIR AN INNSEADH LEIS FHEIN.

AIR FONN:—"*The wearing of the green.*"

'N uair bha mi òg a' buachailleachd,
  'S mi fuar am bun an tuim,
Bhiodh na fonntainn ann am chasan,
  'S lat do 'n dreathan air mo dhruim,
Bhiodh na gamhna dol do 'n ghart,
  'Us bhiodh na mairt a' dol air chall,
'S iomadh uair nach robh mi buidheach,
  Do na h-uile rud a bh' ann.
    Do na h-uile rud a bh' ann,
    Do na h-uile rud a bh' ann,
  'S iomadh uair nach robh mi buidheach,
    Do na h-uile rud a bh' ann.

'N uair a thòisich mi air ciobaireachd,
  Cha b' e sud mìr a b' fheàrr,
Bhiodh a' chnuimheag tigh'n na 'm breamain,
  'S bhithinn sallach leis an teàrr,
Bha mi treabhadh greis do 'n tìm,
  'Us bhiodh sgrìoban a' dol cam,
'S chaidh mo nàdur thun na dunach,
  Leis a h-uile rud a bh' ann,
    Leis a h-uile rud a bh' ann,
    Leis a h-uile rud a bh' ann,

Chaidh mo nàdur thun na dunach,
Leis a h-uile rud a bh' ann.

Cha téid an oidhch' ud tur ás m' aire,
A thàinig mis' an bhaile mhòr,
Fhuair mi àit' an deanainn cadal
Air a' *gharret* còmhl' ri còig,
Clos no socair ann cha d' fhuair mi,
Leis an fhuaim bha stigh 's a mach,
Cha robh 'n sud ach *clitter*, *clatter*,
Eadar chuibhlean 's chasan each,
Eadar chuibhlean 's chasan each,
Eadar chuibhlean 's chasan each,
Cha robh 'n sud ach *clitter*, *clatter*,
Eadar chuibhlean 's chasan each.

Bha mi 'n dùil le tigh'n do Ghlaschu,
Gu 'm bithinn ceart gu leòir,
'S nach biodh cùram dhomh gu dìlinn,
Agus ceaird 'bhi air mo mheòir,
Ach na 'n tionndainn-sa o 'n innein,
Bhiodh na mionnan air mo thòir,
'S iomadh uair nach robh mi 'gearan,
Fhad 's a sheachnainn a' bhròg,
Fhad 's a sheachnainn a' bhròg,
Fhad 's a sheachnainn a' bhròg,
'S iomadh uair nach robh mi 'gearan,
Fhad 's a sheachnainn a' bhròg.

Ach ri ùine o 'n a dh' fhan mi ann,
Gu 'n ghabh mi tlachd ro mhòr,

A bhi Di-dòmhnuich leis na cailean,
  Bràighe bhaile air an tòir,
'S o 'n a bha mi suiridh Anna,
  'S a thug mi dhi gealladh pòsd',
Smaointich mi gu robh cho math
  Gu 'm faighinn bean mar bh' aig a' chòrr,
    Faighinn bean mar bh' aig a' chòrr,
    Faighinn bean mar bh' aig a' chòrr,
  Smaointich mi gu robh cho math
    Gu 'm faighinn bean mar bh' aig a' chòrr.

Ach ma dh' éisdeas tusa a' charaid,
  Bheir mi cagar dhuit 's an àm,
Tha mi 'nis mar bhios an gearran
  Air mo theannachadh 's na *hems*,
Gu bheil màl 'us càin 'us ceannach,
  Cùram tighe, bean 'us clann,
'S creidibh mi nach 'eil e furasd'
  Tigh'n troimh h-uile rud a th' ann,
    Tigh'n troimh h-uile rud a th' ann,
    Tigh'n troimh h-uile rud a th' ann,
  'S creidibh mi cha 'n 'eil e furasd'
    Tigh'n troimh h-uile rud a th' ann.

Thig daoin' uaisle dh' iarraidh fàbhar,
  Dol do 'n Phàrlamaid 's e 'm miann,
A their ma sheasas tu gu làidir leò,
  Nach fàilnich iad an gnìomh,
Ach m' a sheallas tu gu mion
  Air h-uile h-achd a rinn iad riamh,
'S geàrr gu 'm faic thu nach 'eil agad-s',

Ach an gad air an robh 'n t-iasg,
Ach an gad air an robh 'n t-iasg,
Ach an gad air an robh 'n t-iasg,
'S gearr gu 'm faic thu nach 'eil agad-s',
Ach an gad air an robh 'n t-iasg.

Their cuid dhiu ma gheibh iad suidhe,
Nach bi cogadh tuillidh ann,
Bidh an claidheamh crocht' air tarrann,
Air a' bhalla anns an tranns,
Eadar duine dubh 'us ruadh,
Tha sìth bhios buan ri 'chuir air bonn;
'S luingeis-chogaidh 'dol na 'n uidheam,
'N déigh a h-uile rud a th' ann,
'N déigh a h-uile rud a th' ann,
'N déigh a h-uile rud a th' ann,
'S luingeis-chogaidh 'dol na 'n uidheam,
'N déigh a h-uile rud a th' ann.

Ach 'n uair a fhuair iad mar bu mhath leo,
Chaidh na geallaidhean á 'n cuimhn',
'S cha robh 'n droch-bheairt mu 'n do labhair,
Air a grabadh mar a gheall,
Thàinig nuallanaich nan *cannon*,
Thar na mara oirnn a nall,
Agus chualas fuaim na druma,
'N déigh a h-uile rud a bh' ann,
'N déigh a h-uile rud a th' ann,
'N déigh a h-uile rud a th' ann,
Agus chualas fuaim na druma,
'N déigh na h-uile rud a th' ann.

AN NATHAIR BHA 'S AN OBAN.

Chaidh an t-òran so a sgriobhadh anns a' bhliadhna 1879, air do'n ùghdar 'fhaicinn ann an aon do phaipearan-naigheachd Ghlaschu gu 'n deachaidh an Nathair-shàile a ghlacadh 's an Oban.

AIR FONN:—"*Am bòl a bha 's an Oban.*"

SEISD.—An nathair bha 's an Oban,
  Bu chridheal i, bu chridheal i,
  An nathair bha 's an Oban,
  Gur mòr a bh' innt' a dh' fhealla-dhà.

Cha bu mhòr a bh' innt' a dh' eagal,
A thigh'n riamh gu fearann Bhreatunn,
Chuir i gach creutair air theicheadh,
  Le 'bhi cleasachd air an t-sàil'.

'S mòr a bh' innte chullaidh uamhais,
'N uair a thàinig i thar cuain oirnn,
Thuit gach tigh a b' àirde stuaidh,
  An uair a bhuail i air an tràigh.

Ach mu 'n d' fhuair iad dol 'n a sealbhan,
'N uair bha i stigh troimh chaol Chearara,
'S i so a b' aobhar do 'n chrith-thalmhainn,
  'S ni i 'dhearbhadh dhuinn gun dàil.

'N uair a dh' aom i ris a' chladach,
S ann an sin bha 'n horo gheallaidh,

Volunteers a’ ruith ’n an deannaibh
  Le ’n cuid dhagaichean, ’s iad làn.

Gu ’n robh ’n t-adhar air a mhùchadh,
G’ a dhaladh le toit an fhùdair,
’S cha robh a leithid aig Corùnna,
  Mu ’n deachaidh a’ bhrùit an sàs.

Feamainn ’us clachan a’ chladaich,
Air am froiseadh feadh a’ bhaile,
Daoin’ an impis bhi g’ an spadadh,
  Leis a’ chath a bh’ air an tràigh.

Ròpaichean cainnb ’s *Manilla*,
Slabhruidhean iaruinn g’ a ceangal,
Fuirc, ’us gràpaichean, ’us speallan,
  ’S iad g’ an sparradh innt’ an sàs.

Tha na marsantan dheth duilich,
O’ n a bhriseadh an cuid uinneag ;
Bhuail i clach air Baldaidh Burraidh,
  ’S chaidh e ’burralaich troimh ’n t-sràid.

’N uair a fhuair iad i ’n a sìneadh,
Air a ceangal làidir, cinnteach,
Dh’ òrduich uachdaran na tìre,
  Do na daoine, dìnneir ’s *bàl*.

’N uair thòisich deiseachadh na cuirme,
Gur a mòr a bh’ ann a dh’ iorguill,

Cha robh ni 'bha riamh air iomradh,
   Nach do chruinnicheadh dh' ionnsuidh 'n àit'.

Bha sithionn fhiadh o shliabh nam mòr-bheann,
Earbachan, 'us buic gu leòir ann,
Cearcan, turcaich agus geòidh,
   'Us muilt g' an ròsdadh iomlàn.

'S mòr a bh' ann a dh' fhearas-chuideachd,
An daorach air a h-uile duine,
'S thug iad seachduinn mu 'n do sguir iad,
   Gus an robh na buideil tràight'.

'N uair a chualas an Dun-éideann,
Gu 'n do cheannsaicheadh a' bhéisd ud,
Bha iad g' a h iarraidh do 'n *mhuseum*,
   'S cha sòradh iad fhéin a pàigh'dh.

ORAN DO NIALL MAC 'ILLEATHAIN.

AIR FONN: —" *O, 's ann tha mo ghaol-sa thall,*
Fo dhubhar nan craobh 's nam beann."

SEISD.—'S tim a' chruit a chuir air dòigh,
Bhrùchd a' choill 'us sheinn na h-eòin,
Slàn gu ruig 's gu 'n till an t-òg,
Chaidh do Cheap an Dòchais thairis.

Guidheam slàint' 'us soirbheas réidh,
'Sgiobadh cruaidh 'us bàta treun,
Cuideachd shunndach air dheadh ghleus,
'S mòr am beud gu 'm biodh ort smalan.

'N uair théid na Gàidheil cruinn às ùr,
'Sheinn nan rann 's nam fonn le sunnd,
'S iomadh fear 's a' choinneamh-chiùil,
Bhios ag ionndrainn Mhic 'Illeathain.

'S ioma oidhche fhada réidh,
Rinn sinn còmhlachadh r' a chéil',
Chur nan dàn 's nam fonn air ghleus,
'S sinn air chéilidh còmhl' ri Cailein.

Tha seachd bliadhna 's còr o 'n uair
Rinn mi t-eòlas air cheud-chuairt,*

* First-footing on New Year's-morning.

Ort cha 'n fhacam fearg no gruaim,
  Sprochd, no stuaic, no druaib na braiche.

Do cheum gu 'n aithnichinn air an t-sràid,
Aotrom, uallach air bheag stràic,
'S onagar, lùghar thu air bhlàr,
  'S tric a chaidh am bàr le d' chaman,

'S ioma oidhche bha thu 's mi
'N cuideachd aotrom, aoigheal, ghrinn,
'G éisdeachd òran 's còisir bhinn,
  'S ceòl na pìob bu rìoghail langan.

'N uair rachadh an òigridh cruinn,
Anns an talla 'm biodh na suinn,
Cò bu lùghar dhol troimh 'n ruidhl',
  'N àm nam fiodhlan 'bhi 'n an deannaibh.

Cha b' e toit 'us uisge Chluaidh,
Thug dhuit t-àilleachd 'us do shnuadh,
Dh' àraicheadh thu 'n tìr nan stuagh,
  'S fhuair thu anail fhuar na mara.

Bho 'n a dh' fhalbh thu thar an t-sàil,
Bidh mi 'g ionndarainn do dhàn,
'S mo dhùrachd gu 'n till thu slàn,
  Gu d' dhùthaich 's gu d' chàirdean fhathasd.

REISEAMAID NAN GORDANACH.

Air Fonn.—*"Am feile preasach tlachd'l mo rùn."*

Seisd.—Fair am botul, lion a' chuach,
Cuir an deoch so làn mu 'n cuairt,
Slàint' nan gaisgeach 'choisinn buaidh,
Luchd bhreacan-ghuailne 's bhoineidean.

'S mi gu 'n oladh i le fonn
A dh'fhion a *bhrandie*, leann, na *rum*
De 'n fhior-uaisge 'o chich nam beann
Gur coingeis leam cha'n obain i.

'Se morair Huntly 'thog air tùs,
Feadh nam beann, nan gleann, 's am stùc,
Gordanaich, fir òg mo rùn,—
A choisinn cliù 's na cogaidhean.

Bhaoisg an reul ás ùr an dràsd
Fo *chomand* Mhic-'Illebhàin,
Aig Cabul chaidh dhuibh mar b'àbh'st
Thug an nàmh na bonnaibh di.

Bha fir-stàdan cur an céill
Moid 'us connsachadh gun fheum
Ged 's geur na pinn cha d' rinn iad réite
Gus 'n d' rainig luchd-nam-boineidean.

Sud na laoich nach géill 's an strìth,
Na leomhain chalm' 's an earb an Rìoghachd.
Cò e 'n nàmh nach creanaich crìdh,
    Riomh luchd nam pìoc 's nam boineidean.

Cò choisinn cliù do thìr nam beann,
'S a strìochd an nàmh 'san Eiphit thall,
Cò thug buaidh ma bhruaich na Nile,
    'N uair thug na Frangaich coinneamh dhuibh.

Cha d' nochd sibh sgàth air la Chorùnna,
'Dhol ri aodan sluagh gun chunntas,
Mu 'n d' fhàg an anail "General Moore,"
    B'e mian 's a dhurachd seallaibh dhuibh.

'S lionar blàr 's an d' fhuair sibh cliù ann,
'S gann mo chainnt an rannt' gan cunntas,
"Fontenoy," "Peninsula,"
    "Waterloo," 's "Victoria."

Soraidh bhuan gu sluagh mo ghràidh,
'S balla-dion do'n tìr a dh' fhàg,
'S tric air chuimhne 'n seirm nan bàrd,
    A phàirc ga'm fàl na boineidean.

LOCH LEAMHAIN.*

Seisd.—Air fàll ill ó agus ho ró hó hì,
  Leis na bheil fo' m' shùilean cha dùth domh bhi caoidh,
  Loch Leamhain's bòidheach sealladh dhiot am fasgath
    do bheann,
  'S ged dh' fheuchas mi gu 'm fairlsich orm do mhaise
    chuir an cainnt.

Chi mi bhar na gualainn so mu'n cuairt 'o d' cheann gu
    d' bhial
Tha 'n t-eidheann uaine glasadh mu Dhun-aitreabh nam
    Fiann;
Is tha na lointibh billereach 'san rochd ris mar bu nòs,
Far am biodh an t-iasg 's a' bhrinnagaich a' mireag ris na
    snòid.

Tha Dun Bhuirg gun charachadh mar chunna mi o thùs,
Ged 's ioma linn o 'n lasadh e 's a thug fir Lochluinn dùil,
Tha nead na h-iolair fhiadhaich mar bha i riamh 'san
    stùchd,
'San croman ruadh breac spògach a gòrcail os a chionn.

Tha fanna phlub bho'n fhairge air Carraigein gun tàmh,
'S tha bogha Airde-goilleagain a'g iomairt mar a bha,

Also known as Loch Screedan, on the west coast of Mull.

Tha eilean cruinn nan caorach ri aodan an t-sàil'
'Se thog air m' inntinn-'s ann-thlachd gur gann na siùil
    bhàn.

Am fìor-uisg thig a mhire riut 'o bhiollaire nam beann,
'O easaibh bras nam firichean 's o linnachaibh nan gleann,
Thar bhac 'us stac', 's cha tillear iad ro iomadh char nan
    alld
Gu lùbach cùbhraidh crònanach ga d' comhlachadh na'n
    deann.

'Nàm éiridh grian na maduinne leam b'aite bhi ga d' chòir,
'Nuair bhiodh an spréidh 'san langanaich an camhanaich
    an lò,
An lach le h-àl 's a h-aire oirre measg amar agus òb,
'S a' chòisir bhinn 'san t-shoilleireachd 'an doireachan nan
    cnò.

Chrùnadh aun an àilleachd thu, thug nàdur dhuit gach
    buaidh,
Gur sòlas leis gach tarruingeadair † bhi cuir air clàr do
    'shnuadh
Thig eoin na mara cheilireadh gu 'd eileanan o 'n chuan,
'S do bheanntan gleanntach preasanach a freiceadan mu 'n
    cuairt.

Mu chompairean-sa dhìobair so, cha tig, 's 'cha till na
    dh'fhalbh,
Tha cuid a dh'fhàg an tìr so gu rioghachdan fad air falbh.

† Artist.

’Si ’n smuaint a thromaich m’inntinn ’s thug mi-ghean na
    lorg,
A mheud ’sa tha nan sìneadh dhiu aig iochdar Lag-ghorm.

Ged theid a bhall na dheannaibh chuir troimh ’n fhaichidh
    mar bu gnàth,
’S ged fhreagaradh Mac Talla fuaim nan caman fo’n Tigh-
    bhàn,
An dream a chuir ’s a chaiseamachd le caithream leam am
    bàr,
Cha duisg guth ciùil nan caraid iad à cadal trom a’ bhàis.

Do laganaibh ’s do lointeigibh fo chonaich ’us fo fhraoch,
Tha luachair ghlas air t-achaidhean chaidh an crann-arain
    aog,
Tha’r leam gur coltas tiamhaidh tha bhar do shliabh gach
    taobh,
Gur bochd bhi fògaradh chiadan air son annamiannan aon.

DUANAG AN T-SEOLADAIR.

Air Fonn:—"*Guidheam slàinte do 'n ribhinn mhàlda.*"

Gu'n dean mi 'n duan so do 'n mhaighdinn shuairce
  Gu'n d' thug mi luaidh dhuit bho 'n fhuair mi d' eòlas,
Gur tric mi bruadar ort air mo chluasaig,
  'S ann dòmhsa 's suaimhneas bhi cluaineis còmhl' riut.

Tha mi fo smuairean 's mi siubhal chuantan,
  'S nach fhaic mi 'ghruagach a bhuair cho mòr mi,
'S ann leam a b' éibhinn bhi comhl' ri m' fheudail,
  Fo sgàil nan geugan ag éisdeachd lòn-duibh.

'N uair gheibh mi nunn leis a' bhàta lùghmhor,
  'S a ni sinn tionndadh gu dùthaich m' eòlais,
Gu'm bi mi cunntas gach uair d' an ùine,
  Gu 'm faigh mi dlùth air mo rùn an òg-bhean.

'N uair gheibh an iarach* a cùl 's an iarmilt,
  'S a toiseach, 's giar e gu stialladh bhòc-thonn,
'S a h-innleachd iaruinn ga cur na dian-ruith,
  'S ni 'n fhairge liath-ghlas ri 'cliathaich crònan.

Air madainn Sàbaid 'n uair bhios mi làmh riut,
  'S mi dol le m' mhàldaig gu Sràid an Dòchais,

* Iùbhrach.

Do 'n fhear th' air ànradh 'us fad o chàirdean,
   Bheir briathran Slàint' anns a' Ghàidhlig sòlas.

Tha d' iomhaigh snaidhte air aodann m' aigne,
   'S gach àit' am fan mi no 'n gabh mi còmhnuidh;
Do ghaol an tasgaidh am chridhe glaiste,
   Mar lochran laiste chum math ga m' sheòladh.

Mo cheist an rìbhinn a's deise chì mi;
   Gur fallain, fìncalta chinn thu 'm foghlum,
'S a dhealbh do ghnìomhan a reir a' Bhìobuill,
   'S thug spéis do 'n Fhìrinn mar dh' ìnnseas Pol i.

Do mhuineal mìn-gheal mar shneachda fìor-ghlan,
   Mu 'n iadh an sìoda 's a' ghnìogag òmbair;
'S an t-òr a' boillsgeadh 's an deàrrs an daoimean,
   'Cur barrachd loinn air mo mhaighdinn bhòidhich.

Troidh chuimir, chumta, am botainn ùir ort;
   Co bheir d' am rùn-s' e air ùrlar bhòrda!
'S ann leams' a b' annsa bhi leat 's an dannsa,
   'S a' chruit na deann a' cur fonn air òigridh.

Tha anail m' annsachd na 's cubhraidh leamsa,
   'N uair thig thu teann domh 's mi 'n geall do phògadh,
Na 'n t-sobhrach ghreannar, 's subh-craoibh nan alldan,
   No oiteag shamhraidh bhàr thom nan ròsan.

Beul cuimir, guamach, deud nhneachair, shnuadh-mhor,
   Gur binn bho m' chuachaig-sa duanag òrain;

'S e thogadh m' fharmad bhar nithean talmhaidh
    Bhi seinn nan Salm leat 's an t-seirm Di-dòmhnaich.

Tha'r leam, mar bhruadar, gum faic mi bhuam e,
    An tir nam fuar-bheann gun gabh sinn còmhnuidh,
An crodh 's an luachair, 's na laoigh m' an cuairt orr',
    'S tu tigh'n bho 'n bhuailidh 's a' chuach fo chròic leat.

Theid mise 'n chriathraich air toir nan liath-chearc,
    M' am pòg a' ghrian bàrr nan sliabh 's a' ghlòmaich;
'S fear beo nan dearg-bhall, bho eas nan garbh leac,
    Le 'gheilltreadh airgid, an cearb mo chrò-lion.

ORAN DO'N BHAN-RIGH.

Chaidh an t-òran so a sgriobhadh ann an Glasachu air latha na
h-Iubile, 1887.

AIR FONN.—*"Slainte Chòirneil Osgamull."*

SEISD.—Cuir mu'n cuairt an t-slàinte so,
   Brist a' chuach 'n uair thràghar i,
   Ged tha mi bochd gu 'm pàighinn i,
   'S cha Ghàidheal fear nach òl i.

Dh' òlainn fhéin 's gu 'n traoghainn i
Do fhior-uaisge nan aonaichean,
Do bharra-ghucag a' chaochain i
  'S cha 'n e mo ghaol do 'n phòite.

Dh' eirich fonn le sunnd oirnn,
Tha mullach bheann 'us smùid asda,
Tha leth-chiad bliadhna dh' ùin' an diugh,
  O 'n chaidh an crùn glé òg ort.

Tha rifeid eun ga ghleusadh
Anns an athar, 's cuid air gheugaibh dhiu,
Tha grian nam buadh o 'n dh' éirich i
  A lasadh speur ro òirdhearc.

Tha gair fo théis gach ionnsramaid,
Tha còisir dhos 'us srannd aca
Tha sgal fo chiadan seannsair ann,
  Is dh' èirich m' fhonn gu òran.

Gur measail air an dùthaich thu,
'S a bhi 'n ar measg gu'r mùirneach leat,
Gu 'm fàg thu pàlais lùchairteach
   A shealltainn stùchd nam mòr-bheann.

Bu mhaighdean bheusach, bhanail thu,
Bu chéile ghaolach cheanalt' thu,
Bu mhàthair mhalda 's banaltrum,
   Le iùl 'us reachd 'us òrdugh.

Tha soirbheachadh 'us gniomharachd,
A cur do shealbh an lionmhorachd,
Tha beannachd bhochd na milltean ann—
   'S e chuir gu'n d' chinn thu 'n stòras.

Do mhorachd toinnte 'n siobhaltachd,
Gu'r h-òr ann am measg Righrean thu,
'S tu 'n *diamond* a 'measg Impairean
   'An cùirtibh grinn na h-Eòrpa.

Do luingeas air na stuadh-thonnaibh,
An domhnann mor ga chuartachadh,
'S ag aiscag saorsa thruaghanaibh
   'N uair chuirear suas do shròl-bhrat.

Guidheam sine làithean dhuit,
'Us do 'n mhac a dh' àraich thu,
E fein 'bhi liath mu'm fàg thu sinn
   Is crùn a's àirde 'n Glòir dhuit.

MRS. GORDON BAILIE.

AIR FONN.—*"Sud mar bhuilich mi 'n t-each odhar."*

SEISD.—C'àite an deachaidh, C'àite am bheil thu?
    Chuala mi gur ann a theich thu;
    'S ma chaidh thu Lunnain cha 'n eagal,
       Gu 'n téid thu air chall oirnn.

Am faca tu bhean uasal éibhinn,
Sud dhuit Mrs. Gordon Bailie,
'S ma dheisdeas tu, bheir mise sgeul duit;
   Mar do leugh thu 'm paipear.

Bha thu measail aig na h-uaislean,
Sean 'us òg a measg an t-sluaigh;
'S gur a h-ulaidh fhìor a bhuanaich,
   Fear a fhuair air laimh thu.

'S an agad féin a tha na buadhan,
Thoirt an stòrais bho no h-uaibhrich;
Cha 'n fheil sporan dhuit nach fuasgail,
   Ged bu chruaidh an t-snaim air.

Bha thu tacan ann 's a' Ghaidhealtachd,
'S do chuid làoch a sealg nan làn-damh;
Ach chuir fear an fhearrain bàillidh,
   Dh' iarraidh màl na Bealtuinn.

Shaoil leis 'n uair ghlac e do bhathar,
Gun robh aig air ghiob an lacha,
Ach 'nuair sheall e, cha robh aige,
   Ach clachan agus connlach.

'S tu cho eireachdail 's cho ionnsaicht,
Gu òraideach, ceolmhor, sunndach;
'S 'n uair a rachadh tu ri ùrnaigh
   'Dh 'iompaicheadh tu crannchlain †

Dh' fhosgail gach caisteal 's a' mhionaid,
'S anns a' bhothan bha thu cridheil;
'S tu air bhordaibh mòr s' air bhileid.
   Aig an t-siorram Ibhri.

'S iomadh fear a thug thu 'n car as,
'S tha cuid dhiubh a theab an chreachadh,
Ach tha chomhfhurtachd aig *Blackie*,
   Gu mealladh tu 'n t-aibhistear.

Dh' fhaoite gu'n tigeadh tu fhathasd,
An uair a mhiosaicheas an t-earrach,
A dhol gu ti le Mac-a'-Phearsoin
   An Gleanndail 's an t-shamhradh.

Ach ma dh' fhalbh thu bhuainn gu buileach
Mar tha càch, cha 'n 'eil mi duilich,
'S cha chreid mi gu'n dean mi tilleadh,
   G'ad chumail air chuimhne.

   † Old crooked sticks.

AM *PARCEL POST*.

AIR FONN.—*"Mar bhith an crodh cha ghabhainn thu."*

> SEISD.—Hi ri, ho ro, hil ar-ra-ran,
> Hi ri ho hil iu o
> Hi ri ho ro 's e m *Parcel Post,*
> Nach leig dhomh fois ga ghiùlan.

'S mise Murcha Ruadh am Posta,
'Us coisiche na duthcha :
'Se 'n cudthrom tha 's a' mhàilcid so
A dh' fhàg mo chnàmhan brùite.

An dream a chuir roimh 'n Pharlamaid
An t-Achd, ma 's fheàirrd an dùthaich e,
Is daor a chrean mo ghuaillean air
'S mi direadh bhruach 'us stùchdan.

Ma rinn e cach a thoileachadh
Mo mhallachd-sa co dhiu leis,
Cha tug iad ceart no cothrom dhomh
'N am socrachadh na cùise.

Bithidh iasg a' dol do Ghlasachu,
Bithidh partain ann 'us crubain,
Bithidh siùcar, tì, 's tombaca
A' tighin dachaidh ann am bùchd leam.

Bithidh bata Dhomonuill ic Eachainn ann
'Us ad do Nial Mhic Uisdein,
Bithidh *parasol* 's *umbrella* ann
Do *Lady* Thom-a'-Bhùiridh.

'Us speuclairean gu Calum, 'thig
Bho Lachunn 's an t-sraid chùil ann ;
Tombaca pronn do Mhac-a-Phi
'Us dòrlach phìob 'us spliùcan.

Thig currachd dubh le ribeanan
Gu Iseabal 's bidh pùnnd ann ;
'Us buideal 's am bi *treacle*
Gu cailleach Iain a' bhuth ann.

Bithidh pige 's am bi dileag an
'S gheibh am ministear a nùnn e,
Bithidh snaoisean ann do'n mhaighstir-sgoil,
'Us osain Iain 'ic Dhùghaill.

Thig cearc nan ian leam anns a' chliabh
Bho thaobh Chnuic Chiair do'n Lùb-alld,
'S bithidh gàtan iaruinn air mo chliathaich
'S dà shlait deug de chùrainn.

Thig Anna thugam le uibhean gheadh,
"So eudail, feuch 's na plùch iad ;"
'S theid earail dhian thoirt orm le Nial
Nach spliachd mi 'm bonnach gruthain *

* A cake made of the livers of fish.

’S ann bha Ruairidh ’farraid dhiom
Mar charaid ann an diubhrais †
An tugainn dachaidh currain-shacaich
Le srathair agus sùgain.

Na’n tigeadh a’ Bhan-righ do’n tìr
Gu’n innsinn fhein mo rùn dhi,
’S mur toir i each dhomh théid mi dhith
’S cha till mi Lag-an-stùchdain.

     † A secret.

COMHRADH EADAR AN T-UGHDAR AGUS CALMAN-COILLE.

Air feasgar sàmhraidh dhomh 's mi 'm shuidhe,
  Ann an uinneag seòmair,
Bha 'n leabhar fosgailt' air mo bheul-thaobh,
  A bha mi feuchainn fhòghlum,
Bha cupal sreath aig ceann gach sgrìob,
  A' mìneachadh a thuigse,
Ach chosd e dhomhsa mòran tìm,
  Am mìneachadh a thuigsinn,
      'S e sin gu ceart.

Dhealaich gean rium 's thàinig fadal,
  'S mhaoidh an cadal clò orm,
'N uair a thug an gloine fuaim ás,
  Mur gu 'm buailt' air pònair,
Thionndaidh mi le seòrsa geillt,
  A dh' fhaicinn ciod bha còmhl' rium,
'S bha calman-coille 'n sud gun cheisd,
  'Us rinn e beic cho bòidheach,
      Air an taobh mach.

AN T-UGHDAR.

Am bheil thu 'n sin, mo ghille grinn,
  Ach 's ciunteach chaidh thu iomala,

Tha thu fad o d' àite còmhnuidh,
  Còrsaichean a' gharbhlaich,
Tha ghrian air siaradh thar nan stùchd,
  'Us dhlùthaich ruinn an t-anmoch,
Tha iteag liathghorm a'd' sgéith,
  'S bu mhòr am beud a shalachadh,
            An so 's an toit.

AN CALMAN.

Cha 'n fhuirich mise 'measg na toit,
  Ach bidh mi 'n nochd 's an fhàsach,
Cha 'n e mo mhiann bhi spioladh coirc,
  A loitreadh feadh na sràide,
Gu 'm b' annsa leam 'thoirt ás an déis,
  Air achadh réidh an àilein,
Ged robh an tuathanach am dhéigh,
  'S gur tric ri m' sgéith chaidh smàladh,
            Ach fhuair mi ás.

Bha mi dol seachad air mo thuras,
  'S chunnaic mi thu leughadh,
'S e sin co dhiu mu b' fhìor gu 'n robh,
  'S bu bheag do thogar fhéin ris,
A nis o'n dh' fhalbh do thlachd dheth buileach,
  Le tromadas 'us gruaman,
Ciod e math a thig à shealbh,
  'S c' arson nach tilg thu bh' uait e,
            'S nach tig thu mach.

Tiugainn leams' air sgiathan smaoint',
    Do ghleann an fhraoich 's nam fuaran,
Tha 'n t-seamrag gheal aig bonn gach cnoic,
    Mu 'm fàs an roid 's an luachair,
Chuir nàdur uimpe cleòca snas,
    Gur ioma dath 'n a còta,
'S gur beatha fàileadh anail phlannd,
    Air oiteig anns a' ghlòmain,
            'S a' choill fo 'n dealt.

Tha fòghlum anns gach billeag fheòir,
    'S gach faillein mòran éifeachd,
Nach cuir an A B C gu bràth,
    An Gàidhlig air neo 'm Beurla,
Bho bhàrr nan dos gu freumh nan stoc,
    An cleachdadh 's cor gach creutair,
Tha dealbh an Ughdair air gach duilleig,
    Do gach duine 'leughas.
            'S gur dall nach faic.

AN T-UGHDAR.

Ged 'chuir nàdur maise 's àilleachd
    Air na blàthaibh maoth,
'Us fàileadh cùbhraidh bhar nan stùc,
    G' a ghiùlan leis a' ghaoith,
Cha 'n fhaic mi gàradh, coslas àiteach,
    No tigh, ach làrach fhaoin,
Tha tosd mi nàdurra ro-chràiteach,—
    C' àite 'm bheil na daoine ?
            Cha 'n fhaic mi gin.

AN CALMAN.

Tha ioma bliadhn' an déigh dol seachad
  O'n bha neach 's a' Chòrg-hleann,
Cha robh e riamh ás ionais sluaigh,
  Bha uair 'us bha gu leòir ann,
Ach fhuaras innleachd, seadh le duine,
  A bheireadh tuillidh òir ás,
'Us sguab e càch a nunn thar cuain,
  'S chaidh cuid do 'n uaigh a chòmhnuidh.
        Be 'n crannchur sud.

AN T-UGHDAR.

Ach innis dhomh mar thachair sud,
  An robh buidseachas g'a chòmhnadh,
An do theich na laoich bha treun 's a chath,
  Troimh 'n do chreanaich feachd na Ròimhe,
An dream ud bho chionn ioma linn,
  Bhiodh cinnteach 'n tìm a' chruaidhchàs,
'Us bh' uaithe sin an dùthaich chéin,
  Co dhiu, a réir mar chualas,
        Cha robh iad tais.

AN CALMAN.

'S cinnteach leugh thu fhéin mu 'n chàraid,
  A bh' ann an gàradh Eden,
'Us mar a shealbhaich iad gun solar,
  Gach sonas fo na speuran,
An d' fhuair an nathair riamh fo 'n duilleach,
  Na 'n robh a turus aithnichte,

Nach coinnicheadh Adhamh i 's a bhealach,
  'Us chuir e aisde 'n t-eanchainn,
      Mu 'n d' fhuair i stigh.

'S ann car mar sud a thachair so,
  Fhuair droch-bheart làmh an uachdar,
Thug iad nathair 'stigh mar pheata,
  'Us rinn i cleas thug truaighe,
Bu sheòlta thàinig i na 'm measg,
  'S i ann an riochd duin' uasail,
Gu 'bhi 'n a bheannachd mhòr do 'n dùthaich,
  Ach 's ann sgiùrs e 'n sluagh às,
      Mu 'n d' rinn e stad.

Chìte air maduinn anns a' ghleannan,
  Na seachd seallaidh àigh,
A' ghrian ag éiridh, 'n coirc 's an déis,
  'Us leum a' bhradain shàil',
An spréidh mu 'n mhainnir, 'n doir o 'n driùchd
  'Us fraoch nan stùc fo bhlàth,
'S cuir aodan leanabh às an cionn,
  A' dol mar chrùn air càch,
      'S b' e sin an t-seachd.

'S ioma braid, 'us bleid, 'us breug,
  A dh' fheuchadh chum an teumadh,
Chuireadh foill air fealla-dhà,
  'S gach dath a b' fheàrr na chéile,
Mheall iad leo air tùs na seòid,
  A sheasadh còir na rìoghachd,

G' an cuir a nunn taobh thall an t-sàil',
  'S ged chaidh gach nàmh a strìochdadh,
        Cha d' fhuair iad ás.

Shéid an dùdach feadh nan gleann,
  A chruinneachadh clann nan Gàidheal,
Chuala iad 'us dh' éisd, mo chreach,
  Ri gealladh math, 's droch phàigheadh,
Sheòl na laoich a dhol do 'n strì,
  Gu dùthaich 's rìgh a theàrnadh,
'S air son gach cuiridh neartmhor, treun,
  Gun ach diol-déirce cràiteach,
        A' tigh'n air ais.

AN DARA EARANN.

Thig gu Stùc-na-sùl air ais,
  Tha 'mach os cionn na cruaich ud,
Far am faic 's an cluinn thu 'n cath—
  Ach fuirich tacan bh' uaithe,
Chì thu feachd ri aodan feachd,
  Gun fhios co neart 'us buaine,
Mar chudtrom air gach ceann do 'n mheigh,
  'S gun chinnt de 'n car gu 'n gluais i,
        'N uair leigear ás.

Tha sùil na rìogh'chd taobh thall do 'n mhuir,
  'S a beachd air cluich nan àrmunn,
Oir faodaidh beairteach an là diugh,
  A bhi gun chuid am màireach,

Tha neo-chinnt 's ioma-cheist air luchd-maoin,
  Tha daoine 'n iomaguin chràiteach,
Tha 'n iompaireachd air chrith gu léir,
  'S a stéigh air roinn na stàilinn,
      Gu 'cumail ceart.

Ach seall a nis an grunnan bòidheach,
  Na fir òga shunndach,
A' dol air ghleus ri fuaim nan dos,
  'Us pong nam port tha siùbhlach,
Tha féileadh beag nam ball 's nam preas,
  A danns air leis tha lùghar,
Ach tha mu 'n coinneamh obair bhorb,
  'Us tha 'n stàilinn ghorm g' a rùsgadh,
      'S g' a toirt a mach.

Ach tha 'r leam fhéin gur beag an t-ioghnadh,
  An inntinn a bhi tiamhaidh,
A' dol do 'n strìth air duais cho crìon,
  'S an cunnart cinnteach, pianail,
Gach ionnsramaid g' a chuir air dòigh,
  Gu fuil 'us feòl a stialladh,
'Us iomadh innleachd nach d' rinn cinntinn,
  Ann an inntinn diabhuil,
      Gu liodairt dhaoin'.

Seall, nochd an nàmh 'us ghluais na sàir,
  'S bu chruaidh a' ghàir a chualas,
Tha luchd Beurla, ged is treun iad,
  A' fulang cucail fhuathasach,

Os cionn gach sreath rinn fùirneis sgeath,
  'S bu bhrùite 'teas 'n uair sgàin i,
'S mac-talla 'scread á glaic nan creag,
  A' freagairt fead na clàidh 'ean,
      'S na laoich a' gleachd.

Bheuchd na canain, bhrùchd na dealain,
  Shéid na meallaibh luaidh,
Mar gharbh chloich mheallain,
  'S sìn g' a stealladh troi na bealaich fhuara,
An leòinte cnead fo chorp nan each,
  Gun seòl aig neach air fhuasgladh,
'Us dùin nam marbh a dùnladh garbh,
  Mar arbhar anns na sguaban,
      A suas air dais.

Faic na Gàidheil fada bh' uait,
  Tha 'n suaicheantas 'n an sròl-bhrat,
'S gann gu 'n d' rinn iad fhathast gluasad,
  Chionn cha d' fhuair iad òrdugh,
So teachdaire bho 'n cheannard-feachd,
  'N a leum air each nan luath-chas,
'Us sgal a thrombaid, 's cruaidh a gaoir,
  A' glaodhaich ri uchd bualaidh,
      Gu teas a' chath.

Seall, laoich nan gleann á Albainn thall,
  A' dol nan deann do 'n chòmh-stri,
Sin sìol nan sonn an sin an diugh,
  A chuir le Bruce gach còmhrag,

Cha 'n éirich fear bho bhonn nan treun,
  Tha guineach, céireach, ceannsgal,
'Us 'n uair chas iad greann air chùl nan lann,
  Cha chluinn thu pong bho 'n t-seannsair,
    Ged 's cruaidh a sgal.

Seall balla làidir arm an nàmh
  A' dol 'n a bhearnaibh cearbach,
Oir 's aingeal bàis dha mac a' Ghàidheil,
  A theachd 'n a dhàil 'us fearg air,
Tha ceum gu cùl orra co dhiu,
  A tionndadh air gach taobh dhiubh,
'S na laoich a chleachd mu 'n cuairt dhiubh sgàth,
  'S an fhuil ro bhras g' a taomadh,
    Mu bhonn an cas.

Ach cha do dh' fhalbh air fad a' mhisneach,
  'Us arm gu brisde beàrnach,
Sud eachraidh eil' air cùl an stac,
  'S na marcaichean a' deàrrsadh,
An éideadh ùr gu 'n d' nochd a' bhrùid,
  'Us cùirnichte le stàilinn,
'S e miann an fheachd ud laoich nam breacan
  'Thoirt fo smachd fo 'n sàiltean,
    'S e sinn am beachd.

Uamhasach, ged 's briagh an sealladh,
  'Us iad togarrach gu gluasad,
Mar choin ri saothan 's iad air lothain,
  'Faicinn faothaid uapa,

Am fonn air chrith fo 'm bonn na 'm ruith,
  'S an fhuaim a bhrisd 'n uair bhuail iad,
'S geur lann gu sgath dà shlait air fad,
  'S a cheann an taic ri 'chruachan,
Gu sàthadh thall.

Geal-bhàrach mar thonnaibh cuain,
  Ri cladach cruaidh ag éiridh,
A' bualadh borb le onfhadh stoth,
  A plod an déigh a chéile,
Aon ma seach a' call an neart,
  Mu cheann na carraig 's treun i,
Ach thill na tuinn 'n uair dh' fhalbh an gal,
  'Us dh' fhàg iad pàirt dhiubh fhéin ann,
Mu 'n cuairt nan leac.

Stàilinn chruaidh ri aodan stàilinn,
  Fo neart a' ghàirdein bhuadhaich,
'Us teinne mar an spor fo bàr,
  'S a h-uile àite 'm buail i,
Am marcaiche a' tigh'n gu làr,
  'S an t-each air sgànradh fiata,
A' falbh air saud air feadh a' bhlàir,
  'S gun neach a thàirngeas srian air,
Chaidh a chur dheth.

Seall, theich an nàmh 's gu dearbh cha nàr dha,
  Sheas e tàir bha fuathasach,
Ach thug e ás le luaths' a chas,
  'S gur teann a lean an ruaig air,

Gu sgiathach, stiallach, srachdach, sgiabach,
  Stròichdeach, fiamhach, lùghar,
Mar cheò nan cruach a sgaoil gu luath,
  'S a ghaoth bho 'n tuath g' a sgiùrsadh.
        Feadh stùchd 'us ghlac.

Ach mu 'n togar d-inninn suas le moit,
  Thoir sùil mar so air truaighe,
'Us smaointich mionaid air an còr,
  'S ciod e na chosd a' bhuaidh dhuit,
Cho lionmhor sàr tha 'n suain a' bhàis,
  'S an leòinte 'n cràdh g' a ghualadh,
'Us aodach ùrlair do na fiùrain,
  Air a ghrunnd mu 'n cuairt ort,
        Fo chasan each.

AN TREAS EARANN.

Nis seall a nunn gu tìr nan cnoc,
  Dh' fheuch dé 's cor do 'n t-sluagh ann,
Tha pàrantan nan sonn tha 'n so,
  G' an claoidh le droch-bheart fhuathasach,
Tha maoir 'us madaidh air gach bealach,
  A' cuir a mach na tuath ás,
'S ged bhiodh an sneachd g' a chuir 's an t-srath,
  'S tòr deataich agus luaithre,
        Na bha 'n a thigh.

Tha 'n corra h-aon a fhuair ann tàmh
  'G an sàrachadh gu déisd'neach,
Air obair là gur cruaidh an càradh,
  'S mòr gu 'm b' fheàrr an déirce,

'N uair chrìochnaich maighstir Gall gach ni,
　A' sploc'reachd cha do shàsaich,
Fàgaidh tusa nis an tìr,
　Rach do 'n chill ma 's àill leat,
　　Cha bhi thu 'n so.

Seall a nis an coiteir bochd,
　Gun mhaoin, gun sgoil, gun Bheurla,
Gun scòl aig air an dean e bheo-shlaint',
　Air aon dòigh mar dh' fheumadh,
Tha 'falbh bho 'n dorus, bean 's i torrach,
　'S cruaidh a cor, 's a h-éigheach,
'Us leanabaibh lag le léineag bhig,
　A' falach 'leas air éigin.
　　A' dol a mach.

Ach seall a nis air cor nan àrmunn,
　An déigh gach càs 'us cruadal,
A tigh'n dachaidh air na trosdain,
　Briste, breòite, truagh, dheth,
Gun mhaoin a chumas e bho 'n bhleid,
　Gun neart, gun neach, gun chàirdean,
Le *pension* mar a their iad ris,
　Nach ceannaicheadh min do phàisde,
　　'S nach biadhadh cearc.

Tha 'n deur 'n a shùil 's e sealltainn bh'uaith
　Air glacan 's bruachan bòidheach,
Gach coill 'us cluan a toirt an uachdar,
　Làithean uallach òige,

Nach beag an t-ioghnadh e ri innseadh,
   D' inntinn a bhi brònach,
Cha d' rinn an nàmh ri 'n robh thu 'strìth,
   A leith'd do dhìol 's a' Chòr-ghleann,
      Na 'n d' fhuair e stigh.

AN T-UGHDAR.

Ach innis dhomhs' 's cha 'n iarr mi 'n còrr,
   An tug ceartas a chòir féin dha,
Rinn e leith'd do dhìol air fuil 'us feòil,
   'S a shònraich anns gach eucoir,
Mu dh'fhàg e 'n saoghal-s' ann an sìth,
   Gur ioghnadh e r' a leughadh,
An déigh gach olc a chuir e 'n gnìomh,
   'S mar mhill e a chomh-chreutair,
      Le sannt 'us braid.

AN CALMAN.

Na chruinnich e rinn càch a sgapadh,
   Eadar chairt' 'us stòpa,
'N uair shéid an stoirm gur ioma àit',
   An robh a bhàrr 's a chònnlach,
Ged a dh' ith e cha do chnàmh,
   Ged dh' fhàs e cha do dhùnlaich
Ach dh' fhàg e tìm,—'us co cho dàn,
   'S a dh' innseas c' àite 'n do dhùisg e,
      'N uair chaidh e steach.

Ach chuir iad leac do 'n deagh-chlachghràin,*
    Os cionn na tràill le mòrchuis,
'Us ge b'e 'n gnìomh a thoill an carradh,
    Cha d' fhuair mi mach ged dh' fheòraich,
Mur e bhi sguabadh leis gach ni,
    Le spìocaireachd 'us farmad,
Ach 's tìm an còmhradh s' thoirt gu crìch,
    Bho 'n tha e cinntinn anmoch—
      Tha mise falbh.

* Granite.

DEALBH NA MAIGHDINN.

Chunna mi do dhealbh-sa,
  ’S aobhar farmaid thu air a’ bhalla,
An robh e umad eòlach
  An t-òganach rinn do tharruing,
An robh e ann a d’ chaoimhneas,
  ’S tu foillseachadh dha do charan,
No ’n do chum thu oidhch’ e,
  ’S gun loinn air le cion a’ chadail,
        Mar ’s tric tha mis’.

Tha mi air an uair so,
  Ga m’ bhuaireadh leat air mo leabaidh,
Gun phriobadh air mo shùilean,
  ’S mi tionndadh ’s a cur nan car dhiom,
’S mi g’ an cumail dùinte,
  ’S mi an dùil ris gu ’n tig an cadal,
Ach nochdaidh tu cleas ùr dhomh,
  ’S bidh diumb ort mar d’ thoir mi ’n aire,
        Do ’n h-uile dad.

’N uair bhios càch na ’n suainn,
  Air mo chluasaig tha mis’ am chaithris,
’S do chagair-s’ ann am chluais,
  C’ uim am buaireadh nach dean thu stad dheth
Tha fear a mach ’s e glaodhaich,
  ’S an daorach is i g’ a dhalladh,

'S ma gheibh e neach gu caoung,
   Math dh' fhaoidte gu 'n téid e 'thabaid,
      'S tha mis' a' so.

Tha mis' a' so is mi air m' uilinn,
   Ag éisdeachd iorguil nan radan,
Gun fuaim is binne 'tigh'n a m' chuideachd,
   No na luchaidh 'dol troimh 'n bhalla,
Tha cuid dhiubh air an ùrlar,
   'S a bùrach mu 'n chorrachagailt,
'Us tha cuid eile dannsadh,
   Mu 'n phaipeir a tha mu 'n aran,
      A stigh 's a' *phress.*

Cha 'n 'eil laigse chualas,
   Bhi fuaighte ri mac an duine,
Nach meudaich thu seachd uairean,
   'S a bhuadhan g' an cuir an lughad,
Neo dh' fhaoidte gu 'm bi sunnd ort,
   'S gu 'n tionndaidh thu 'n rath'd eile,
'S bidh gach maise 'fàs air,
   'Us àilleachd c' arson a cheileadh,
      'Us e cho math.

'S ioma fear 's an àite,
   Bhiodh càirdeil rium mar a bhith thu,
A sheachnas mar a' phlàigh mi
   Cha 'n àill leis gu scas e 'bhruidhinn,
E 'sealltainn fo na mùgan,
   'S a ghnùis ri taobh eile bhaile,

Ma 's fhìor nach 'eil a shùil orm,
   'S bidh stùic air 'n uair théid e seachad,
      'S cha léir dha neach.

'S an eaglais gu sònraichte,
   Di-dòmhnuich cha bhi thu modhail,
Cha suidh thu mar bu chòir dhuit,
   Ach tòisichidh tu air d' obair,
Cocaidh tu do mheòir,
   Ris an òganach tha mu 'm choinncamh,
'S ri Màiri Nic-a'-Chombaich,
   'S cho mór 's tha i ás a boineid,
      'S an ribein geal.

Cha 'n fhuirich thu gu h-iosal,
   Ach dìridh tu ris a' chrannag,
'S tu 'g ràdh gu 'n téid cuid innte,
   'S neo bhrìghar na bheir iad seachad,
An àite plàsd do 'n chluan lus,
   A fuar bheinn nam feadan falain,
Nach bi ac' ach fuar-lìt',
   Bh' air truadhan bho chionn a fada,
      'S nach freagair ort.

'N uair ni 'n coithional sgaoileadh,
   Thu daonnan a toirt an aire,
Dh' fheuch ciod e th' aig daoine,
   G' a fhaochnadh a dol dachaidh,
Ciod e tha 'dol 's a' ghàradh,
   'S na bàtaichean tha mu 'n abhainn

'S cia mar tha 'm buntàta,
  'S a Ghàidhealtachd am bheil e math ann,
    'S an t-sìd cho fliuch.

Thòisicheadh an seanachas,
  'S cha dearbh mi gu 'm bi e dona,
Seasaidh iad a dhearbhadh,
  Na dh' aimmich iad aig an oisein,
Théid croitearan na Learagaig,
  Is cearbaiche fir na soluis,*
Banais Iain 'Ic Fhearachair,
  'S an t-searmain, 's an t-slige thomhais,
    Aig fear ma seach.

Am fear a shaoil gur briagh thu,
  Bhi fuaighte ris anns gach cuideachd,
'S e mo bheachd mu 'n òigear,
  Nach eòlach e air da chluicheachd,
Dh' fhaoidt' nan robh thu làmh ris,
  A' meudachadh air na chunnaic,
Gu 'n aidicheadh an t-àrmunn,
  Gu 'm b' fheàrr dha bhi 's a ghriobhach,
    Na bhi leat.

C' uim nach leig thu tàmh dhomh,
  Bi sàmhach 's gu faigh mi cadal,
Cha dean e feum am màireach,
  A dh' radhtuinn gu robh thu mar rium,
Cudthrom air mo shùilean,
  Us dùinidh iad orm a dh' aindeoin,

    * Railway Signalmen.

'S na bi aig cuid air dearbhadh,
  Cha 'n earbadh iad rium na *wagain.*
      'N uair théid mi mach.

AN DEALBH A' FREAGAIRT.

C' uim nach stad thu d' chnàmhan,
  Bi sàmhach 'us tog de d' chabail,
Ged tha mise làmh riut,
  Gu 'm b' fheàrr dhuit a bhi 'd chadal,
Air son na bheil do bhrìgh
  Ann an ni do na tha thu cantuinn,
Ged a chuirte sìos e
  'S a sgrìobhadh le neach d' am b' aithne,
      Cha bhi e ceart.

C' uim nach tog thu d' bhòilich,
  'S gu leòir dhi air feadh a' bhaile,
Do chainnt gun rian gun òrdugh,
  Ach ròpa do rannaibh prabach,
'S tu air bheagan ionnsachaidh,
  Umpaidh gun mhòran rath air,
'S tu cho tiugh 's a' cheann,
  Ri cnuachdan do mhaide daraich.
      Mur bithinn leat.

Chreiceadh iad air gròd thu,
  'S air feòirlinn gu 'n téid do cheannach,
Mur bi mise a'd' buachailleachd,
  Bhuaireadh iad thu gu mearachd,

Mu dh' fhàgas mi leat fhéin thu,
  'S ann dh' éisdeas tu ris gach cagar,
Cha 'n fhaiceadh tu, cha léir dhuit,
  Na seudan ged robh mu d' chasan,
            Cha tog thu h-aon.

B' e mo mhiann a thoirt a' d' chuimhne,
  Am bàrd a sheinn 's a' Bheurla,
'S eòlach thu air pàirt d' a rainn,
  Oir bha thu 'n raoir g' an leughadh,
Bidh cuimhn' agad mar chaidh do 'n luch
  'N uair thàinig sochd a' chroinn oirr',
'S mar ghabh e duilichinn mu 'n rud
  Le tuiteamas a rinn e;
            Air creutair bochd.

Na caill sealladh air an ni so,
  Ach cuir sìos air clàr e,
Oir 's ioma fìrinn tha ann fillte,
  Na di-chuimhnich gu bràth e,
Gur ann a bha e 'g iarraidh rochd
  Air cladach crosd le 'bhàta,
S gach bogha air an deach e fodha,
  Dh' fhàg e boll' air snàmh ann,
            Gu d' chumail-s' às.

'S leith-sgeul gasda leis a' ghealtair,
  Chionn nach cleachd e 'n fhìrinn,
Nach robh e ceart 's a h-uile car,
  An neach a rinn e innseadh,

Gu faod an t-ubhal a bhi blasda
    Agus math da rìreadh,
Ged 's tioram cruaidh ri 'chaganadh,
    Am meangan air 'n do chinn i,
        Air bàrr an dos.

Teichidh ceilg troimh ainm gach ni
    A chuir e 'n gnìomh gu foilleil,
Mu théid a luaidh ris, suas tha 'shròn,
    'Us chuir e mòran oillt air,
Ach coma leat-sa ciod is ainm
    Do 'n arm le 'm marbh thu famhair,
'N uair a chì thu e 'm a shìneadh,
    Dh' fhàg e d-inntinn toilichte,
        'S cha 'n ioghnadh leam.

Chunna tu 's a' bhaile so,
    'S tha iad air fad 'n an criosduidhean,
A' bhanntrach g' a cuir a mach,
    Le pàisdean lag 'us clocharain,
Le duin'-uasal ann 'n a choslas,
    'S brosgalach 'n a sheanachas,
Chuir e mach i air an t-sràid,
    A chionn nach pàigh i 'n t-airgiod dha,
        Nach 'eil aic'.

Gur flathail, sultmhor, mòrail e,
    Di-dòmhnaich aig an triunnsear,

Tha 'shùil le aoibh air fear na slaim,
    'S air an fhear tha gann le mi-chiat,
Ni e ùrnuigh bhios gun lochd,
    Anns nach bi 'm bochd air dì-chuimhn',
'S e guidhe beannachd air bho shuas,
    Ged bheir e bh' uaith' gach mìr dheth,
        Cho luath 's a gheibh.

Chunna tusa cuilein coin,
    G' a phroiteadh aig mnaoi-uasail,
A dhiùlt an t-aran do na leanaibh,
    'S a thug a dhachaidh bh' uaithe,
'S ged thàinig seòrsa taisealachd,
    Chaidh seachad aig an uair ort,
'Us iomadh rud a chunnaic thusa,
    'S mur do chunnaic, chuala,
        'S cha d' thuirt thu dad.

'S tric an crùn air ceann nach fhiù,
    'Us cliù air fear nach toill e,
'S tric chaidh onair thoirt do 'n bhurraidh,
    'S urram thoirt do 'n t-slaoighdir',
Ach mo phaidrean-sa cha 'n fhacaig sùil,
    Gus na chuir ùine soills' orr',
An aghaidh cleacaidh labhradh fìrinn,
    Anns an robh inntinn saighdear,
        'S a h-uile car.

Na leig le leisg do chuir fo smàig,
    'S na ceil air sgàth na duaise,

Na can na chuireas air neach mi-thlachd,
  Air son spìd no buaireas,
Na tog sgeul-sgeig air neach gu bràth,
  'S air laigse chàich na buanaic,
'S na tiodhlaic ann an eagal tràill,
  Na tàlandan a fhuair thu,
      Thug mise dhuit.

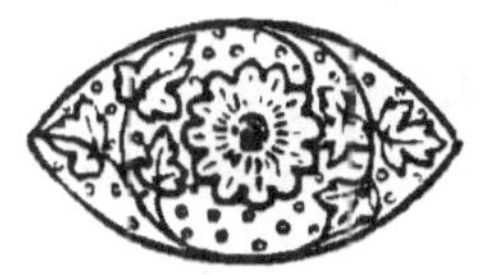

NA H-OIGHEAN.

Air feasgar ciùin 's a' ghrian a' siaradh,
   'Us mi air sliabh nan sruthan sèamh,
Am shuidhe air an toman chiar,
   'S a' chòisir ian a' seinn nan dàn,
Chunnaic mi 's cha b' fhada bh' uam,
   Oighean teachd a nuas am dhàil,
Té na h-aghaidh fhada chruaidh,
   'S té nan gorm-shùl buadhar, blàth.

Thàinig iad 'tigh'n far an robh mi,
   'S cha robh comunn ac' ri 'chéil,
Cha robh diùrais chiùin no cagar,
   Air a h-aithris leis gach té.
'S beag nach robh iad gual ri guala,
   Dé cha chluinninn fuaim an guth,
Iad ag iomachd air an raon,
   'S a h-aon dhiubh air gach taobh do 'n t-sruth.

Thàinig té dhiubh 's shuidh i làmh rium,
   Air an tullaich bràigh an tuim,
Is ged nach robh a mais r' a léirsinn,
   Ghabh mi seòrsa spéis do 'cainnt,
Ciod e bu choslas do na chruinneig,
   Cha b' urrainn mise chuir an dàn,
Fallt a cinn cha robh e buidhe,
   Cha robh e dubh, 's cha robh e bàn.

Sheall i orm 's bha coslas fuar oirr',
   Thog i gualainn cùl a cinn,
Agus thòisich i air seanachas,
   Is gu dearbh cha robh e binn,
Thuirt i gu 'm bu chruaidh an saoghal,
   'S cor nan daoine 'bh' ann a tàmh,
Gur h-e bhi cùirnichte fo 'n fhòid,
   Do gach neach gu mòr a b' fheàrr.

An saoghal so, thubhairt i, mo chreach,
   Tha gach neach ann ann an truaigh,
Am beag 's am mòr am bochd 's am beairteach,
   Bho 'n a chreathall gus an uaigh,
Anns gach lios tha 'n dris 's am fonntan,
   Fàsaidh feanntag reachdail àrd,
Rinn cnoimheag dhall am plannd a lothadh,
   Thac a' chopagach am bàr.

Ciod am feum a bhi ri dìchioll,
   'S a bhi strì ris gus an liath,
Sguabadh oiteag às do shealladh,
   Còr 'us obair ioma bliadhn',
Gheibh thu mach, us sin gu deurach,
   'N uair a ni do spiorad triall,
Gu robh mòran tuilidh euchd,
   Ag éiridh leis an neach nach d' fhiach.

Air son chàirdean b' fheàrr dhuit bh' uait iad,
   Tha dragh 'us truaighe às an déigh,

Bhiodh dhuit 's an t-saoghal tuilidh buanachd,
  Gun neach air uachdar ach thu fhéin;
Ciod e cuideachd? tuilidh buaireis,
  'S beag a fhuair thu innte dh' fheum,
Fiamh a ghàir' a' falach farmaid,
  Tnù a cuir a h-earbsa 'm beud.

Dh' fhalbh i 'n uair a bha mo chùl ri,
  'S cha robh mi tùrsach ás a déigh,
'S a cheart cho luath 's a rinn i m' fhàgail,
  Thàinig màldag an fhuilt réidh,
Stòr nan camag òrbhuidh, clannach,
  'S bòidheach lainnir dheth ri gréin,
Beul na h-òighe iùil na còisir,
  A' toirt bàrr air ceòl nan teud.

Malla chiùin os cionn na sùl,
  Nach seall le mùig a nunn no nall,
A thogadh sunnd 's a thàrladh mùirn,
  'S a chumadh diumb 's a chùil gun taing,
Ainnir òirdhearc, reul nan òg bhean,
  A bheireadh sòlas aig gach àm,
Seilbh 'us dòchas toinnte cònihla,
  Air nach faicte bòrr no greann.

Aillidh, gasda, bàigheil, taitneach,
  Cairdeil, macanta, gun mheang,
Sunndach, aoibheil, briathrach, caoimhneil,
  Rianail, boilsgeanta, gun taing,

Com an t-suairceis, aoidh gun ghruaman,
　A chuireadh fuadach fo gach sannt,
Dh' fhalbhadh bréine 'us nochdadh réite,
　'N uair a dh' éireadh i air fonn.

Shuidh i làmh rium 's fiamh a' ghàir' oirr',
　'S briathran blàth a' tigh'n bho bial,
Blasda binn air fonn na fìrinn,
　Nochdaidh i gach nì gu mhiann,
Bòidhchead nàduir feasgar sàmhach,
　Ceòl 'us àilleachd 's àireamh ian,
Mèal nan uan bho ghrunnd nan cluan,
　'S a' dìreadh suas ri bruachan ciar.

Ach thuirt i ged bu bhriadh an saoghal,
　Air gach taobh dhinn raoin 'us lòin,
Mar bhith comunn agus gaol ann,
　Nach biodh clann nan daoin' air dòigh,
Cha 'n e mhàin an sealladh sùl,
　Na 'n t-aran théid a chum do bheòil,
Ach cridhe plosgartaich ri càch,
　Bheir sonas agus àgh a' d' chòir.

Rinn i m' fhàgail air an tulaich,
　Mo 'n robh mi d' a cuideachd sgìth,
'S theirinn mise leis a' bhruthach,
　'S mi car muladach g' a dìth,
Chunnaic mi gu ìosal duine
　Liath 'n a shuidhe taobh an ròid,

’S dh’ fheòraich mi dheth ’m beul an anmoich,
An tugadh e dhomh ainm nan òigh.

Sheall e orm le seòrsa mi-chiat’,
　Mar gu ’m b’ ioghnadh leis mo cheisd,
’S gu ’n do shaoil e gu ’m bu chòir dhomh,
　A bhi eòlach oirr’ air leth,
’Us thuirt e, té na h-aghaidh cruaidh’,
　Na ’m briathran fuar ’us truaige beachd,
Mar thuigeas tu ’s e h-ainm-se Gruaim,
　Ach ’s ainm do ’n ghruagach eile, Gean.

A MHAIGHDEAN MHARA.

Bha 'n latha bailiceach, ciuragach,
  Le smùdan maoth o 'n iar,
Bha blàths 'us tlus r' a fhaireachdainn,
  Ged nach fhaicte 'ghrian,
Bu trom an driùchd na chùirneinean,
  A chrom 's a lùb am fiar,
'Us dh' fhalbh mi 's thug mi 'charraig orm,
  Gus far am faighte 'n t-iasg.

Air m' athais dh' fhuasgail mi a' bheairt,
  'N uair chuir mi mach an sonn,
Gach geodha 's slochd, 'us bodha 's rochd,
  A' dùsgadh sprochd 's an àm,
Tha leam nach b' ann le coimheachas
  A sheall gach cnap 'us meall,
'Us fichead bliadhna 's beagan còir,
  O 'n bha mi roimhid ann.

Bha mhàthair-mhaoraich, crimeineach, caraigeach,
  Mar nach d' fhalbh i dheth,
Bha 'n gille-geal 's am bàirneach,
  'S iad air sàsachadh 's a' chreig,
Bha duileasg donn nam badan milis,
  'S cinneas air mar bha,
'S an dream is tric a spìon leam e,
  Cha tig 's cha till gu bràth.

Ged chuir mi air an dubhan biadh,
    'S a shiab mi nunn 's a nall,
Creutair beò cha d' fhairich mi,
    No spiolladh grad no fann,
Ma bha iad ann cha ghabhadh iad,
    Cha 'n fhaca mise lann,
Chuir ana-cleachdadh charaig seasg,
    'S cho fad o 'n sheas neach ann.

Bha coinein mara anns an t-sàil',
    An sàs an duileag ruichd,
Gu 'm b' e mo mhiann gu 'n robh a m' làimh,
    Mar ghràineag e le stuib,
'Us thug mi greis a fiachainn,
    Dh' fheuch àn siabainn e gu tìr,
'S chaidh car-a'-mhoiltein dheth gu grunnd,
    'N déigh dhomh bhi ùine strì.

Ghrad thàinig ann am aire-sa,
    A h-uile dad mar bha,
Gu 'n robh mi air sgeir mhara,
    'S thigeadh thairis oirre 'n làn,
Bha 'n fheamainn ronnach, churracagach,
    'S a builigeincan air snàmh,
'S an sàile mall ach cinnteach,
    A' dìreadh suas r' a bàrr.

A'm chabhaig dh' iarr mi 'n aoghal
    Mar gu 'n robh faothaid ás mo dhéigh,

Dh' fhaoidt' gu bheil mi fada cheana,
   'S an caol ro fharsuinn dhomh r' a leum,
'N uair a ràinig mise 'n clachan,
   'S chaidh mi thairis air glé thric,
Cha 'n fhaict' ach crioman beag do 'n mhulach,
   Aig a' chloich bu mhodha 'n sud.

Bha 'm muir-làn gun tàmh ag éiridh,
   Moille cha dean feum sam bith,
'S clach mu seach gus an té mheadhoin,
   Gu 'n deach mise ann am ruith,
'S an sud eadar mi 's an ath té,
   An leum a b' fhaide 'bh' ann am chùrs',
Dh' éirich maighdean ann am shealladh,
   'S a leithid cha 'n fhaca mi le m' shùil.

Anns gach gluasad tigh'n mu 'm thuairmeas,
   I mar ealla cuain air snàmh,
Dreach a cuailein dùmhlad sguaibe,
   Thar a' guaillean mar a dh' fhàs,
Cha robh an stim g' a chumail shìos,
   'S cha robh a chìr g' a chumail àrd,
Gu dualach sleamhuinn mar a chinn e,
   Bu mhisd a rìomhadh 'us cha b' fheàirrd.

Bha cùirnein braoin air taobh gach camag,
   Troma bhuidhe bachlach gun mheang,
'S ghluaiseadh iad a sios na 'm meallan,
   Mar a charaicheadh i 'ceann,

Le soillse diamond chit' an lainnir,
  'N uair a theirinn iad gu mall,
Fo dhualaibh òir bu bòidhche cneas,
  Bu ghile dreach na sneachd nam beann.

Bha cobhrag shàil' mu h-uchd air snàmh,
  'S a muineal bàn a b' àillidh leam,
Gun bhann do 'n t-sìod' gun chneap, gun ghniogag,
  Mar théid na rìbhinnean do 'n danns,
Ach dh' éirich smallan trom air m' inntinn,
  'S thionndaidh m' ioghnadh a chum fiamh,
'N uair a chunnaic mi gu cinnteach,
  Na bha fo 'dà chìch 'n a iasg.

A mhaighdean mhara, leig mi seachad,
  Chionn tha cabhag orm an dràsd,
Dhomhsa tha gach mionaid prìseal,
  Faic mar dhìreas rium an làn,
Chual 'us dh' éisd mi sgeul a' mharaich',
  Mu dhéinnibh do char 's do chleachd,
'N uair a chìte air an t-sàil thu,
  Gur e bàthadh a bha 'd bheachd.

A' MHAIGHDEAN MHARA.

Ma bhàthàdh iad cha b' e mo reachd-sa,
  No mu thlachd a rinn an gnìomh,
Ann am milleadh creutair beò,
  Cha d' fhuair mi sòlas riamh dhomh fhìn,

Dhiu bu duin' e no bu chuileag,
  Air neo 'm burach 's e air snàmh,
'Us tha 'n sin dhuit beagan tuillidh,
  Air na 's urrainn dhuitsa ràdh.

Ach o 'n fhuaras ann am lios thu,
  Iarram ort a nis mo chàin,
Cha 'n e t-òr a tha mi sireadh,
  Ach briathran innich ann an dàn,
Thoir dhomh seachd seachdanan an òrdugh,
  Air neo 'n còr ma 's toileach leat,
Do na bheil 's a' chuan 's mu thràigh,
  'S gu feum an àireamh a bhi seachd.

AN T-UGHDAR.

Dh' fhaodainn sin aig àm na Calluinn,
  Rann le sodan a chuir suas,
'S mi aig starsnaich an doruis,
  Ged a robh an reothadh cruaidh,
Ach air cloich 's nach fhaod mi tionndadh,
  Gus na glùinean anns an uisg',
'S am bliadhna fhathasd cha do rugadh,
  An duine ris am fuirich sruth.

A' MHAIGHDEAN MHARA.

Mur fuirich sruth gu snàmhar e,
  Gu 'n deach an ràdh gun cheisd,
'S na caoirich cùrsa nàduir,
  A chuir sgàileadh air do gheilt,

An àite bhi ri sniadaireachd,
  'S do shùil tiamhaidh air a' phort,
Gu 'm b' fhasa dhuit 's bu chiataiche
  Na dh' iarr mi a thoirt dhomh.

AN T-UGHDAR.

Cha 'n ann an uair tha 'n cath 'n a theas,
  A sheinnear cliù nan laoch,
Na 'n cuideachd chaomh nan òg bhean,
  A nithear òrain ghaoil,
Ach ged tha mi 's a' chaiseil so,
  Fo amharus 's fo phian,
Gu 'n cuir mi 'n òrdugh caigean shreath,
  Mu chaisgeas sin do mhiann.

Seachd amhsain, seachd learg,
  Seachd sgairbh, seachd bòin,
Seachd stearnail, seachd faoilinn,
  Seachd adharcain, seachd còirn,
Seachd bradain, seachd sgadain,
  Seachd canna, seachd ròin,
Agus seachd maighdean mhara,
  Abair mu tha sin gu leòir.

A' MHAIGHDEAN MHARA.

Ni sin feum, gu 'n d' phàigh thu 'n t-aiseag,
  Gheibh thu thairis 's cha 'n ann mall,
Seall thu 'n cnap ud, cuir do chas air,
  'S air an ath leum bidh tu thall,

Sin thu' fhaic thu, féin a nis,
  'Us talamh tioram fo do bhonn,
Mar am bradan leum thu 'n linne,
  'Us thu gu sgiobalta air fonn.

AN T-UGHDAR.

An uair a fhuair mi air a' ghrunnd,
  'S a sheall mi nunn oirr' as mo dhéigh,
Dh' fhàs mi dalma mar an cù,
  No 'n coileach air a dhùnan fhéin,
Beagan taing a bhean mo ghràidh,
  Ged tha mi sàbhailt' air a' phort,
Cha b' e 'n cnap a bha fo m' shàil,
  Ach crioman àrcan 's e air phlod.

A' MHAIGHDEAN MHARA.

'S ioma gnìomh 'us 's ioma obair,
  A ni feadhainn chuir air ghleus,
Na 'n robh gach deuchainn anns an t-sealladh,
  A bhiodh eu-comasach do 'n treun,
Na 'n robh fios agad gur h-àrcan
  A bh' agad ann an àite leac,
Cha leumadh tusa, 's tu nach leumadh,
  Chionn cha leigeadh t-eagal leat.

AN T-UGHDAR.

Fhuair mi iomadh sgeul mu d' dhéinibh,
  Ach thoir fhéin dhomh té a nis,
Am bheil do choimpirean 's an t-sàile,
  Bheil thu gun phàrantan, gun sliochd,

'S duilich leam thu bhi mu 'n chaol,
   Math dh' fhaoidte air faontràigh 'us air chion,
'Us tu ann ar cruth 's 'n ar n-aogasg,
   Ged nach fhaod thu tigh'n 'n ar measg.

B' e mo luaidh-sa bean do chuailein
   Fhaicinn 'dol mu 'n cuairt 's an danns,
Urlar bhòrd fo 'n bhròig a' dìosgan,
   Fuaim no fiodhla 's i 'n a deann,
'S iomadh òigear bhiodh an tòir ort,
   'S iomadh òg-bhean bhiodh fo phràmh,
A' ghnùis a's àillidh rinn mi fhaicinn,
   Ged nach do lasadh i le gàir.

<h3 style="text-align:center">A' MHAIGHDEAN MHARA.</h3>

'S ann mar 's dealraiche tha chuileag,
   Is trice 'm breac a plub 'n a déigh,
Tha siol an sgadain mar an t-airgiod,
   'S aig a charrachan ann an spéis,
'S taitneach leis a' mhuic * a leòir,
   Do 'n iasg a's bòidhche tha 's a' chuan,
'S gu bheil sionnach ruadh an aonaich,
   'S mòran gaoil aig air an uan.

'N uair a chruinnicheas clann nan daoine,
   An cuideachd gu aoidh 'us ceòl,
Nach bi "B' fhearr-leam" agus "Dh' fhaoidte,"
   A caogadh ri "Mac-gu 'm-bu-choir,"
An neach tha anns a ghlaic an tnù,
   Ris an fhear th' air stùchd an stac,

* Mac-mhara.

'S e dhòmhsa dìomhaireachd gach sonais,
  A bhi toilichte le m' staid.

AN T-UGHDAR.

Ach cha do fhreagair thu mo cheisd-sa,
  'S a nis thoir dhomh mar a dh' iarr,
Thionndaidh i gu dol a labhairt,
  'S mi 'n dùil gu 'm faighinn mar mo mhiann,
'N uair rinn mi dùsgadh ás mo chadal,
  Suas gu grad le seòrsa fiamh,
'S clag an stìopail a toirt greadan,
  Bha e mar cheathramh do shia.

STOIRM AIR DROCHAID A' BHROOMIELAW.

Air feasgar Dòmhnach anns a' gheamhradh—
  'S gann gu 'n robh an turadh ann,
Thog mi orm sìos thun na drochaid,
  Dh' fheuch dé bu chor do 'n chuideachd ann,
Bha h-uile fear 's a làmh 'n a aid',
  Mu 'n rachadh dheth a séideadh,
Bha cuid 's na clousaichean 'n an cròlain,
  'S mòran dhiubh mu 'n *Station*,
      Am fasgadh 'n sud.

Bho bhruaich gu bruaich bha Cluaidh fo cisean,
  'Tigh'n 'n a mill, 's cha robh iad glan,
Shéid gaoth tuath le neart bha fuath'sach,
  'S fadadh cruaidh 's an àird an ear,
Bha 'n crog a bh' air an t-simealair,
  'N a chroimagan air cabhsair,
Bha cunnart dhòmhsa 'bhi 'n a measg,
  'S gun fhios gu de thug ann mi,
      Ach bha mi 'n sud.

Ciod e tha so a tighin a nall,
  'S cha 'n 'eil iad mall a cur na réis,
A daichean a falbh na 'n deann,
  'Us daoine ceann-rùist' as an déigh,
Chaidh sia no seachd dhiubh *helter skelter*,
  Seachad orm 'us iad na 'n leum,

'S fear le cromag fhada challdainn,
   'S e feuchainn teann ri 'cur an greum,
        'S cha robh sin soirbh.

Sin fear eile, 's e tha lùghar,
   Faic a nunn 's a nall e,
'S an uair a shaoileas e bhi aice,
   Sud a mach 'n a deann i,
Gu 'm b' fhasa cuir ri gudabochd,
   Air feadh nan lub 's nan alldan,
Ach 's diorasach a lean e cùrs',
   'Toirt smùid air post' an lanntair,
        'S gu 'n d' rinn e cnead.

Ach co i sud a tha 'tigh'n thairis—
   Thuirt Lachann gur h-i Bell bh' ann,
'Us i gun stròic do dh' *alapaca*,
   Ach aisnean *umbrella*,
Chuir i bhoineid stigh fo 'n chleòca,
   Gus a cumail tioram ann,
'S gu 'n robh a gruag a nunn 's a nall,
   A' dol mu 'ceann 'n a ribeagan,
        Le meud na stoirm.

Seall thu 'm fear ud air an t-sràid,
   'S e gàireachdain 's ri beadaradh,
An tubaisd, dh' fhalbh dheth an ad àrd,
   Troimh 'n *Bhroomielaw* 'n a leumanan,
Thug e roid a nunn g' a ionnsaidh,
   'S dùil aige nach b' eagal dhith,

Ach 's ann a thuit e anns a' pholl,
  An uair a chrom e 'bhreith oirre,
    'S cha robh e glan.

Dh' éirich e 'n sin ás a' pholl,
  'Us sheall e air a chrògan,
'S an ada dìreadh ris an stuaidh,
  'Us clachan cruaidh g' a stròiceadh,
'S beag nach do bhuail e chompanach,
  A chionn gu 'n d' rinn e gàire,
A nuas bha 'n ad' ach 's ann a thuit i,
  Anns an lub air snàmh ann,
    'S i dol mu 'n cuairt.

Am faic thu 'n té so tigh'n a nall,
  O dhaoin', nach seall sibh Seònaid,
Lìon an *umbrella* 'n ghaoith,
  'S i g' a slaodadh còmhl' rithe,
Bha gartan dearg air a' chois chlì,
  Gu rìomhach ann an òrdugh,
'S bha stocaidh na cois dheis gun nì,
  'S i shios am beul na bròige,
    Na colaichean glas.

'N uair fhuair an *umbrella* làn,
  'S e dol an àird bu deòin le,
'S i g' a togail bhar an làir,
  Mur fàilnicheadh a meòir-se,
Thionndaidh a mach an taobh ceàrr,
  Nach ann tha 'n tàir aig Seònaid,

'S i air a slaodadh feadh na sràid,
  A' glaodhaich cà 'il thu Dhòmhnuill,
    Nach tig thu 'n so?

Nach seall sibh Alasdair Iain Bhàin,
  A nall, 'us Màiri còmhl' ris,
Bha e 'm a bheachd dol gu *Strathbungo*,
  Tha e 'n *trim* gu seòladh,
Ach thàinig oiteag ghrad mu 'n cuairt,
  Agus sguab i 'n ada dheth,
'Us dh' fhàg e mhàldag mar a bha i,
  'S e nunn an t-sràid 'n a shradaichean,
    As déigh na h-aid.

Ach bha Tearlach anns a' *chlous*,
  A measg na bh' ann 's an fhasgadh,
A' gabhail beachd air na bha 'dol,
  'S a faotainn spuirt air Alasdair,
Sgnoc e 'bhoineid nuas gu shùilean,
  Sunndach, 's fiamh a' ghàir' air,
Sud e nunn 'us e 'n a leum,
  'Us *chlink* e féin ri Màiri,
    'Us thàr iad as.

Nach faic sibh Flòraidh nall 'n a leum,
  'Us bréid mu 'n bhoineid àluinn,
Tha 'n ribinn ùr aice fo 'n chlùt,
  'Us iomadh flùr, 's cha d' fhàs iad,
Gu bheil an creutair fada muigh,
  'Us tha i fliuch 'n a brògan,

A laparan 'us i 'n a trotan,
    'Us stocaidh do gach seòrsa,
        Mu chaol a cas.

Cò tha sud a' dol a nunn,
    Tha Dùghall 'us e ceann-rùist',
A sheachdaid putanaicht' gu shùilean,
    Giùig air agus greann air,
Falt a chinn 's a' ghaoth g' a smùideadh,
    A ghnùis 's i ris na speuran,
'S an ad ùr 's na chuir e ùigh,
    Gu 'n d' leag i 'cùrs' air *Venus*,
        'S cha tig i ás.

A leith'd do smùid cha seas a mhiùil ris,
    Faic na brùidean truagha,
A' cur an cinn am fasgadh 'chéile,
    Mu 'n séidear dhiubh na cluasan,
An *tramway* làn 's i air a pacadh,
    Cha 'n fhaigh thu steach, mo thruaige.
'S cia mar ni iad sud a shlaodadh,
    An aodan na gaoth tuatha,
        Le leith'd do rannt.

AIR AN FHEILL.

Las gathan soills o ghréin na Bealltainn,
    Bàr nam beann 's a' mhaduinn mhoich,
'S na speuran àrd gun neul r' a fhaicinn,
    Thréig an ceò gach glac 'us cnoc,
Eòin na mara cuir ri cluich,
    'S am faileas ann an uchd an t-sàil,
'S a cumail fad na làimhe bh' uainn,
    An uair a chual iad fuaim nan ràmh.

Ged nach do shéid án t-adhar deò,
    A bheireadh seòl o chrann,
Chuir spionnadh dhòrn 's na gillean deònach,
    Astar mòr o ceann,
Cha robh air fear greasaid feum,
    'S ann air an fhéill bha 'miann,
Rinn claudain clag air àbarainn,
    'S bha steall o bharr nan liadh.

Chluinnte geum o 'n spréidh air aincol,
    'S iad a' tional air gach taobh,
Buachaillean gu luath ga 'n grabadh,
    'O dhol dachaidh leis na laoigh,
Chìt' fad mhìltean taobh na mara,
    Marcaichean a' tigh'n na 'n deann,
'S grunnan dhaoine 'n sud 's an so,
    'S mòran dhiubh gun ghnothach ann.

Bhrùchd iad 'stigh air h-uile taobh,
    A' tighin gu raon nan tulman uain',
Tathunn chon 'us mòran éigheach,
    'Cuir an treud gu leum nam bruach,
Furan fàilte, 's crathadh làmh,
    Aig càirdean a bha fad o chéil',
An sean 's an t-òg 's iad còmhla measgadh,
    A' faraid 's a toirt seachad sgeul.

Nach seall sibh Uilleam—duine cràbhach,
    'S an làir bhàn aige g' a reic,
'S ris a' choigreach tha e 'g ràdh,
    Nach ann gach là a gheibh e leithid,
Ach cha 'n 'eil neach 's an àit' d' a aithne,
    A ghabhadh a nasgaidh i,
'S nach tog i 'ghreallag latha 'n treabhaidh,
    Gun neach bhi roimhp' le measair shìl.

Thòisich na bodaich air bargain,
    Cuid dhiubh ag iomlaid nan each,
Gu bheil a' bhrùid ro àrd am buadhan,
    G' a chuir suas aig fear mu seach,
An dara h-aon an geall air còrdadh,
    'S am fear eile 'n tòir air buthd,
Buthd no buthd cha 'n fhaigh thu bh' uams'.
    Ach dìreach buail iad runnt ri runnt.

Chunna mise dithis dhaoine,
    'Us leis an aois gu 'n d' fhàs iad liath,

Shuidh iad còmhla air a phlocan,
  'S dh' éisd mi ciod mu 'n robh an sgial,
Agus thuirt Eachunn ri Dùghall,
  'S geàrr an ùin' gu 'm feum mi triall.
'S e so mo thrì fichead féill',
  'S mo chuimhne cha do thréig mi riamh.

Ach thuirt Dùghall—fhir mo ghràidh,
  Ged nach àireamh mi trì fichead,
O 'n cheud là sheas mi 'n so am bhalach,
  'S fhada, 's fhada bh' uaidhe sud,—
C' àite nis am bheil na càirdean,
  Sgapta anns gach àit' fo 'n ghréin,
'S gun triùir an diugh air an làraich,
  Bh' ann an là ud, ach sinn fhéin.

Chruinnich cuid mu 'n cuairt nan seann-laoch,
  'S iad an geall air faotainn sgeul,
'S dh' fheòraicheadh cuid dhiubh do dh' Eachunn,
  Ciod e 'bharail air an spréidh,
Thàinig fear a stigh do 'n ghrunnan,
  Chàin e 'n duine, 's chàin e 'n dròbh,
'S chàin e 'n t-uisge-beatha cuideachd,
  A bh' aig Lachunn dubh nan stòp.

DÙGHALL.

Bho 'n a chunnaic mis' e 'n toiseach,
  Cha do mhol e neach no ni,
Mur biodh dad aige r' a chàineadh,
  Bhàsaicheadh e às an dìth,

'S neònach leam ged chàin thu 'n diugh,
  An stuth a th' aig an duin' ud shìos,
Mur téid steall dheth thar do shluigein,
  'S dìreach mar a thubhairt, b' fhìor.

'Sin dh' aom an sluadh a nuas 'n a maoim,
  'Us roinn dhiubh dol a nunn 's a nall,
An t-òigeach Gallda 'gabhail sgaoim,
  Leis gach straoighlich a bha ann,
Riasg 'na mhill a falbh fo chasan,
  'S o chuinnein bu neartmhor srann,
'S ma 's òr a h-uile rud buidhe,
  'S daor na bucail 'tha 'n a cheann.

Bha gille sgairteil, ceannsgalach,
  'N a cheann g' a thoirt a steach,
'Us rinn e 'bhrùid a cheannsachadh,
  'S a thoirt gu teann fo smachd,
Ach ghabh e triùir do dh' fhearaibh gleusda,
  'S feum ac' air an uile neart,
Mu 'n do chum iad Dòmhnull Mac Sheumais,
  O bhi 'n greim an Niall Mac Rath.

Nach faic thu Dòmhnull, arsa Dùghall,
  Dé 's feàrr e na brùid an t sléibh,
Ghabh an t-òigeach seòrsa stiùiridh,—
  'Bhi strì ri ùmpaidh, cha 'n 'eil feum,
B' aithne dhòmhs' e riamh o òige,
  'S cha 'n fhiosrach mi 'n còr do euchd,

Mur a h-e gu 'n bhrist e 'n t-sròn,
  Aig neach bu bhòidhche na e fhéin.

EACHUNN.

Ach air d' athais ort a Dhùghaill,
  'S cuimhnich nach bi 'thùr aig neach.
'N uair a shuidh e mu na buird,
  'S a dh' òl e smùid do Mhac-na-braich ,
A chuireas an sùrdan 'n a cheann,
  A thogas greann 'us nàdur borb,
An t-uisge-beatha rinn a mhilleadh,
  'S iomadh trioblaid 'thig 'n a lorg.

Ach thuirt Dùghall, mo dheadh charaid,
  'S mi nach grabadh dhuit mo bheachd,
Ach air a shon sin 's gu léir,
  Cha toir mi géill dha mar mo reachd,
'S e mo bharail, 's tha mi dearbhta,
  Dhiu 's buirb no ceilg a nochdas neach,
Nach do rinn 's nach dean an dram,
  Ach dìreach na bha ann 'thoirt às.

'Us mar dhearbhadh air mo bheachd-sa,
  Seall thu Lachunn, sud e thall,
'S fada chluinnear fuaim a ghàire,
  'N uair tha càch a' casadh greann,
'S cha 'n e geilt a dh' fhàg e sìobhalt',
  'S cha 'n e spìochdaireachd na ceilg,
Oir cha bu mhiarachd leam a sgòrnan,
  Mu 'n lùbadh a mheòir am feirg.

Tachair air mu 'n d' òl e diar,
 'Us roinneadh e riut biadh na cnò,
Iar air 'n uair a dh' òl e dileag,
 'S leat gach sgillinn tha 'n a phòc'.
Fiamh a' ghàire 'dol am meud,
 'S cha bhi ach àbhachdas mu 'n bhòrd,
An stuth a chuir Domhnull a thabaid,
 Cuiridh e Lachunn gu ceòl.

Dh' aom an t-anmoch 's àm dol dachaidh,
 'S chluinnte langanaich nam bò,
Daoine coiseachd, 's cuid dhiu marcachd,
 'S pàirt dhiu 'n claisean an rathaid-mhòir.
Ach tha e ro fhad r' a chuir air duilleig,
 'S ro dhuilich r' a chuir air ghleus,
Seadh na chuala 'us na chunnaic,
 Mise 'n dhiugh, 's mi air an fhéill.

SGEOIL-AITHRIS.

GAELIC READINGS.

SGEOIL-AITHRIS.

COMA LEIBH CO!

Dh' fhàg mi baile mòr na toite, agus na straighlich, ás mo dhéigh air an naoidheamh latha do chiad mhios an fhoghair, ann an carbad na smùid; thug e aghaidh anns an àirde tuath 'us cha bu mhall a cheum. Cha robh mi anns a' Ghàidhealtachd o chionn ioma bliadhna roimhe, ach chuir mi romham gu 'n rachainn am bliadhn' ann, agus o 'n a chuir mi romham e rinn mi e. Bu ghoirid an ùine gus an d' thug sìnteagan an eich-iarruinn mullach nam beann, 'us coill' nan coireachan, anns an t-sealladh, agus mar a bha Eachunn Tiristeach ag ràdh mu na tighean a bha e faicinn 'n uair a bha e dol do *Phaisley,*—"Ma b' fhada bh' uainn iad cha b' fhada g' an ruigheachd;" ach coma co dhiubh, cha b' fhada gus an d' ràinig mi mo cheann-uidhe, agus na 'n abradh neach ri m' shean athair gu 'n tigeadh duin' á baile Ghlaschu gu Tigh a' Ghnopain ann an ochd uairean do thìm, theireadh e gu 'n robh 'n t-àm cùram a ghabhail dheth. Ach bha mis' aig Tigh a' Ghnopain, agus leis nach robh mòran do shoillse latha agam an déigh ruigheachd, cha d' fhuair mi mòran seallaidh air an dùthaich mu 'n cuairt air an fheasgar ud, ach bha mi glé thràth 's a' mhaduinn air feadh nan cnoc 's na rudhachan, agus an uair a thill mi a dh' ionnsaidh an tighe mu naoi uairean, bha mi faireachdainn mar gu 'm

bu mhath leam rud-eigin fhaotainn r' a itheadh, agus
an uair a fhuair mi sin, agus mi féin a chuir air dòigh,
's e thàinig ann am cheann gu 'n coisichinn gus an ruig-
inn Tigh Charraig-a'-Chaorainn, a bha ochd mìle bh'
uam, agus gu 'm fuirichinn ann car oidhche, no math
dh'fhaoidte a dhà dhiu, na 'n còrdadh mo thurus rium.
Fhuair mi gach scòladh a bha bh 'uam 'o fhear an tighe
agus dh' fharraid mi dheth, am biodh e coltach gu 'n
tachairean air sean duine no seana bhean a bheireadh
dhomh seann sgeulachd, no seann òran, agus 's e thuirt
e rium "Bithidh e coltach gu leòir gu 'n tachair thu
air Pàruig Bàn nan rann, agus m' a bheir e dhuit 'Oran
an Ridire,' 'their thu nach robh do shaothair a nasgaidh
an uair a thilleas tu." Dh' innis e dhomh far am bith-
eadh e coltach gu 'm faicinn e, "ach," ars' esan, "leig
ort nach d' rinn tu ach tachairt air le tuiteamas, agus
na h-iarr air ach an rud a thogaras e fhéin a thoirt
duit. Ma shaoileas e gu 'n deachaidh tu a dh' aon obair
d' a ionnsuidh bidh e cho balbh ri fóid mòine. Dh'
innis e dhomh coltas Phàruig—gu 'm biodh e buach-
ailleachd nan caorach, gu 'n robh cù dubh aig, aige an
robh a chluas dheas agus a chas thoisich chlì, geal.

A mach ghabh mi, agus an déigh dhomh dhà no
trì do mhìltean do 'n astar a choiseachd, thàinig cù
dubh na cluaise gile agus rinn e comhart air cnocan
crioman beag an taobh thall dhiom. Chunna mi duine
beag liath ag éiridh á pill fhroinnich os mo chionn, 'us
e 'gabhail a nuas ann am choinneamh, agus an uair a
thàinig e ann an astar bruidhne dhomh, thubhairt e,
gu 'n robh latha math ann. Fhreagair mi féin e. An
sin thubhairt e o'n a bu choigreach mi gu 'm b'e modh

dhasan iarraidh orm suidhe, agus rinn sinn sud le chéile air tom fraoich.

"C' àite," ars' esan, "an d' ionnsuich thu 'Ghàilig?"

"Cha d' ionnsuich mi idir i," arsa mise, "dh' fhàs i annam."

"Ach c' àit' an d' rugadh 's an do thogadh thu?" ars' esan.

"Ann am baile Ghlaschu," arsa mise.

"Fhir mo chridhe!" ars' esan, 's e breth air làimh orm, "cha 'n urrainn mòran sin a ràdh a rugadh 's a thogadh ann am bail' Ionarnis."

Thug mi féin làmh air adharc a bh' ann am phòca, cha 'n e adharc fhùdair, ach adharc anns an robh deur beag do Mhac-an-tòisich.

"An òl sibh deur uisge-bheatha?" arsa mise.

"Mata, 's mi dh' òlas," ars' esan—agus an uair a dh' òl sinn air a chéile, thuirt e rium gu 'n robh e smaointinn gu 'n robh an dà chuid deadh uisge-beatha agus deadh Ghàilig againn ann an Glaschu. Cha d' innis mi dha nach d' rinn mi ach fhaotainn ann an Tigh-a' Ghnopain air a' mhaduinn ud fhéin.

"An seinn sibh dhomh seann òran?" arsa mise.

"Nach deanadh fear ùr an gnothach?" ars' esan.

"Gasda!" arsa mise.

"Mata, bheir mi dhuit 'Oran an Ridire mhòir.'"

"Có e an Ridire mòr?" arsa mise.

"An rud nach buin duit na buin da," arsa Pàruig, "ach bha sinn-sean-athair aig sean-athair an Ridire mhòir, nach robh 'n a ridire idir, ris an abradh iad ' Dòmhnull dubh nan cath,' agus dh' éirich Dòmhnull ás an uaigh o chionn ghoirid, agus so agad mar a labh-

air e ris an Ridire. Thachair air oidhche shònraichte
gu 'n robh an Ridire 'n a shuidhe 'n a sheòmar, far an
robh leabhraichean, as dealbhan, agus armachd a shinn-
searachd an crochadh air a' bhalla. Cha robh duin' aig
ach e fhéin agus botul *branndaidh*. Bha e 'fàs gu math
anmoch 's an oidhche, no gu math tràth 's a' mhaduinn,
dh' fhaoidte gur a h-e a's fhaisg' air an fhìrinn, agus
leis a bhi feuchainn gu math tric gu dé am blas a bh'
air a' *bhranndaidh*, 's e thachair gu 'n do chaidil e, agus
chunnaic e an dorus a' fosgladh agus co a thàinig a
stigh ach Dòmhnull dubh nan cath. Shìn e suas a
làmh agus thug e nuas an lùireach-mhàilleach a bh'
aige fhéin bhar na taruinn air an robh i an crochadh,
'us e 'n a sheasamh air an ùrlar, ged nach b' urrainn an
Ridire mòr ruigheachd oirra gun a bhi 'n a sheasamh air
a' bhòrd. Chuir e uime an lùireach agus thug e nuas
an claidheamh mòr. Shlaod e mach ás an truaill e
agus sheas e mu choinneamh an Ridire ; agus so agad,"
arsa Pàruig, "na briathran anns an do labhair e ris":—

ORAN AN RIDIRE MHOIR.

Air Fonn.—"*E ho ro, mo Mhàiri lurach,*
G' an tug mi mo ghaol cho buileach."

Bha mi 'm chadal, 's tim dhomh dùsgadh,
Iorguill mhòr air feadh na dùthcha,
Sluagh g' an ruagadh 'us g' an sgiùrsadh,
Anns gach cùileag agus fròg.

An gleann 's an robh mi fhéin 'n uair dh' fhàg mi,
Bha ceòl fidhl' ann, bha ceòl gàir' ann,

'N diugh cha ghluais ach uamhas sàmhchair,
   Shaol mi gu 'm bu bhàs gach beò.

Sheas mi féin air cnoc a' Chàrnain,
Ghlaodh mi, C' àit' am bheil na Gàidheil?
Fhreagair, 's thuirt Mac Talla, C' àite?
   Aileis fhàs air cainnt mo bheòil.

Tionndaidh riumsa, cum fo d' shùil mi,
Innis dhomh mu chor na dùthcha,
Freagair mi oir 's leamsa t-ùmhlachd,
   Faic tha 'n claidheamh rùisgt' ann dhòrn.

An d' thàinig creachadair do 'n dùthaich,
Le airmailtean lìonmhor, siùbhlach,
An d' rinn plàigh an sluagh a mhùchadh—
   Cia mar fhuair a' bhrùid ann còir?

Seall damh cabarach na ciabhaig,
A dh' fhàg mi beò am mòrachd fiadhta,
'Tha e 'n diugh mar chaora phiatain,
   A dh'itheas am biadh a' d' dhòrn.

Ged a chì mi air an stùchd e,
Cha chosdainn ris gràinnean fùdair,
Bu choltaiche corc a' bhùidsear,
   'S e càllta mur bhrùid a' chrò.

Am bheil thu 'm barail gur h-uaillse,
Bhi 'dìreadh nan beann le h-uabhar,
A' losgadh fùdar agus luaidhe,
   Chum an ruadhag thruagh a leòn.

C' àit' a nis 'bheil sìol nan gaisgeach,
A chòmhraig ri m' thaohh 's na batailt,
Sliochd nan sonn a dhion mo bhratach,—
   An deach an sgapadh air son òir?

Bho nach miann leat do chomh-chreutair,
Seach ainmhidhean balbh an t-sléibhe,
Mar a bha Nebuchadnaser,
Théid do chuir le treud an fheòir.

So mo chlaidheamh-s'—chaill e fhaobhar,
Cha gheàrr e dhomh beum air taobh dheth,
'S ann ni mi dheth slachdan-druigheachd,
A ni 's an aonach dhiot tom-eòin'.

An uair a labhair e na facail mu dheireadh do 'n
òran, thog e an claidheamh mòr os cionn a chinn mar
gu 'm biodh e dol g' a bhualadh air an Ridire. Ghearr
esan cruinn-leum bhar na cathrach agus bhuail e mhala
le 'leithid do smùid air taobh eile an t-seòmair, 'us gu'n
do thuit an lùireach-mhàilleach aig Dòmhnull dubh bhar
na tàiruinne air an robh i 'n crochadh a nuas mu mhull-
ach a chinn. Ghlaodh e " mort," 's e air a mhàgan air
an ùrlar; ach an uair a thàinig a sheirbhiseach 's a
bhuail e aig an dorus, cha b' e 'm buidheachas a b'
fhearr a fhuair e. Thuirt e ris e ghabhail do leabaidh,
nach robh ann ach am burraidh. Chaidh e 'n sin far an
robh a charaid, am botal *branndaidh*, ach cha robh deur
air a mhàs. "Ach," arsa Pàruig, "tha mi cinnteach
gu bheil mi ga d' chumail tuillidh a's fada." " Sibh féin
nach 'eil," arsa mise ; " ach o 'n a tha fiuthair agam 'ur
faicinn an uair a thilleas mi, gabhaidh mi nios an rathad
mòr. Tha mi 'dol gu ruig Tigh Charraig-a'-Chaorainn."

" Tha gnothuichean mi-nàdurra g' am faicinn 's g' an
cluinntinn 's an tigh sin an dràsd."

" Gnothaichean mì-nàdurra," arsa mise, " 'S fheàrr
dhuibh gun toirt orm tilleadh an rathad a thàinig mi.

Gu dé na gnothaichean a th' ann ?"

"O, tha 'n crodh a' geumnaich, na mucan a' sgiamh-ail, 's na coilich a' glaodhaich."

" Ach nach 'eil sin 'n a ghnothach nàdurra gu leòir ?"

"Stad ort, a charaid," ars' esan, "na tog thusa mise gus an tuit mi, tha e nàdurra gu leòir air a' mheadhon-latha, ach cha 'n 'eil air a' mheadhon-oidhche. Ach cha bhi mi ga d' chumail ni 's fhaide. Latha math leat, agus ma chì mi thu an uair a thilleas tu, bheir thu dhomh sgeul air na bòchdain."

"Beannachd leibh," arsa mise, "'s gu dearbh is mi fhéin nach 'eil sgith d' ar cuideachd. Bheir mi oidhirp air 'ur faicinn an uair a thilleas mi ; 's e sin ma leigeas na bòchdain leam tilleadh ;" 'us leis a sud a ràdh ghabh mi air m' aghaidh, gus an d' ràinig mi Tigh Charraig-a'-Chaorainn, agus ràinig mi e an uair a bha iad a' dol a shuidhe gu 'n dinneir.

"Nach math an t-àm an d' thàinig mi," arsa mise.

"Molaidh tu sin 'n uair a dh' fhalbhas tu," arsa fear an tighe, "ach suidh suas." Bha ceathrar no chòignear do luchd-cuairt mar a bha mi féin a stigh—Gaill 'us Sasunnaich agus aon ghill' òg Gàidhealach, a bha air fòlach dhachaidh á Sasunn, ris an abradh iad Maighstir Mac-a'-Chùbair, agus 's e an teisdeanas a bh' aig fear an tighe air, gu 'n robh e cho carach ris a' mhadadh ruadh. "Tha," ars' esan, " fichead car anns an t-sionnach, ach tha car-'ar-fhichead ann am Mac-a'-Chùbair." Bha na Sasunnaich glé ghaolach air a bhi 'n ar cuideachd a dh' fhaodainn ainmeanan nam beann 's nan gleann, ach bha Mac-a'-Chùbair ag ràdh gu 'n robh an spuaic-theang' orra, 'us nach b' urrainn iad an ainmeachadh gu ceart.

Ghabh mi féin 'us Mac-a'-Chùbair sràid mu 'n cuairt an àite. Dh' fheòraich mi dheth an robh fada o 'n a thàinig e do Charraig-a'-Chaorainn. Thuirt e gu 'n robh còig-là-deug o 'n a thàinig e ann.

"Am faca tu, no 'n cuala tu nì mì-nàdurra sam bith o 'n a thàinig tu ann?" arsa mise.

"Cha chuala," ars' esan—"cha 'n fhaod e bhi gu bheil eagal nam bòchdan ort."

Dh' innis mi dha an rud a bha Pàruig Bàn ag ràdh rium. Rinn e gàire, ach ann am priobadh na sùl, chlap an coileach a sgiathan agus thug e 'n glaodh ud as ann am phòc'-achlais féin!—thug, a cheart cho soilleir 's a thug e riamh air an dùnan, 's e 'n déigh ruaig a chuir air a choimhearsnach. Sheas mi ann an làrach nam bonn, 'us mo làmh ann am phòc'-achlais mur gu'm bithinn air mu thàthadh ris an talamh 'us mi am sheasamh cho dìreach ri aon do charrachan nam Fiann. Choisich Mac-a'-Chùbair mu thuairmeas dusan slat bh' uam agus an sin sheas e 'us sheall e thar a ghualainn an rathad a bha mi, mur gu 'm biodh iongantas air gu dé bha ga m' chumail; ach, coma co dhiu, thòisich mi féin air tuigsinn mar a bha gnothaichean gu math, agus thuirt mi ris 'us mi gàireachdaich, 'us a gabhail a null far an robh e, e leigeil burralaich an tairbh a chluinntinn dhomh, agus gu 'm biodh agam ri 'ràdh gu 'n robh an fhìrinn aig Pàruig Bàn an déigh a h-uile rud a bh' ann. Ach mu 'n do leig mi am facal as mo bheul, chuala mi mar gu 'n cuireadh an tarbh "pudh" ás a shròin, agus thug e 'n langan ud ás air mo chul-thaobh. Shaoil mi gu 'n d' aithrich mi 'anail g' a séideadh orm. Gheàrr mi cruinn-leum o 'n talamh—tháinig e cho clis

orm, agus ge b' e co chitheadh m' aodan 'n uair a thionn-
daidh mi mu 'n cuairt, tha eagal orm nach robh fiamh
mo ghàir' orm. Bha mi a' faireachadh coltach ris an
duine chòir chràbhach air an cuala mi iomradh uair-
eigin. Bha e 'n a thuathanach, agus bha e latha ag
ùrnuigh air cùl gàraidh agus ghuidh e gu 'm biodh cog-
adh ann, lus gu 'n cumadh e suas prìsean an treud.
Ach bha droch bhalaich air taobh eile a' ghàraidh g' a
éisdeachd, agus 's e rinn iad meall do 'n bhalla a thilg-
eadh a sìos air a mhuin, agus thug iad féin an casan ás.
Ach 's e thubhairt e 's e 'g éiridh—"A Thì bheann-
aichte, cha robh mi 'ciallachadh gu 'm biodh an cogadh
cho dlùth làimh." Ach a chum sgeul fhada a ghiorr-
achadh, 's e bh' ann gu 'n robh a' bhuaidh shònruichte sin
aig Mac-a'-Chùpair ris an abair iad anns a' Bheurla, no
ann an cainnt air chor-eigin " ventriloquism," agus bha i
gu math aige cuideachd. Tha eagal orm gu bheil iom-
adh bodach 'us cailleach mu Charraig-a'-Chaorainn a
tha anns an làn bheachd nach d' fhàg sinn latha nan
sìthichean 'us nan spiorad cho fad ás ar déigh
as a bu mhath le cuid a thoirt oirnn a chreidsinn.
Ach ghabh mi féin 'us Mac-a'-Chùpair air ar n-aghaidh.
Bha e air son gu 'n rachadh-maid gu ruige tigh
Ruaraidh Bhàin a chum 's gu 'm falbhadh e leinn leis a
bhàta a dh'iasgach. Bha Ruaraidh 'na iasgair, 'n a fhear
aiseig, 's 'n a chroitear. 'S e duine bh' ann aig an robh
mòran do bhriathran a' chreidich, ach glé bheag d' a
spiorad. Cha nigheadh e aodan ach fìor chor-uair, 's
theireadh cuid nach do nigheadh ach an dà uair e, an
latha rugadh e, agus an latha phòs e. 'N uair a bha
sinn a null a dh' ionnsuidh an tighe, chunnaic sinn an

gill' aig Ruaraidh 'us e prabagachadh feòir ri taobh a'
cheum-rathaid a bh' anns an àite. Dh' innis Mac-a'-
Chùbair dhomh gu 'n robh am fleasgach so a bha eadar
a bhi 'n a bhalach 's na ghille, air fasdadh aig Ruaraidh.
Bhiodh e ri sgalagachas 's ri buachailleachd, 's ri
aiseag, 'us ris a h-uile rud a thigeadh 'n a rathad; agus
's e am "brogach" an t-ainm a bh' aca air. 'S e mar
thugadh am brogach air, latha thàinig fear a mhuinntir
Pheairt a dh' iarraidh an aiseig, agus an neach ris an
abair na h-Earraghàidhealaich "balach," their na
Peairtich "brogach." 'S e a thachair air an latha
bha 'n so, gu 'n robh Ruaraidh trang a' spealladh feòir,
agus bha e air son a' bhalaich a chur air falbh leis a
Pheairteach, ach cha 'n fhalbhadh am Peairteach leis a
bhalach air a shon; agus 's e a bh' ann gu 'n deachaidh
Ruaraidh agus am Peairteach thar a chéile gu searbh,
salach. Theireadh esan, an dràsd 's a rithisd: "a
dhuine, chaill thu do riaghailt! am bheil thu smaoint-
inn gu bheil mise 'dol a dh' fhalbh a mach air a' chuan
còmhla ris a "bhrogach?"

"Cha chreid mi féin," arsa Ruaraidh, "na'm faic-
eadh tu cuan nach fóghnadh e dhuit, gun tighinn air
falbh air. An e an cuan a their thu ri lub nan tunnag?"

Ach b' fheudar do Ruaraidh falbh leis a' Pheairteach,
bho 'n nach earbadh e 'bheatha ris a' "bhrogach." Sin
mar a thugadh am brogach air, agus lean e ris, agus
tha mi a creidsinn gu 'n lean.

An uair a ràinig sinn e thug Mac-a'-Chùbair greis a'
cogadh air. Dh' fheòraich mi féin dheth an seinneadh
e òran dhomh. Thuirt Mac-a'-Chùbair gu 'n deanadh
e dhomh e cuideachd, na 'n togairinn.

"Seinn dhuinn am fear mu dheireadh a rinn thu," arsa Mac-a'-Chùbair.

Sheall am brogach mu 'n cuairt air, mur nach biodh e cinnteach co dhiu sheasadh e fad 's a bhiodh e gabhail an òrain, no nach seasadh.

"C' àit' am bheil do mhaighstir?" arsa Mac-a'-Chùpair.

"Tha e thall 's a' phort a' càradh lion," ars' am brogach.

"O, ma tha, cha 'n fhaic e thu."

"Tha sinn ceart gu leòir," ars' esan, "ach feumaidh sinn ar sùil a chumail air a' chunnart nach 'eil sinn a' faicinn cho math ris a' chunnart a tha sinn a' faicinn. Ged a tha fios agam c' àit' am bheil am bodach, cha 'n 'eil fhios agam c' àit' am bheil a' chailleach." Ach co dhiubh thòisich e 'us thug e dhuinn an t-òran so:—

A' BHUACHAILLEACHD.

Air Fonn:—*Mo mhìle mallachd ort Eirig,*
Nach tugadh tu dhachaidh a' mhòine.

Seisd.—'S i obair na dunach a' bhuachailleachd,
Seach obair a chunna no chuala mi,
Gur mòr a ghabh mise do dh' fhuath oirre,
'S mi fuar am fasgadh cruaich mhòine.

Tha "Crodhain" 'us "Cnagan," 's gur mi-mhodhail iad,
Gu 'n leum iad am beallach, 's cha till e iad,
'S ma bhuaileas mi slat air an drium aca,
Bidh a' chailleach g' an caoidh le deòiribh.

'N uair bhitheas mi mach air na stùchdanaibh,
'S an t-uisg' as an adhar 'cuir smùid asam,

Ma théid mi gu fasgadh, 's mo shùil 'thoirt dhiu,
  'Bhò chaisionn an cùl an còrna.

'N uair théid mi na 'm chabhaig, 's e 'n t-searbhag iad,
An gamhain cha chumar o 'n arbhar e,
Cho fad 's a bhios mise le srann-bholg,
  A' cumail air falbh nan ròcais.

A' chailleach a' casaid 's a cuir iomchoir orm,
'S ag ràdh gu 'm bheil mise ro dhoirbh riutha,
'S am bodach a' maoidheadh gu marbh e mi,
  Ma dh' ith iad do 'n arbhar ròinean.

'N uair bhoillsgeas a' ghrian a nuas orm,
'S a dh' iarrainn an dubhar g' am fhuarachadh,
'S ann theannas a' chailleach ri buachailleachd,
  Bidh mise 's mi buain na mòine.

'N uair thogas mi mach ás an Liune-phort leatha,
Gur tric bhios mi 'g aiseag glé iomaguineach,
'S an aghaidh na gailliun g' a h-iomram mi,
  'S mo bhasaibh na 'm builg le dòrnaig.

'N uair thilleas mi dhachaidh am bheubaineach,
'S mo dhinnear cho fhad aig na h-éibhleagan,
Na "Skerries," gur coltach ri "Raisins" iad,
  'Bha 'chailleach a' gréidheadh dhòmhsa.

Ma thig an " Commission" do 'n àite so,
'S tha fiuthair gu 'n tig, mur do bhàthadh iad,
Théid mise le m' chasaid do 'n Phàrlamaid,
  Mur toir am fear bàn mu chòir dhomh.

Ghabh sinn an sin a null do 'n phort, far an robh
Ruaraidh, agus dh' iarr sinn air am bàta chuir a mach,

gu 'n robh sinn air son dol a dh' iasgach. "A dh' iasg-
ach ris a' mhuir-làn," ars' esan, "stadaibh gus an till
e air a thràthadh 'us gu 'm bi beagan do sheòl-sruth
againn."

"Ma ta 's ann agaibh féin a's fheàrr a bhios fios,"
arsa mise, "ni sinn mar a tha sibh ag iarraidh oirnn."

Dh' éirich e agus ghabh e suas gu mullach a' chnoic,
'us bha e sealltainn mu 'n cuairt air, ach bha Mac-a'-
Chùbair ag ràdh nach b' ann ris an t-sruth a bha e
a fuireach, ach gus am biodh am feur cruinn aig a'
bhrogach, agus tha mi creidsinn gu 'n robh mòran do 'n
fhìrinn aige, a chionn an uair a bha 'm brogach ullamh
do 'n obair a bh' aige, ghlaodh e nall e agus dh' fhalbh
sinn.

An uair a chaidh sinn mu thuairmeas leth-mhìle a
mach o 'n chladach thòisich sinn air fuasgaladh nam
beart. "Ciod an seòrs' éisg a bhios e coltach sinn a
dh' fhaotainn an so?" arsa mise. "Seòrsa no dha," arsa
Ruaraidh. "Cnòdain mar is bitheanta mu 'n àm so
bhliadhna." "Nach cuala sibh riamh an cnòdan a'
bruithinn?" ars' am brogach.

"Cha bhiodh iad fad' a' d' chuideachd-sa 'n uair a
chluinneadh iad a' bruithinn thu," arsa Ruaraidh. "Cha
chuala iadsan no duin' eile an cnòdan a' bruithinn."

"Glé cheart ma ta, feumaidh sinn tigh'n a dh' ionn-
suidh a chomhdhunadh gur e balbhan a th' ann," ars'
am brogach.

"Ciod a bhios e 'g ràdh 'n uair a bhios e bruithinn?"
arsa Mac-a'-Chùbair.

"Bidh e 'g ràdh "Na bruth mi," ars' am brogach.

Ach thòisich Ruaraidh air slaodadh a stigh, agus

thilg e cnòdan beò air ùrlar a' bhàta. "Cha d' thuirt am fear ud smid fhathast," arsa mise.

"Dean air do shocair," ars' am brogach, "gus am bi tòrr air muin a chéile dhiubh, agus cluinnidh tu ceòl eil' aca." A' cheud fhear a thug mi féin a stigh, rug mi ann am làimh air, ach ma rug, cha robh mi fada g'a leigeal às; bha cho math dhomh breth air a' ghràineag,* cha robh bior a bh' ann nach robh trì òrlaich air fad, agus cho biorach ri snàthaid mhòir. Ach thòisich a mhire-chath ann an da-rìreadh. Bha Ruaraidh 's am brogach a' slaodadh a stigh air gach làimh dhiubh. Bha briogais olla air gach fear aca, 'us bheireadh iad air a' chnòdan eadar an dà ghlùn, 'us ann am prioba nan sùl bha 'n dubhan às, 's air a thilgeil a mach a dh' iarraidh fir eile, ach cha robh mise 's Mac-a'-Chùbair ach glé mhàirnealach 's a' ghnothach a bh' ann.

Bha sinn am feum an cnòdan a chuir air ùrlar a' bhàta 's ar cas a chur air a mhuin, gus am faigheamaid an dubhan às. Chuala mi iomradh air feadhain a bhiodh tapaid, gus am biodh am fuil mu 'n sùilean, ach mur a robh i mu m' shùilean-sa bha gu leòir mu m' mheòir dhi. Ach an uair a thòisich iad air fàs na bu ghainne 's nach robh a' tighinn ach fear an dràsd 's a rithist, bha fear aig Ruaraidh eadar a dhà ghlùn an uair a thug e am mothar ud às, agus, ars' esan, ann an deadh Ghàilig 'na brùth mi.' 'S ioma rud a théid a chuir air neach anns nach bi e ciontach, 'us tha eagal orm nach robh an cnòdan ciontach ann a bhi bruithinn Gàilig cho math ri sud.

* Hedgehog.

Cha d' thuirt Ruaraidh diog, ach bha e 'cumail a shùil gu math amharusach air an iasg. Bha so am brogach a' tabaid ri fear 's a toirt an dubhain ás 'n uair a thuirt an cnòdan, "na brùth mi, 'bhrogaich." Thug am brogach an urchair ud dha gu ceann eile 'bhàta. "Na dean, a shlaoightire," ars' an t-iasg. Bha Ruaraidh 'us e 'n déigh fear a thilgeil a stigh a bha g'a aornagaich féin ann am measg chàich, 'us Ruaraidh a' cumail a shùil dh' fheuch an robh cainnt aig an fhear so. Is ann aige-san a bha sin. "A Ruaraidh," ars' an cnòdan, "nach minig a bha fuil mo chinnich air do rùdain?" Dh' éir-ich Ruaraidh 'n a sheasamh, "dhachaidh sinn," ars' esan. Rug e air an da shreang cearta còmhla, shlaod e a stigh do 'n bhàt' iad, 'us b' e sin am bàta nach robh fada 'dol 'n a h-uidheam, gun smid a' tighin as an ceann. Ruaraidh 's am brogach, fear aig gach ràmh dhiubh, 'us mur an robh spionnadh ghàirdean g' a cur bu neònach leamsa. Thòisich cnòdan ann an toiseach a bhàta air seinn—

> "Cùl ri m' leannan thug mis' an diugh,
> Rùn nan cailin bha mi 'n déigh oirr'."

Cha robh ròineag fuilt a bh' air ceann Ruaraidh nach giùlaineadh ubhal air a bàrr, 'us cha robh am brogach féin fuathasach cinnteach ás na cùisean a bh' ann.

Thòisich dhà no trì do na cnòdain a bh' anns an deir-eadh air seinn leis an fhear a bha 's an toiseach. Ghlaodh fear 's e 'cur nan car dheth aig casan Ruaraidh, "C' uin a ghlan thu t-aodan, a Ruaraidh?" Chrom Ruaraidh sìos agus rug e air, agus thilg e mach air a mhuir e. "A shlaoightire," arsa fear eile, "bhàth thu

mo dheadh charaid. Cha do chuir thusa boiseag do 'n
uisg' air t-aodan o 'n latha rugadh thu!" Thug Ruar-
aidh a leithid do shlaodadh air an ràmh 'us gu 'n do
bhrist a' phutag, 'us dh' fhalbh e an comhair a chùil,
mullach a chinn a sìos eadar an dà thothta ann am
measg an éisg. Ach cha robh e fada 'g éiridh 's a cur
putag eile ann an àite 'n aoin a bhrist e. Thug mi féin
sùil mhi-chiatach air Mac-a'-Chùbair, feuch an staidadh
e d' a ioradhaltan mu 'n cuireadh e 'n duine ás a
bheachd. Ach bha sinn a' teannadh ris a' phort, 'us
mu 'n gann a thug a sròn crònan air a' ghainmheach
bha Ruaraidh a mach aisde, 'us cha do sheall e ás a
dhéigh, gus an d' ràinig e dorus an tighe, ach bha na
coimhearsnaich ag ràdh gu 'n do nigh e aodan an oidh-
che sin mu 'n deach e 'luidhe. Mu 'n d' fhàg sinn am
port, thug mi fhéin air Mac-a'-Chùbair dol troimh
phàirt do na h-innleachdan aige a chionn cha robh toil
agam am brogach fhàgail ann an ioma-cheist mu 'n
chùis. Agus an uair a thòisich e air seòrsa tuigsinn a
dheanamh air a' ghnothach, ars' esan—"C' ainm so a
th' agaibh air." "Tha," arsa mise, " *ventriloquism.*"
" B' e bhi *droll* e gu dearbh," ars' am brogach, "tha e
air a dheadh bhaisteadh " Chaidh innseadh dhuinn
gu 'n deachaidh an gnothach a mhìneachadh do Ruar-
aidh le cuid-eigin a chunnaic barrachd do 'n t-saoghal
ris féin; ach biodh sin mar a thogras e, cha robh do
dh' òr no do dh' airgiod 'n ar cuideachd-ne na bheireadh
air a chas a chur ann am bàta leinn gus an latha dh'
fhàg sinn Carraig-a'-Chaorainn, ged a bha e gaolach gu
leòir air an dà chuid. Bha amhuras agam féin gu 'n
cuireadh am brogach iasgach a' chnòdain ann an rannt-

achd, agus làithean ás a dhéigh so ghabh mi null far an robh e, agus arsa mise, "am bheil an t-òran sin agad deas fhathast?"

"Cia mar a bha fios agaibh gu 'n robh mi deanamh òrain ?" ars' esan.

"Bha leth-bharail agam air," arsa mise.

"Ma ta," ars' esan, "mar a bhios a' chailleach ag ràdh mu 'n bhuntàta, 'cha 'n 'eil e cho bruich 's a b' fheàirrd e, ach ni e 'n gnothach an dràsd'.'" An sin thòisich e agus thug e dhomh na rannan so :—

ORAN A' CHNÒDAIN.

AIR FONN.—"*An cluinn thu 'Shìne, mo mhìle beannachd leat.*"

SEISD.—Air faill ill o ro hillo hill o horo,
Air faill ill o ro hillo hill o horo,
Bho 'n tha mi 'fàgail so aig Fhéill-martainn,
Gu 'n dean mi dàn duit, air faill ill ó ro.

Gu 'n cuir mi 'n t-òran air dòigh do chuid-eigin,
A dh' iompaidh 'n cnòdan gu seòrsa duinealas,
'Us o 'n chaochail do bheachd bha aosmhor,
Gu 'n d' nigh thu t-aodan, 's tha aogas lurach ort.

'N uair thàinig briathran o iasg na mar' thugad,
Gur h-ann a nialaicheadh t-fhiamh, 's bha cabhag ort,
Ged thigeadh fàidh a Tìr Chanàin,
A labhradh Gàilig, cha b' fheàrr a ghabh thu ris.

Air an oidhch' ud chaidh sgaoim 's na tunnagan,
'N uair thug thu 'n t-alld ort 's do cheann a thumadh ann,
Bha 'chailleach fiadhaich—na chosd thu 'shiabunn,
A thoirt do chiabhaig gu rian, 's cha b' urrainn duit.

Gur e their Seònaid, gur gòraich eagallach,
Thu 'dh'fhàs cho spòrsail, nach mòr nach creach thu i,
   Gur cosdas mòr 'bhi ga d' chuir an òrdugh,
A dhol Di-dòmhnuich mar 's còir do 'n eaglais.

Tha ada chòmhlaich 'us còta dubh agad,
'Us briogais chùbhrainn, 's bidh lùb mu 'n bhun aice,
   Le brògan ùr ris 'n do chuir thu ùilleadh,
'S bho thaobh do chùil, gur tu 'm fiùran cumachdail.

Tha 'n t-seann ad' àrd air an spàr 'us dubhain innt',
'Us maodhair bhàna gu tàladh chudainnean,
   Ged 's iomadh linn thug i na ball sinnsearachd,
I 'n diugh fo dhi-meas, 's cha till thu tuillidh rith'.

Bu mhòr an diùbhail, bha 'chùis neo-fhreagarrach,
An sal bhi mùchadh na gnùis tha eireachdail,
   Gu 'n d' thuirt an cnùdan, am briathran ciùin riut,
Gur i 'bhean-ghlùin 'chuir am bàrn mu dheireadh ort.

Thàinig an turadh 'us bhoillsg a' ghrian—tilgidh mi
bh' uam am peann, 'us bidh mi mach. Ach dh' fhaoidte
gu 'n cluinn sibh bh' uam fathast mu 'n till mi mur am
bi an t-sid' fliuch.

MAC FIR A' CHOIRE.

Tha ann an aon de na h-eileanan Earraghaidhealach àite ris an abair iad an Coire Gorm, agus b'e Eachann a b'ainm do'n mhac a b'òige bh'aig Niall, fear a' Choire.

Theireadh cuid gu'n robh Eachann air a mhilleadh le 'phàrantan agus le daoine eile, agus nach ruigeadh a leas fiughair a bhi aig neach gu'n tigeadh tùrn maith uaith air aghaidh an t-saoghail so. Ach biodh sin mar a thogras e tha aon ni cinnteach agus 'se so e, gu'n robh Eachann cho làn innleachdan—agus de droch innleachdan cuideachd—'s a bha'n t-ubh de'n bhiadh. Cha rachadh tàmh no fois air ach a' cluich chleas air cuid-eigin, agus bha e cho dòcha gur ann air 'athair a thòisicheadh e ris a' bhalachan bhuachaille. Ach 's e deireadh gach comunn sgaoileadh, agus thàinig an t-am 's am feumadh Eachann falbh agus rud-eigin ionnsachadh leis an coisneadh e a lòn saoghalta coltach ri daoine eile, chionn cha b'urrainn da bhi daonnan an Tigh a' Choire. Chualas gu'n robh Eachann a' falbh do'n àirde deas, agus gur ann a dh'ionnsachadh na doctaireachd a bha e 'dol.

"O eudail! b'e sin doctaireachd na dunach," arsa Màiri Mhòr, "marbhaidh e daoine." Mharbh e coileach air Màiri beagan roimh so le bhi 'ga thumadh 'san stuth anns am biodh iad a' tumadh nan caorach.

Bha seann duine còir anns a' bhaile ris an abradh iad

Calum Tàillear, na Calum Peanseanair 'se bu bhith-
eanta theireadh iad ris. Bha e bliadhna thar fhichead
ann an arm an Rìgh, agus ge b'e 'sam bith eile a dh'
ionnsaich e ann, dh'ionnsaich e an tàillearachd, agus
thàinig e dhachaidh gu dùthaich 'òige agus bha e 'na
thàillear anns a' Choire Ghorm.

Bhitheadh Eachann a' Choire gu math tric air
chéilidh air Calum. Bha mòran sgeulachdan aige,
agus bu mhath a rachadh aige féin air an innseadh,
agus, neo-ar-thaing, ranndachd—agus bha Eachann
glé ghaolach air na gnothaichean sin air fad. Thàinig
e air feasgar sònraichte a dh'fhàgail beannachd aig
Calum mu 'm fàgadh e an dùthaich. "Am bheil an
ceum so gu Galldachd, Eachainn?" arsa Calum.

"Mur am bheil, cha 'n fhada gus an uair a bhith-
eas!" arsa Eachann.

"Ma ta," arsa Calum, "is iomadh rann-sgeul faoin
gun bhrìgh ris an d'éisd sibh uamsa bho cheann
iomadh bliadhna, ach tha rann no dha an so agus bu
mhath leam sibh g'an ionnsachadh agus gu 'm bi iad
agaibh nan cuimhneachan orm. Cha bhi mise daonnan
's a' Choire Ghorm na 's mò na sibh fhéin."

"Cha chreid mi gu 'n dì-chuimhnich mi iad aon uair
's gu 'm faigh mi greim orra!" arsa Eachann; agus
sheinn Calum dha na rannan a leanas:—

DOIRE NAN DOS UAINE.

Air Fonn.—"Cuachag nan craobh."

Leum mi gu bith, car mar gun fhios
Sheall mi air lios àillidh,
Togar na h-òig, sona gu leòir;
'S gun agam do bhròn àite.

An glacanaibh chluau, 's air cnocanaibh chrnach,
'S m' inntinn a' luaidh àirde ;
'S maise nan duan bhi daonnan am chluais,
'S mi 'g imeachd nam bruach blàthmhor.

Thigeadh air lom, plathadh aig àm,
Priobadh taobh thall sgàileadh ;
Aite bhi ann, maiseach guu taing,
Sgàthan air seann Phàras.
Thog mi mo cheann mach ris a' ghleann,
Gu mullach nam beann gruamach ;
'S taobh thall do gach cnoc creagan 'us slochd
Bha doire nan dos uaine.

Dh' éirich mi grad, ri uchdanaibh cas,
Mar mharcaich air each srianach ;
Toil air a mhuin, Dùil 's i 'ga chur,
Spéis ann an uchd diollaid.
Luasgan a chas, gu sinteagach mear,
Mar ghreiste le slait Miann e ;
'S cha tilleadh e dhuit roimh theine na uisg'.
'G a sparradh le spuir m' iarrtuis.

Gur mireag 'us mùirn, glé thaitneach do 'n t-shil
Greidh uallach nan stùc foirmeil ;
Eòin fhiadhain a chàthair, ruiteas air làr,
Na falach fo sgàil, bronnagail,
Feadain an àigh, bùrn beatha gach àil,
Fo rumaich nan àrd ghorm-bhileach
Gu lochanaibh sèimh, aig iochdar nam màm
'S an cala 'ga shnàmh lorgail.

Chunnaic mi 'n t-ian, bu luraiche fiamh,
'Na shuidhe air geug phailme ;
It' de gach dath, glòirmhor an snas,
'S leum e air bachd tuilmein.

Or lannair' a sgéith, baoisgeadh ri gréin,
Bha 'n sealladh leam fhéin àiseil ;
'S gu 'n tugainn gun eud, 'n cruinne gu léir,
Na 'm faighinn dheth greim làimhe.

Thug mi gu leum, gu grad às a dhéigh,
'S mo chridhe ann am féin-gheall air ;
Ach fhuair e mo char, 's seol air dol às,
An dreathann nan stac mealltach.
Ròdadh mo chas, 's mi leòinte air fad,
Le en-sgainn nan clach foilleil,
'S thill mi bho 'n réis, gu luideagach reubt',
Mar leomann fo dheàrrs coinnle.

Am meas a bha bhuam, air meanganaibh shuas,
Froiste le cruaidh ioma-ghaoith
Mil ged a fhuair, an còinneag nam bruach,
Bha 'n nathair 'na cuaich timch'llt' air.
Thuit mi le slad, claoidhte 's mi lag,
Breòite fo neart iomagain,
Chluinnte mo chnead, 's mi scalltuinn air ais
Brùite fo shac imcheist.

Gach saibhreas a gheall mi mo chridh' aig gach àm
Tiodhlaichte 'n dall oidhche,
'S gach sonas a fhuair, plathadh cor uair
Bàitht' ann an cuan cuimhne,
Gach caraid 'us treun, 'thagh mi dhomh fhéin
Cha robh iad gu léir caoimhneil,
'S gach baoisgeadh fo 'n ghrein, chuir neart anns an treud
A biorgadh mo chreuchd oillteil.

Fhir a tha thall, na dean cabhag a nall,
Thar mullach nam beann gruamach ;
Ruigidh each mall muillionn aig àm,
 S gheibh e fo 'n làimh sguab ann.

Eud na biodh ort, ri beartach no bochd
Caisg d'iota aig loch fuarain,
Gur lionmhor an t-olc, 's tha moran fo sprochd
An doire nan dos uaine.

Ach co dhiubh, dh'fhalbh Eachann agus dh'fhag e dachaidh 'òige. Bhiodh e tighinn dhachaidh sgrìob anns an fhoghar daonnan, agus tha iad ag ràdh gu'n cuidich an t-ionnsachadh an t-olc cho math 's a chuidicheas e am math, agus tha eagal orm gu'n robh sin soilleir gu leòir do neach 's am bith a bhiodh a' gabhail beachd air Eachann. Ciod 's am bith a bha e 'deanamh an uair a bha e air falbh' cha robh a chluich agus 'innleachdan dad na b'fheàrr an uair a bha e aig an tigh. Bhiodh e toirt ionnsramaidean iongantach mi-nàdurra dhachaidh leis, agus bha daoine glé ghlic anns a' Choire ag ràdh nach buinneadh iad do ni math 's am bith.

Cha'n'eil neach 's an àite air an cuireadh iad mòran iongantais an diugh, ach thàinig iomadh car agus caochladh air an t-saoghal bho cheann deich bliadhna fichead, agus cha'n'eil an Coire Gorm saor bho na caochlaidhean sin na 's mò na àiteachean eile. B'e aon de na h-innleachdan sin an rud ris an abair sinn anns a' Bheurla, "Galvanic Battery," agus cha robh neach a fhuair deuchainn de'n rud a bha'n so nach robh cinnteach gur ann do chumhachd an dorchadais a bhuineadh e.

Bha boirionnach 's an àite ris an abradh iad Mairi an Uillt, agus ged nach robh innte ach boirionnach bochd a bha trusadh a codach feadh na dùthcha, cha

robh neach 's an àite cho neo-eismeileach rithe. Cha
robh te no fear 's an sgìreachd d' am b' fheàrr a b'
aithne neach a mholadh na Màiri, agus cha robh anns
an t-siorramachd d' am b' fheàrr a b' aithne neach a
chàineadh na i, agus cha robh e 'gu muthadh co-dhiubh
a bhiodh ann an t-uachdaran no am ministeir, an righ
no 'n ridire, ma thoill e a chàineadh air Màiri 's ise an
té nach caomhnadh e. Ach air latha de na làithean
chunnaic Eachann Màiri tighinn a nuas a dh' ionnsuidh
an tighe, agus thug e leis an ionnsramaid air an d' thug
mi iomradh cheana, agus dà chathair, agus dh' fhalbh
e mach agus chaidh e criouan beag bho 'n tigh, leig e
na cathraichean sìos agus chuir e an ionnsramaid 'n a
suidhe air aon dhiubhagus bha ròpaichean aige aisde a
bha e ceangal ri aon de na cathraichean. Bha e fuas-
ach trang ma b' fhìor e féin, 's cha do leig e air gu 'm fac
e Màiri gus an do bhruidhinn i ris.

"O, m' eudail air do cheann dualach donn !" ars' ise,
"'s mòr an toilinntinn d' fhaicinn aon uair eile !"

"An sibh a th' ann a Mhàiri?" ars' Eachann, "Cia mar
a tha sibh ? Nach math a tha sibh a' cumail ris !"

"Mise a' cumail ris, eudail nam fear, 's ann a theab
mo mharbhadh bho cheann mhìos; cha robh mi mach
air an dorus fo cheann coig seachdainean."

"Tha mi duilich sin a chluinntinn" ars' Eachann ;
"Ciod e 'bha 'cur oirbh ?"

"O, ciod e ach an lòinidh! An rud a bhios a' cur
orm gus an cuir e as mo chiall mi, air neo as an
t-saoghal, ach ciod e 'n gnothach iongantach a th'
agaibh an so ?"

"Tha an so," ars' Eachann, "acfhuinn-iasgaich. Am

beir sibh air a Mhàiri gus am faigh mi a chur air
dòigh ?"

"Ni mi sin,' 'arsa Màiri, "agus cuiridh mi geall nach
misde a bhuaidh e"—agus e a breith air na cnagain
ud 'n a làmhan, 's i gabhail a' chrònain so dha :—

> "Buaidh le m' cheist air cas na eathar
> Lannaibh t-éisg air tiùr 's air lic;
> Mogul teann mu cheann an sgadain
> 'S mordha an giùir a' bhradain bhric.

Ach ghearradh an crònan aig Màiri goirid, agus cha
robh glaodh a bheireadh i aisde nach cluinnte far nach
faicte i. Cha robh duine beag no mòr an Tigh a'
Choire nach robh a mach mar gu 'm biodh an tigh ri
theine mu na cinn aca. Ach mu'n d' fhuair iad guth
a ràdh leig Eachann Màiri à sàs, agus bha ise 'n a
seasamh 's i suathadh a basan, agus an uair a fhuair i
a h-anail thionndaidh i ri Eachann 's e pasgadh nan
gnothaichean ud gus a chasan a thoirt ás cho luath 's a
b' urrainn da, agus thubhairt ise, "Mata gu 'm bu
droch coinneamh 'g ad amas a spadaire spuachdaich
gun tùr ! Cha b' iongantach an ainm an àigh ach iad
'gad chur air falbh gu ionnsachadh. Cha ruigeadh iad
a leas cha 'n 'eil am fear a tha 'gad ionnsachadh fada
uait uair 's am bith. Ach cha chuireadh òrd mòr a'
ghobhainn caomhalachd no cneasdachd ann ad spolachd-
cheann carrach, glog-shuileach, craosach, gun tuigse,
inisg air a h-uile duine bho 'n d' thàinig thu agus air an
dùthaich a dh' àraich thu !"

"Coma leibh, a Mhairi," arsa té de na searbhantan,
"cha dean e coire 's am bith oirbh."

"Cha dean e coire 's am bith orm !" arsa Màiri,

"cha robh orm ach gu 'n robh ni ag euladh mar a
bha, ach tha mi nis mar gu 'm bithinn air mo shlugadh
's air mo chagnadh aig muic mhara agus air mo sgeith
air an tràigh ás a dheaghaidh sin !"

"Ach 's ann a ni e feum dhiubh," arsa té eile de na
searbhantan, "tha e math air an lòinidh."

"Dh' fhaoidte gu 'm bheil," arsa Màiri, "ach 's e mo
bharail-sa gu 'n cuireadh e an lòinidh ann an spàgan
a' chroinn-threabhaidh, no an lorg sùiste !" Ach fhuair
iad Màiri a thoirt a stigh agus saod a chur oirre, agus
thionndaidh Eachann aire air gnothaichean eile.

Dh' fhalbh e nunn gu cùl Doire-nan-smeur an uair a
dhorchaich an oidhche, agus rudan aige air am bheil
sinne glé eolach 'an Glascho am bliadhna, ged nach
facas, 's a' Choire Ghorm riamh roimhe iad, 's e sin
Baloons de phaipeir glas. Leig e fear dhiubh sin a
suas anns na speuran agus driamlach de theine slaodadh
ris. Bha cho math ri seachd no h-ochd de thighean
'an Doire-nan-smeur, agus gun a h-aon dhiubh fad bho
chéile, agus an uair a chunnaic na daoine an t-uamhas
ud a' snàmh a nall os an cionn gun teagamh cha
b' urrainn dad eile 'bhi ann ach dreag.

Bha Fionnladh a' chùbair cho làn de na gisreagan
's a bha 'shean mhathair, agus bha sin làn gu leòir ; an
uair a fhuair e aon sealladh dheth dh' fhalbh e a stigh,
agus cha robh 's a' bhaile na bheireadh a mach a rithist
e. "Cha 'n 'eil gnothach aige rium, agus cha 'n 'eil
gnothach agam ris ;" ars' esan.

" Cha 'n 'eil fhios co dha bhuineas so ?" ars' Alasdair
Mòr.

" Cha 'n 'eil dreag ach aig fear fearainn saor,"

ars' Dhòmhnull Bàn, "agus cha 'n 'eil mu 'n cuairt so
dhiubh ach Fear a' Choire!"

"Ud, ud!" ars' Alasdair, "cha bu mhath leinn sin;
mar a bha am fear eile 'g ràdh ri Murcha Mòr, 'Ma 's
tu a's miosa 'chunnaic sinn, is tu a's fearr a chì sinn.'"

Bha bean Chaluim thaillear a mach am measg na
cuideachd a' gabhail scallaidh air an dreag, agus bho 'n
a bu ni e nach robh ri fhaicinn a h-uile latha ghabh i
a stigh g'a innseadh do Chalum, los gu 'm faigheadh e
làn a shùl dheth cho math ri feadhainn eile, agus
thubhairt i 's i dol a stigh, "Thig a mach 's gu 'm faic
thu an dreag!"

"Cluinnidh mi sin 's fuaighidh mi so, mar a thubh-
airt am fear a bha ris an fhaire-chlaidh," arsa Calum;
"C' aite am bheil e?"

"Tha e nunn os cionn Bealach nan sgolb!"

"Ciod e an taobh a tha 'ghaoth?"

"Tha am beagan a th' ann dhith bho 'n iar thuath."

"Cha chreid mi fhein gu 'm bheil ann ach dreag a
tha falbh air saut, cha 'n 'eil e ach a' falbh leis a'
ghaoith" arsa Calum.

"Nach 'eil eagal ort a bhi bruidhinn air an dòigh
sin?" ars' a bhean, "Thig a mach 's gu 'm faic thu e!"

Dh' éirich Calum agus chaidh e mach air ceannaibh
a stocainean, 's bha e gabhail beachd air an rud a bh'
ann. Bha a bhean 'n a seasamh làimh ris agus a làmh
air a ghualainn, agus thubhairt i an cagar 'n a chluais,
"Tha iad ag ràdh gur e dreag Fir a' Choire th' ann!"

"'S e" arsa Calum, "air neo pàirt a dh' innleachdan
Eachainn a mhic!"

"An uair a bheir iad Fear a' Choire air falbh air na

lonnan cha'n ann a nunn thar Bealach nan sgolb a bheir iad e!" agus le sin a ràdh dh'falbh e a stigh agus thòisich e air fuaghal osan na briogaise cùbhrainne ri solus coinnle, mar a bha e roimhe.

An là 'r na mhàireach bha an luchd-oibre aig Fear a' Choire mach air achadh bhuana agus an t-airean air an ceann. An uair a thòisich am feasgar air dlùthachadh riutha, bha an t-airean, agus e air sanas fhaotainn roimh làimh bho Eachann, a' cumail a shùil 'san t-soirbheas a bha tighinn air o bhàrr na coille. Bha Eachann thall an sud agus builg de phaipeir glas aige, agus an uair a shéideadh e na builg ud leis an stuth a bha e 'cur annta, ghabhadh iad cumadh duine no cumadh beathaich mar a mhiannaicheadh e; ach 's e cumadh mairt a chuir e suas air an fheasgar so.

An uair a chunnaic an t-airean an rud a bha sùil aige ris, thubhairt e ris an fheadhainn a bha mu'n cuairt air, "Ciod e an t-eun mòr a tha thall os ceann na Coille-bige an sud?"

"B'e an t-eun mòr gu dearbh e," arsa cuid-eigin.

"Ma ta," ars' Alasdair mór, "Co dhiubh 's ann a thaobh an t-saoghail so na nach ann, 's e mart odhar a tha 'n sin."

Bha Fionnladh a' chùbair 'n a sheasamh agus sguab anns gach achlais aige, agus e sealltuinn gu geur air an rud a bh'ann agus a chruth ag atharrachadh mar bu tinne bha sud a tighinn air. "Tha an sin," ars' esan, "am mart odhar agamsa."

"Ma ta ma 's i," ars' an t-airean, "'s e Colasadh tha 'n a beachd an nochd!"

"O, nach ann ás a thàinig e seana-mhathair!" arsa

Fionnladh 's e tilgeadh bhuaith nan sguab 's a' toirt an tighe aire.

A nis bha gu leoir air an achadh nach robh cho deas ri Fionnladh gus a h-uile rud a chitheadh iad nach tuigeadh iad a chur air gnothach mi-nadurra, a dh' aidicheadh an deigh làimh gu 'n robh iad 'an imcheist mu 'n gnothach a bh' ann. Dh' fhaodadh tu sealltuinn air a chùlthaobh no air a bheulthaobh, cha b' urrainn duit a ràdh nach robh e fior choltach ri mart odhar 's i falbh anns na speuran gun sgiathan; agus mur an robh sin neonach, b' iongantach an gnothach e. An uair a rainig Fionnladh an tigh, thubhairt a bhean, "Stad sibh tràth an nochd?"

"Cha do stad càch ged a stad mise," arsa Fionnladh. "Tha," ars' esan, "am mart air falbh anns na speuran air sgiathan!"

"Chunnaic mise dà rud dheug cho ionngantach 's ged a dh' fhalbhadh tu fhein air sgiathan lath'-eigin mur a stad thu dheth 'd ghisreagan!"

"Falbh a nunn a dh' ionnsaidh an achaidh ud thall," ars' esan, "agus chì thu gu 'm bheil daoine eile cho gisreagach riumsa. Cha chreid mi gu 'm bheil an dà shealladh agamsa na 's mò na aca fhein!"

Bha fios aig a' bhoirionnach chòir gle mhath gu 'n robh a fear-posda rud beag lag-inntinneach mu na gnothaichean sin, agus a bhar air sin bha fios aice gu 'm biodh daoine eile a' cluich air an laigse so a bha an ceangal ris. Ach bha fios aice nach deanadh i gnothaichean dad na b' fhearr le dol a thoirt an aghaidh orra air a shon. Dh' fhalbh i mach, cha b' ann far ann robh an fheadhainn a bh' air an achadh,

ach a dh' fheuchainn am faiceadh i am mart. Dhirich
i ris a' bhruthach agus chunnaic i an crodh eile tighinn
dachaidh gu socrach ach cha robh am mart aice fein ri
fhaicinn. Dh' fharraid i de 'n bhuachaille am fac e i.
" Cha 'n fhac," ars' an dearg shlaoightear, agus e fein a
reir ordugh Eachainn an deigh a saodachadh air falbh
còmhla ris a' chrodh sheasg. Dh' fhalbh a bhean ris
a' mhonadh ach dh' fhuirich Fionnladh a stigh a' gur
na griosaich; agus an uair a thàinig a choimhearsnaich
dhachaidh, b' fiadhaich na h-ùrsgeulan a bha dol an
sin; a h-uile fear a' toirt barr air an fhear eile ag inn-
seadh nan nithean iongantach a chunnaic e fein, agus bu
shuarach na chunnaic e fein seach na chunnaic 'athair
agus a sheanathair.

Cha b' fhada 'dh' fhuirich am mart odhar aig Fionn-
ladh còmhla ris a' chrodh sheasg; 's math a b' aithne
dhi fhein an rathad dhachaidh, agus cha d' thug duine
an aire dhith gus an d' thug i langan aisde aig bealach
a' ghàraidh. 'S math a dh' aithnich Fionnladh geum a
mhairt 's a mach ghabh e, 's a h-uile duine a bha stigh
ás a dheigh.

" Fuirich thusa mar a th' agad " ars' esan ris a'
mhart, agus thug e earail làidir air na daoine gun iad
a dh' fhosgladh na cachlaidh gus an tigeadh esan air
ais, agus thug e fein a chasan as cho luath 's a b'
urrainn da, gu Tigh a' Choire, gu Eachann a thoirt a
nuas leis a ghunna 's gu 'n cuireadh e urchair rithe;
agus 'n uair a bha e suas gu Tigh a' Choire, co bha
nuas 'n a choinneamh ach Fear a' Choire e fhein!
Thug Fionnladh oidhirp air a lamh a chur 'n a bhoineid
do 'n duin' uasal, ach fhuair e mach an sin air son na

ceud uaire nach robh boineid idir air, agus cha d' rinn
e ach slaodadh a thoirt air an dosan.

"Ciod e so? Ciod e so, Fhionnlaidh?" arsa Fear a'
Choire. "Am bheil dad ceàrr air duine no air
beathach agad?"

"Oh nach do thill am mart!" arsa Fionnladh.

"Ciod e 'mart?" arsa Fear a' Choire.

Thòisich Fionnladh agus dh' innis e a h uile car mar
a thachair.

"Oh Fhionnlaidh, Fhionnlaidh!" arsa Fear a' Choire,
"nach 'eil an t-àm agad fàs glic? Nach 'eil fios agad
nach b' urrainn ni a bhi an sin ach pàirt a dh'
innleachdan Eachainn?"

"Ma ta, Fhir a' Choire," arsa Fionnladh, "tha mi
cinnteach gur ann a bhios mi fàs gòrach gu bràth
tuilleadh, ach cha 'n fhaca mi riamh duine a chuireadh
a nunn no nall mi mu 'n rud a chunnaic mi le' m shùilean
fhein. Agus a' bharrachd air sin, is dona an rud
dhuibhse a bhi gabhail oirbh gu 'm bheil sibh a'
creidsinn gu 'm bheil Eachann cho fad air adhart ann
an seirbhis an donais 's gu 'n cuireadh e am mart odhar
agamsa air falbh anns na speuran gus an deachaidh i
as mo shealladh thar na linne glaise, agus an sin a' toirt
air a h-ais agus a' cur a geumnaich aig bealach a'
ghàraidh, cho nadurra 's a rinn i riamh anns a' bheatha
so!" Agus le sud a ràdh, dh' fhalbh e air aghaidh;
ach sheas Fear a' Choire air meadhon an rathaid mhòir
mar gu 'm biodh e feuchainn ri dheanamh a mach
co-dhiubh bha Fionnladh air dol thar a bheachd no
nach robh; ach cha b' fhada gus am fac e Fionnladh
a' tilleadh, agus Eachann còmhla ris agus a ghunna air

a ghualainn. Chaidh an dithis seachad air 's iad na'u
ruith, gun uiread agus bruidhinn ris.

Cha b' urrainn do 'n t-seann duine chòir ruith, ach
dh' fhalbh e na'n deigh cho luath 's a b' urrainn dha.

An uair a rainig na fir far an robh am mart 'n a
seasamh, thubhairt Eachann ri Fionnladh nach robh
aige ach luaidhe chaol anns a' ghunna 's gu 'm feumadh
e peileir a chur innte. Leig e an urchair a bha innte
anns an adhar agus thug e peileir as a phòca agus
shuain e an crioman paipeir e, a' toirt an aire aig a'
cheart àm nach b'e an crioman paipeir 's an robh am
peileir a chaidh 's a' ghunna ach crioman paipeir gun
pheileir idir. Thog e an sin an gunna ri 'shùil, ach
'am priobadh na sùla thuit a lamh 's an gunna ri
'chliathaich. Thionndaidh e ri Fionnladh agus thubh-
airt e, " Tha mi faicinn seachd adhaircean oirre."

"Ged a bhiodh seachd deug oirre," arsa Fionnladh,
" càirich rithe a h-uile srad ! "

Thog Eachann an gunna ri 'shùil a rithist agus loisg
e air a' mhart. Cha d' rinn am beathach bochd ach a
ceann a chrathadh.

Thàinig Fear a' Choire 'fhein an sin am measg na
cuideachd agus thubhairt esan, "Is fada bho 'n a chuala
mi mu chothrom Lachuinn air an reithe, ach tha 'n so
againn cothrom Eachainn air a' mhart ! Leig a stigh
am mart, Fhionnlaidh, agus tog d' ad sheann amaid-
eachd ! "

" Rachadh i stigh no mach," arsa Fionnladh, " tha
mise cuidhte 's i. Cha teid deur de bhainne na bèiste
'am bheul-sa, no 'am beul aon de 'm chuideachd air an
t-saoghal so ! "

"Ni mi fhein suaip riut," arsa Fear a' Choire, 's e a' deanamh gàire.

"Cha robh sibh riamh 'n ar n-éiginn," arsa Fionnladh, "deanaibh sin fhein, ach reamhraichibh a' bheist—'s e sin ma ghabhas i reamhrachadh—agus cuiribh do Ghlascho aig an t-Samhuinn i; ithidh muinntir Ghlascho rud 's am bith."

Thilg Fear a' Choire an geata fosgailte do 'n mhart agus a stigh dh' fhalbh i agus thug i am bà-thigh oirre.

"C' àit am bheil a' bhean 'Fhionnlaidh ?" arsa Fear a' Choire.

"O, nach 'eil air falbh ag iarraidh a' mhairt," arsa Fionnladh.

"Ma ta, ma tha," arsa Fear a' Choire, "tha 'n t-àm agadsa bhi air falbh g'a h-iarraidh-se. Ma theid ise gu speuradaireachd ort, 's i a's duilghe dhuit na 'm mart."

"Cha chualas riamh a leithid !" arsa Fionnladh, "cha d' thàinig tubaist riamh 'n a h-aonar air neach : a' bhean air chall 's an oidhche a' tighinn !"—'s ri bhruthach thug e.

Cha robh e fad air falbh an uair a thill a bhean dhachaidh. Dh' fhalbh an sin ceathrar no coignear de 'n oigridh as deigh Fhionnlaidh, a dh' innseadh dha (ma b' fhìor iad fhein) gu 'n d' thàinig a bhean dhachaidh. Ach ma 's e sin beachd a bh' aca an uair a dh' fhalbh iad, 's luath dh' atharraich iad e. An uair a fhuair iad sealladh air an duine, an àite glaodhaich ris 's ann a thòisich iad air a leantuinn agus air gabhail beachd air, a' cur nan car dheth air feadh a' mhonaidh.

Bha creag mhòr ghruamach 'an taobh thall dheth ris an abradh iad Creag-na-h-ùruisg. Theireadh iad gu 'n robh na sìthichean a gabhail còmhnuidh innte uaireigin, agus tha mi creidsinn gu 'n robh Fionnladh 's an làn bheachd gu 'n robh iad ann fhathast; 'ach co-dhiù bha no nach robh na sìthichean innte, bha Mac-talla innte, agus a h-uile uair a ghlaodadh Fionnladh, "Hò Iseabal!" theireadh Mac-talla a bha 'n Creag-na-h-uruisg, "Hò Iseabal!" cho math ris fhein. Chaidh e bho choiseachd gu ruith air, gus an robh gu leoir ri dhcanamh aig na balaich sealladh a chumail air. Cha robh boinne falluis a bha tuiteam dheth nach bàthadh cuileag; agus anns a h-uile ruith agus leum a bh'ann 's e 'thachair gu 'n deach e fodha ann am poll mòna gu ruig an da chruachain, agus an uair a rug aon de na h-òganaich air ghualainn air, cha robh mac-talla mu 'n cuairt a' ghlinne nach do fhreagair do 'n ràn a thug e as. Ach so mar a chuir Calum tàillear air dòigh speuradaireachd a 'mhairt odhair aig Fionnladh.

AM MART ODHAR.

Air Fonn:—"*Fàilte 's furan duit 'fheannaig.*"

B'e sud an latha bha searbh dhomh,
'Nuair a dh' fhalbh am mart odhar,
'S 'nuair a chaidh i air sgiathan
Dh' fhàg i 'n sliabh as a deaghaidh;
Mi 'ga faicinn 's na speuran
'S i cur réis ris na cromain,
'S a h-uile feannag 'us ròcais
A' tighinn 'na còdhail le othail
    'S ag ràdh, Co as? 'S ag ràdh, Co as?

Bha i siubhal cho sìtheil,
Os cionn na roinn leis an t-soirbheas,

Dh' fhag i mis' air a culthaobh
'S ann a thionndaidh i 'h-carbull;
Chaill mi scalladh mo shùl dhith
'Nuair a dhlùth' oirnn an t-anmoch,
Gu 'n robh buidseach 'ga stiùradh
A nunn gu dùthaich a sean-mhàthar
      'S cha till i as, 's cha till i as.

Gur iomadh car agus caochladh
Tighinn air an t-saoghal an còmhnuidh
Cha 'n 'eil neach air an taobh so
A bheireadh aoidheachd do 'eòlas*
Chnàmh gach ionga 'us crothan
Bha fo 'n bhrod aig Nighean Dhomhnuill
Dh' fhalbh Laorag† 's an Doideag†,
'S Cas-a'-mhogain† cha bheo iad
      'S cha till iad mart, 's cha till iad mart.

Ach bho 'n a dh' fhàg thu 'n laogh deoghail
As do dheaghaidh cha till thu
Ged robh Gorm-shùil† m' ad choinneamh
A's Ball-odhar† 's an t-Siolag† ;
Mur a biodh iad air sgiathan
Anns an iarmailt taobh shios dhiot
Feuch an cuireadh iad srian riut,
Agus feuchainn ri d' striochdadh
      'S ri d' thoirt air ais, 's ri d' thoirt air ais.

'S bho 'n dh' fhàg thu an tìr so
'Se their mi fhein gu ma slàn dhuit,
Chionn cha 'n fhuiliginn do leigeil
Ged a thigheadh tu 'm màireach ;
Cha 'n òlainn do bhainne
'S cha tugainn dad dheth do 'm phàisdean,

---

* Charm.   † Famous Witches.

'S ged a bheirinn do 'n chù e
'S ann a dhiùltadh e fhàileadh :
   Tha 'shròn ro ghlan, tha 'shròn ro ghlan.

'Nuair a thàinig an t-anmoch,
'S 'nuair a chruinnich an t-àlach,
Bha gach neach aig a dhachaidh
Chum gabhail mu thàmh ann :
Ged nach robh mi 'nam aonar,
Bha mi smaointinn a ghnàth ort
Gus an cual' mi do langan
Cùl cachlaidh a ghàraidh,
   'S bha mis' a mach, 's bha mis' a mach.

'Nuair a thàinig thu dhachaidh
Rinn thu langan na dhà rium,
Gur ann ort a bha 'chabhag
A chum faighinn do 'n bhà-thigh,
'S tu feuchainn am maide
'Chur á bealach a' ghàraidh ;
Ach fuirich thusa mar th' agad,
'S gheibh mis' Eachann 'chuir fàilt ort
   Le luaidhe ghlais, le luaidhe ghlais.

Thàinig Eachann a' Choire
Le 'ghunna coc-te air a ghualainn,
'S 'nuair a lasadh leis fùdar
Leig e smùid dheth mu tuairmeas ;
Ach air seiche na brùide
Cha drùigheadh an luaidhe,
'S bha mi sealltuinn ad aodann
'S 'nuair shaoil mi thu buailte
   'S ann fhuair mi *nod*, 's ann fhuair mi *nod*.

An uair a dh' fhosgladh a' chachlaith
Chaidh thu seachad 'ad stàtaig,

'S cha do sheall thu mu 'n cuairt dhiot
Gus an d' fhuair thu do 'n bhà-thigh :
Ach bho 'n thairg an duin' uasal
Rium do shuaip air son Cràgaig,
Gheibh thu fuireach 's a' bhuathal
Gu sè uairean am màireach
     Mur bris thu nasg, mur bris thu nasg.

'S iomanh ní thig gun fhios oirrn,
'S cha tig trioblaid 'n a h-aonar ;
'Nuair a smaointich mi Iseabal
Bhi siubhal fireach an aonaich
Gu 'n d' oilltich mo chridhe
Gu 'n eireadh dridfhort 'ga taobh-sa
Ghabh mi mach ris a' ghualainn
'S mi cho luath ris a' ghaoith
     An tréine a neart, au tréine a neart.

Bha mi feumach air cuideachd
Dol seachad uirigh Creag-ghruamach,
Bha mi glaodhaich a h-ainm
Ach bheireadh Seanngaire bhuam e ;
'S mi gun chù 'us gun chuilean
'S gun aon duine mu 'n cuairt domh,
'S gu 'm biodh mo chrì aig mo mhuineal
Na 'n deanadh gudabochd gluasad
     An tom na'm bac, an tom na'm bac.

Bha mi falbh feadh an aonaich
Mar a' chaora 's an sdùrdan
'S mi cho luath air a' mhonaidh
Ris a' mhaigheach 'us cù rithe ;
Bha na sìthichean a' roideis,
'S iad a' mireag m' am chulthaobh,
Gus 'n do chàirich iad mise
'An suil-chrithich gu m' shuilean,
     'S iad 'gam thoirt as, 's iad 'gam thoirt as.

AN GLUGAIRE.

Bha ann an àite ris an abair sinn an dràsd Tom-a'-
chuilinn, duine còir ris an abradh iad Eachunn Mòr,
agus bha buachaille aig Eachunn ris an abradh iad an
Glugaire, 's e sin a chionn e bhi glugach 'n a bhruidhinn
agus gu 'n robh dragh fuasach aige anns na facail fhaot-
ainn a mach. Ach bheireadh e rann òrain dhuit cho
binn réidh ri neach a bh' anns an dùthaich, agus cha
mhòr a bha 's an dùthaich a theireadh cho réidh ris e.
Chuir Eachunn air falbh do 'n mhonadh e air latha
àraidh a shealltainn an treud a bha mach ris an t-sliabh
ach cha d' fhuair e 'n treud mar bu mhath leis iad a
bhith, ach cha b' urrainn dha dad a dheanamh ach till-
eadh dhachaidh agus innseadh do na daoine mar a bha,
agus an uair a chunnaic iad e 'tighinn leis a' bhruthach,
's e 'n a leum, thuig iad gu 'n robh rud-eigin ceàrr. Dh'
fhalbh a dhà na trì dhiubh 'n a choinneamh, ach cha b'
urrainn dhasan facal fhaotainn a mach; e a' breabadh
a choise air an làr 's a' bualadh a làmh air a ghlùn, 's a
shùilean air seasamh 'n a cheann, 's gun smid a sìos no
nios aige. "Seinn e," ars' Eachunn, "seinn e." Agus cho
réidh ris an ribean, dh' fhalbh e leis mar a leanas:—

"Gu 'n d' éirich an dunaidh 's a' mhonadh ud thall,
Tha gamhainn 's an uirigh aig bun chreag nam meann,
'N uair ràinig mi 'm fireach, bha 'm biorach air chall,
'S tha 'n t each ann an toll, gu 'shùilean."

Chì sibh leis a sin gur i 'bhàrdachd a b' fhasa do 'n
Ghlugaire na réidh sheanachas. Bha duine 'fuireachd
air taobh eile 'mhonaidh 'o Thom-a'-chuilinn ris an ab-
radh ian Dòmhnull-nan-greallag, agus 's e 'thàinig ann
an ceann Dhòmhnuill air a' bhliadhna bh' ann a sud
gu 'm pòsadh e, agus smaoinich e gu 'n iarradh e nigh-
ean Eachainn mhòir, a di-chuimhneachadh nach robh e
ach bliadhna no dhà na b' òige na 'h-athair, ach o' n a
bha còig na sia mhairt, grainnean chaorach agus each
math bàn aige, bha e smaoineachadh gu 'm faodadh e
dol a dh' iarraidh té chuimseach sam bith. Fhuair an
Glugaire sanas gu 'n robh sùil aig Dòmhnull-nan-greall-
ag air Mòrag, 's ma fhuair, cha bu chlos do Mhòr sin.
Bithidh e 'g ràdh rithe gu 'n robh 'h-athair 's a màthair
air an inntinn a dheanamh suas air son 's gu feumadh
i Dòmhnull a phòsadh, agus mur a h-aontaicheadh i 'g a
deòin gu 'n rachadh a cur a mach air sgeir-mhara air an
tigeadh an làn thairis, gus an aontaicheadh i a ghabhail.
Cha robh Mòrag cho òg na cho gòrach 's gu 'n robh i
g' a chreidsinn sud, ach bhitheadh an Glugaire cuir mi-
thlachd oirre cor uair, agus cha d' iarr esan spors a b'
fheàrr.

Air oidhche do na h-oidhcheannan thàinig Dòmhnull
air aoidheachd gu tigh Eachuinn mhòir, ach cha robh
Mòrag idir caoimhneil ris, agus cha do ghabh e do
mhisneach na dh' iarr i, an déigh tighinn air an astar.
Cha leigeadh Eachunn air falbh 's an oidhch' e chionn
bha i dorcha, agus droch rathad aige ri dhol dhachaidh.
Dh'aontaich Dòmhnull fuireach, ach gu'm feumadh e bhi
air falbh mu 'm blaiseadh an t-eun an t-uisge an lath'r-
na-mhàireach. Thachair air a' bhliadhna roimhe sud

gu 'n d' fhuair Eachunn mòr nead tunnag fhiadhaich, 's e sin fhuair e na h-eòin ann an amar na h-aimhne. Thug e dhachaidh iad agus fhuair e tunnag chàllda a thug an aire orra gus an d' fhàs iad mòr.

Air latha do na làithean dh' fhalbh na tunnagan fiadhaich air snàmh a mach air a' mhuir còmhla ri càch, thill càch dhachaidh ach cha do thill na tunnagan fiadhaich riamh tuille. Dh' fhalbh iad gun uiread agus beannachd fhàgail aig Eachunn mòr—a h-uile gin dhiu ach an t-aon a bha crùbach, agus nach bitheadh a' falbh bho na dorsan uair sam bith. Gu math tràth anns an Earrach, rug an tunnag chrùbach ubh, agus mu 'n d' fhuair i ùine air fear eile bhi aice, shaltair an t-cach oirre 's bha i marbh. Dh' iarr Eachunn an t-ubh a ghleidheadh gu cùramach gus am biodh aon do na tunnagan air ghur, gus an rachadh a chuir foipe, ach air a' mhaduinn shònraichte so air am feumadh Dòmh-null-nan-greallag tigh Eachuinn mhòir fhàgail mu 'n tugadh an coileach sgriach às, bha bean Eachuinn air a cois gu math tràth a' deanamh biadh dha mu 'm falbh-adh e, ach 's e rinn Mòrag ubh na tunnaig fhiadhaich a chuir anns a' phoit còmhla ri càch, agus cha do mhoth-aich a màthair dha gus an robh e bruich, agus bha sin tuillidh 's anmoch, ach 'se thuirt Eachunn mòr gu 'n robh e cho math leis iad a bhruich fear do na gamhna ri ubh na tunnaig, ach thubhairt a nighean fhéin ris an ath uair a thigeadh Dòmhnull-na-greallaig gu 'm bruich-eadh iad gamhainn dha. So mar a chuir an Glugaire ri suiridh Dhòmhnuill. Tha séisd an òrain air a dean-amh do Dhòmhnull-na-greallaig.

DOMHNULL-NAN-GREALLAG.

Air Fonn.—"*Drochaid Pheairt*,"

air neo "*Bheirinn dram do dh' Ailean Clachair*."

Seisd.—Théid do chur air eilean mara,
  Théid thu mach air an Sgeir mhòir,
  Théid do chur air eilean mara,
  Mur an gabh thu fear nam bò.

'S gille còir thu 'Dhòmhnuill-nan-greallag,
  Gheibh thu bean mur faigh thu Mòr,
Cha 'n 'eil caileag ghlic 's an dùthaich,
  A dhiùltas tu fhir nam bò.

Thàinig thu do Thom-a'-chuilinn,
  'S bu tu féin an curaidh mòr,
'S gu robh botul làn a' d' chuideachd,
  As a' bhriuthas aig Lag-chrò.

Ach cha do ghlac thu de mhisnich,
  Na dh' iarr, no na shireadh Mòr,
Ghabh thu 'Màm glé thràth 's a' mhaduinn,
  'S leig thu t-anail aig Dùn-chòis.

'S ann a thug thu dhiot an fhiasag,
  Dh' fhàs i liath, ged bha i mòr,
'S ghléidh thu 'bhoineid ort ri d' bhraiceas,
  'S tu falachadh na sgaile air Mòr.

Tha do chaoirich air an fhireach,
  'S an t-each bàn air Drium-nam-bò,
Tha bò ruadh agus bò dhruimionn,
  'S iad a' cromadh air an lòu.

Tha do bhàt' am bràigh' an Liath-phuirt,
  Mu thug i 'bhliadhn' ann, thug i còig,
Théid a tearradh 's bidh i dionach,
  A dhol a dh' iasgach 'n linne Leòdhais.

Ach mu 'n dh' fhalbh thu rinn thu 'n dunaidh,
  Na h-innsibh do dhuine có,
Dh' ith thu 'n t-ubh a rug an tunnag,
  Anns an lub, air Eachunn mòr

Ach coma co dhiubh, fhuair Dòmhnull-nan-greallag
bean, ged nach d' fhuair e Mòrag, agus bu mhath an
airidh oirre e cuideachd. Chaidh iomadh bliadhna
seachad bh' uaithe sud, gus an d' thàinig a' bhliadhna
bha 'n *Exhibition* ann an Glaschu. Thachair gu 'n robh
bean Dhòmhnuill-nan-greallag a mach air chéilidh feasg-
ar agus 's e an naigheachd a bh' aice do Dhòmhnull
'n uair a thàinig i 'stigh, gu robh a h-uile duine 's a'
bhaile, agus gach neach anns a' bhaile a b' fhaisge
dha, a falbh do Ghlaschu nam bùth, air Dir-
daoin so tighinn. "Cia mar tha iad a' dol a dh' fhaot-
ainn ann?" arsa Dòmhnull. "Tha 'm bàta tigh'n gu
ceithe Choircinnis air oidhche Di-ciadainn," ars' a'
bhean; "fàgaidh i sin moch Dir-daoin, agus taghlaidh
i aig Rudha-nan-dòirneag, agus tha na bàtaichean ri
dhol na 'n coinneamh leis na daoine. Bheir i air bòrd
iad agus bheir e air an ais iad gu slàn sàbhailt feasgar,
agus fàgaidh i far an d' fhuair i iad." "'S ann a tha na
daoine air a' chuthach," arsa Dòmhnull. "Nach aotrom
an galar dhoibh e," ars' a' bhean, "agus gabhaidh sinne
an cuthach agus falbhaidh sinn còmhla riu." "An e
mise," arsa Dòmhnull, "a dh' fhalbh do Ghlaschu agus
gun facal Beurla ann am cheann, 's ann a tha thu 'n

déigh do riaghailt a chall ; gu dé bheir mise do Ghlas-
chu, no gu dé chì mi ann?" "Is ioma rud a chì thu
ann," arsa a' bhean, "nach fac thu riamh agus nach
faic thu gu bràth tuille, chì thu 'm féileadh beag 's an
sporan a bh' aig Prionns' Teàrlach, agus gheibh thu do
thì gu nàdura mar a thugadh bhar an tuim i, bho làimh
an duine dhuibh." " Falbh, falbh! coma leat i 'Anna,"
arsa Dòmhnull' "b' fheàrr leam a faotainn bho d' làimh
fhéin na bho làimh an duine dhuibh—cha chreid mi
gu 'n tigeadh i ri m' stamaig." "Gheibh thu dol a
mharcachd air a' bhuidsich, 's e sin an rud ris an abair
iad an *Switchback Railway*." "Tha mise a' cuir Ni
Math eadar mi 's iad fhéin 's am buidsichean—cha téid
mi idir ann, cha ghabhainn na chunna mi riamh, 's na
cluinneam an còr dheth."

Co thàinig a stigh ach Iain Mac Alastair, coimhears-
nach agus caraid do Dhòmhnull, agus eadar e féin 's a
bhean, le mòran bleideireachd, thug iad air Dòmhnull
nan-greallag gu 'n d' aontaich e gu 'm falbhadh e agus
gu faiceadh e ioghnadh na bliadhna. Bha an Glugaire
aig an àm so a' fuireachd ann an àite ris an abair iad a'
Chùil, agus bho 'n a fhuair e cothram nach robh ri
fhaotainn a h-uile latha dh' fhalbh e leis a' mhòr chuid-
eachd agus ghabh e latha féille.

'N uair a ràinig muinntir Thom-a'-chuilinn an lùch-
airt àluinn cha robh neach 's a' chuideachd leis am b'
aithreach a shaothair, leis na bha ri fhaicinn ri chluinn-
tinn 's ri 'bhlasad. Dh' aidich Dòmhnull gu ciunteach
nach fac' e fhéin riamh a leithid.

Air chuairt troimh 'n àite thàinig iad trasd air coire
mòr 's e letheach le carabhaidh 's e 'dol mu 'n cuairt

gun stad. "O, nach e dheanadh a' phoite-dhubh," arsa Dòmhnull, "an uair a bha daoine cleachdadh a bhi deanadh deur beag ann an Coire-nam-boc." Bha e air a thoirt suas cho mòr leis a' choire agus nach do mhothaich e gu 'n do dh' fhalbh càch ás an t-sealladh, 's an uair a sheall e cha robh neach dhiubh ri fhaicinn ach an Glugaire.

"C' àit' am bheil càch," arsa Dòmhnull. "Ma ta, cha 'n 'eil fhios agam," ars' an Glugaire. "Agus cia mar a chaill thu iad?" arsa Dòmhnull. "Ciamar a chaill sibh féin iad?" ars' an Glugaire. "Nach robh mise sealltainn air a sid," arsa Dòmhnull. "Agus nach robh mis' a' sealltainn air a so," ars' an Glugaire. "Ma ta gu 'n robh 'm Fortan mòr g' ar dion," arsa Dòmhnull, "agus gun do Bheurla ann an ceann na dithist againn urrad 's a bhiodh an ceann truisg a bhiodh seachdainn bhar na collainn 's e g'a roladh anns an tiùrr. Bi falbh a sìos an taobh siu agus théid mise sìos air an taobh so eile, agus ma thachras iad ort glaoidh riumsa agus ni mise an tomhas ceudna riutsa, agus mur am faic sinn iad coinnichidh sinn aig ceann shìos an àite."

Dh' fhalbh an Glugaire, ach an àite deanamh mar a dh' iarradh air 's ann a thill e air a shàil agus thòisich e air gabhail beachd air Dòmhnull 'us e falbh air feadh an t-sluaigh. An uair a ràinig Dòmhnull ceann shìos na h-aitreabh agus nach robh dol na b' fhaid' aige, cha robh mìr do 'n Ghlugaire ri 'fhaicinn, ach bha 'n Glugaire g' a fhaicinn-san glé mhath. Chaill Dòmhnull an so a h-uile duine 'bh' aige, agus 's beag nach deach e tur ás a riaghailt. Ghabh e suas air taobh eile 'n àite agus e 'froiseadh Gàilig mu 'n cuairt air mur a bha e féin ag

ràdh a rithist ris a h-uile neach air a robh coslas car
còir.   Thachair boirionnach dùthchail coltais air, agus
ars' esan rithe, "am fac thu Iain Mac Alasdair, am fac
thu Callum ruadh, no 'm faca tu 'n Glugaire fhéin, no
duin' idir dhiubh?"   Cha do sheall am boirionnach an
rathad a bha e.   A réir coltais cha d' thug i 'n aire dha.
Rug e air ghualainn oirre agus thug e crathadh oirre.
Thug ise glaodh aisde.   Bha gille caol, glas, ann an
cuideachd a' bhoirionnaich.   Bhuail e slatag a bha 'n a
làimh air Dòmhnull anns an uilinn.   Thionndaidh
Dòmhnull ris agus ars' esan, "cha dean a' pheasanachd
sin feum," agus thug e smùid do 'n bhata air a' ghille a
chuir tolg anns an aid' agus dh' fhaoidte cnap air a
cheann a bha 'n a broinn, ach chuir sud stad air cluich
Dhòmhnuill bhòchd.   Bha iad mu 'n cuairt air cho
lionmhor ris na meanbh-chuileagan g' a chuir ann an
làmhan luchd nan còtaichean gorma a thug air falbh e
's a ghabh cùram dheth.   Ach ged a dh' éirich an
tubaist do Dhòmhnull 's ioma rud cho cud-thromach ris
a chaidh a chuir air fealla-dha, agus chaidh tubaist
Dhòmhnuill a chuir air fealla-dha cuideachd.   So mar
a chuir an Glugaire e—

ORAN A' GHLUGAIRE.

SEISD.—Am fac' thu Iain Mac Alasdair,
          Am fac' thu Calum ruadh,
        Dh' fhàg iad mis' am amadan,
          Am shrataichean troimh 'n t-sluagh,
        Am fac' thu Dòmhnull Mac Uilleam,
          Air neo 'n Glugair' às a' Chùil,—
        Tha foghannan anns a' bhoincid aige,

'Us foinn' os cionn na sùil,
  Am fac' thu Iain Mac Alasdair.

Gu 'n robh an lùchairt àlainn ud,
  'S i làn bho cheann gu ceann,
Na ceudan bha gun àireamh ann,
  'Thig thar an t-sàil' a nall,
'S e fuaim nan cuibhlean pràise
  A' ghàirich 's iad na 'n deann,
Chuir m' eanchainn-sa gu sgàineadh,
  Leis an stàirn a bh' ann am cheann.

Gur ioma gnothach iongantach,
  A chunna mi co dhiubh,
A' "charbhaidh" 's i air ghlngaman,
  'S e sud a thug mo shúil,
'N uair shaoil mi gu 'n robh 'chuideachd leam,
  'N a ghrunnan air mo chùl,
'N uair sheall mi cha robh duine ann,
  Ach an Glugair' ás a' Chúil.

'S mise 'bh anns an trioblaid,
  'S mise 'chaidh air chall,
Gun duine 'ghabhadh umhail dhiom,
  'S ann bha iad bodhar, dall.
Gun neach a gheibhinn smid thoirt ás,
  No 'thuigeadh diog do m' chainnt,
'S a h-uile fear ri 'n d' bhruidhinn mi,
  'S ann thàinig crith 'n a cheann.

Thàinig ann am chòmhail-sa,
  'N té mhòr bu bhòidhche gùn,
'S gu 'n d' rinn mo chridhe sòlas rith',
  Bha coltas còir 'n a gnùis.
Ach fhuair mi mach an cabhaig,
  Gu 'n do mhealladh mi 's an dùil,

’S nach robh anns a’ chaillich ud,
  Ach amalait gun tùr.

An uair a ràin’ mi fharraid dhi,
  Am fac i Calum ruadh?
Cha d’ rinn i ’ceann a charachadh,
  Na amharc orm mu ’n cuairt,
’S ’n uair chuir mi bàrr mo mheòir oirre,
  ’S mi feòraich dhi gu dian,
An àite freagairt deònach rium,
  ’S ann thug an òinseach sgiamh.

Thàinig seòrsa duine,
  ’S bioran buidhe aig ’n a làimh,
Gu ’n bhuail e air an uiliun mi,
  ’S gu ’n d’ èirich m’ fhuil a’ m’ cheann,
’Us thuirt mi féin ’s mi tionndadh ris,
  ’S mi glacadh teann a bhat’,
“ Saoil an d’ fhuair thu glabhachdaire,”
  ’S dh’ fheuch mi ’n calldainn air an aid’.

Ach sud a rinn an dunaidh,
  ’S a thug tubaisd orm féin,
Gu robh mi air an t-sràid aca,
  ’S mi ’n sàs aig dà fhear dheug,
Ga m’ shlaodadh aig na gàrlaich ud,
  Mar shean each bàn air déinn,
’S bu shuarach leam an tàir ud,
  Seach a’ ghràisg a bh’ às mo dhéigh.

Bodach mòr nan speuclair,
  Cha b’ e féin a b’ fhearr,
Cha mhòr a bha do dh’ aoidh air,
  ’N uair shlaodadh mi ’n a làthair,
Mu ’n gann a labhradh facal ris,
  ’S ann thuirt e “ *What’s the charge?*”
Ach sheall mi air le neònachas,

'Us thòisich mi ri 'ràdh—
Am fac' thu Iain Mac Alasdair ?

Ma shoirbhicheas am fortan leam,
  'S nach croch iad mi le foill,
Gu 'n caidil mi gu socarach
  A nochd far 'n robh mi 'n raoir,
Gu 'n robh am bàta bòidheach,
  'Dol an òrdugh taobh na h-aibhn',
'S 'n uair fhuair mi fhéin air bòrd oirre,
  'S ann thòisich mi air scinn,
"Am fac thu Iain Mac Alasdair?"

BARDACHD DHUGHAILL OIG.

Bha ann am baile Ghlaschu bho chionn bliadhna no
dhà duine ris an abradh iad Lachunn-nan-ramasgall,
agus duin' eile ris an abradh iad Calum-nan-rann, agus
am bitheantas, car mar thachair do 'n amhsan agus do 'n
sgadan, an uair a chitheadh tu an darna fear thuigeadh
tu nach robh am fear eile fad' air falbh.

Bha bana-charaid aig a' bhoirionnach aig an robh
Lachann nan ramasgall a' fuireach' ris an abradh iad
Anabladh ruadh. agus bha Anabladh an déigh tlachd
mòr a ghabhail do shearmonachadh duine dubh a bh' air
tighinn do 'n bhaile, agus dh' fheuch i uair 'us uair ri a
bhana-charaid a thoirt g' a éisdeachd, ach cha deach-
aidh sin leatha. Thàinig i air feasgar sònraichte a
thoirt aon oidhirp eile, dh' fheuch an rachadh aice air
a toirt a dh' éisdeachd an duine ainmeil, agus bha iad
a seanacbus mu 'n chùis a stigh, 's gun chuimhn' aca gu
robh Lachann ann an ceann eile an tighe ag éisdeachd
riutha.

"Tha mi 'g ràdh riut," ars' Anabladh, "gu 'm bheil
e 'falbh an ceann seachduinn agus mur cluinn thu e
gu 'm bi an t-aithreachas ort fad uile làithean do
bheatha." "Coma leam e," ars' an té eile, "cha robh
mi cho deas 's a dh' fhaodainn a bhi a dhol a dh' éisd-
eachd na feadhainn gheal a th' againn 's gu ruig mi leas
ruith g' a éisdeachd-san dìreach a chionn 's gu 'm bheil
e dubh, agus a bharrachd air a sin tha mi cluinntinn

gnothaichean mu dhéinnibh nach 'eil idir a' còrdadh
rium." "Coma leat dé tha thu cluinntinn mu dhéinn-
ibh," ars' Anabladh, "na creid facal dheth a chionn tha
mis' ag innse dhuit gur fìor dhuine beannaichte a th'
ann." "Cha 'n 'eil fhios agad co dhiu," ars' a bana-
charaid, "dh' fhaoidte nach e duine a th' ann idir."
"Tog do d' òinsealachd, ciod e 'n rud eile a b' urrainn a
bhi ann?" "Cha 'n 'eil fhios'am. Dh' fhaoidte gur e
th' ann an *Colorado beetle.*"

Rinn Lachann glag gàire ann an ceann eil' an tighe.
Rinn bean an tighe gàire cuideachd. Cha robh fios aig
Anabladh gus a so gu 'n robh Lachann a stigh, "ach,
ars' ise 'us i tionndadh ris an té eile, "cha 'n 'eil thu
mòran air do chuir mu 'n cuairt air son daoine bhi
'gàireachdain-mhagaidh ort." "Cia mar 'tha fios agad
gur ann ormsa a tha Lachann a' gàireachdain?" arsa
bean an tighe.

Ach cha do labhair Anabladh smid tuillidh mu 'n
mhinisteir dhubh. Goirid as a dhéigh sud bha Lach-
ann-nan-ramasgall agus Calum-nan-rann feasgar a' dol
thairis air drochaid a' *Bhroomielaw,* agus co thachair
orra ach Dùghall òg, agus rinn Dùghall mòran furain
riu. "Cia mar tha thu 'Lachainn?" ars' esan, "'s fhada,
's fhada bho 'n a chunnaic mi roimhe thu." "'S ann a
shaoil mi gur h ann a bha thu 'dol a ràdh nach faca tu
mi o 'n bhliadhna dh' fhalbh am buntàta." "Cha 'n 'eil
e uile gu léir cho fada 'us sin," arsa Dùghall, "ach tha
greis mhòr ann. Cha 'n 'eil mi fhéin ag òl deur do 'n
stuth làidir o chionn fada, ach théid sinn a nunn do 'n
tigh-òsda so thall, far am faigh mi bruidhinn ruibh air
mo shocair, gun a bhi air mo thilgeil a nunn 's a nall

mar gu 'm biodh ball camanachd ann air an dòigh so."

Chaidh iad a stigh agus an uair a dh' òl Lachann agus Calum gloinne do 'n stuth is feàrr a thig á baile Cheannloch, agus a dh' òl Dùghall botul do stuth ris an d' thubhairt Lachann leann caothaich, thuirt Dùghall gu 'm feumadh Lachann òran a thoirt dhoibh, agus rinn am fear ud sin mar a leanas :—

ORAN A' MHINISTEIR DHUIBH.

AIR FONN. "*Togaidh mi mo bhriogais orm,*
    Falbhaidh mi le m' bhriogais ghoirid."

Air neo—"*Bha mi 'n raoir air banais Choinnich.*"

SEISD.—Sud a thug gach neach air falbh,
    So a chuir gach neach air mhire,
    Sud a thug gach neach air falbh,
    Searmoin a th' aig a 'Bheetle.

Thàinig e á dùthaich chéin.
    'S beag nach géill a h-uile ginn dha,
'S cha bu mhinisteir a' bhéisd,
    Ach an Colerado Beetle.

Mhacthaich iad mar shneachd nam bruach,
    Ri aiteamh a nuas a' sileadh,
Sporain air an robh snaoim chruaidh,
    Gus an d' fhuasgail iad do 'n Bheetle.

Tha na mnathan air a thaobh,
    Ged nach aomadh e na fir leis,
Théid Anabladh againne faoin
    Leis a' ghaol a thug i 'n Bheetle.

Ged a dh' innsear do gach té
   Gu 'n d' fhuair thu droch sgeula ioma,
'S ann a dh' fhàsas i riut breun,
   Chionn thu 'bhi toirt beum do 'n Bheetle.

Their bean Eachainn anns an trauus,
   Gur e 'n diùlnach e tha innich,
'S loisg an fheòil a bha 's a' *phan*,
   'S is' a' cuimhneachadh mu 'n Bheetle,

Tha bean Iain shìos an t-sràid,
   Dh' iompaich bean mo ghràidh 's a' mhionaid,
'S chuir i 'n t-uaireadair 's a' "phawn,"
   Los a chàin a thoirt do 'n Bheetle.

Théid na h-ighneagan mu 'n cuairt,
   'S tha 'n t-airgiod gu luath g' a thional,
'S fiamh an ghir' orra 'n au suain,
   'S iad a' bruadar air a' Bheetle.

Ged a robh an obair gann,
   'S pàisdean fann le cion a' bhithidh,
Cha tig as an sporan bonn,
   Chaidh na bh' ann a thoirt do 'n Bheetle.

Cha 'n 'eil ministeir 's an tir,
   Air an fhiach dhuit a bhi bruidhinn,
An Soisgeul fhéin cha bhi e fior,
   Mur téid innseadh leis a' Bheetle.

Rinn e diùbhail air a' chléir,
   Cha 'n innis iad féin am milleadh,
'S thugadh car á ioma té,
   Leis a' Cholerado Beetle.

'N uair a bha Lachann réidh do 'n òran thubhairt Dùghall òg, " Ma ta, 's ann agad féin a tha 'n toil-inntinn anns an t-saoghal a th' ann, b' fheàrr leam no na chunnaic mi riamh gu 'n rachadh agam air rannan a chuir ann an eagaibh a chéile air an dòigh sin."

" 'S ann agad a théid, ma dh' fheuchas tu ris," arsa Lachann.

" Ma ta," arsa Dùghall, " saoil nach robh mi fhéin anns a' bheachd sin cuideachd."

" Gu dearbh, 's tu fhéin a dh' fhaodadh," ars' am fear eile, " 's fhada o 'n a bha fios agamsa gu 'n rachadh agad air."

" Ach," arsa Dùghall, " tha 'n t-àite 's am bheil mise ag obair cho làn do straighlich òrd 'us chuibhlean 's nach cluinn mi fuaim nam fonn a bhios mi féin a canntaireachd."

" Cha ruig thu leas feuchainn ri dad a dheanamh an sin," arsa Lachann, " ach cuiridh mise air dòigh thu air an téid agad air. Seall thu so, an uair a thig thu dhachaidh feasgar, agus a gheibh thu thu féin a chuir air dòigh, tarruing do chathair a stigh gu taobh a' bhùird agus cuir do dhà uilinn air a' bhòrd agus cuir do dhà bhois a suas ri taobh do chinn agus t-òrdagan ann an cùl do chluas. Mar so nach 'eil thu nis a tuigsinn ciod is ciall do 'n t-suidheachadh so anns am bheil mi ga d' chuir."

" Ma ta, cha 'n 'eil," arsa Dùghall.

" Mìnichidh mi dhuit e," ars' am fear eile. " Seall thu so, an uair a thòisicheas fuaim sam bith air feadh an tighe nach bi 'còrdadh riut, cha bhi dhuit ach t-òrdagan a sparradh ann an cùl do chluas agus an fhuaim a chumail a mach."

"Tha mi ga d' thuigsinn gu gasda a nis," arsa Dùghall; "'s ann agad fhéin a tha 'n ceann, ach saoil thu gu dé 'n cusbair a ghabhas mi ?"

"Dh' fhaodadh tu cor na dùthcha a ghabhail mar chusbair," ars' am fear eile.

"Cha b' urrainn a bhi na b' fheàrr," arsa Dùghall.

Ach dh' éirich na fir 's ghabh iad a mach. Thug Lachann-nan-ramasgall agus Calum-nan-rann an rathad féin orra agus chaidh Dùghall dhachaidh agus gun an tuillidh dàlach, cho fad 's a bha 'n gnothach teth 'na inntinn, thòisich e air an òran a chuir air dòigh.

Shuidh e anns an t-suidheachadh anns an d' iarr Lachann air, ach mu 'n gann a fhuair e suidhe bha 'n t-each-iaruinn a' dol seachad gu math dlùth air cùl an tighe aige, agus mar gu 'm b' ann le mullach mallachaidh, shéid am fear a bha g' a stiùireadh, an fhìdeag a cheart cho luath 's a thàinig e ann an éisdeachd Dhùghaill, agus cha do leig e às e gus an robh e seachad. Dh' éirich Dùghall agus leag e an uinneag, agus an sin shuidh e sìos mar a bha e roimhe agus thug e oidhirp eile air an òran, mar so—

Tha mi fo chùram mu chor na dùthcha—

"Théid agam air," ars' esan ris féin.

Tha mi fo chùram mu chor na dùthcha,

'S na daoine cliùiteach a-a-a—

"Tha mi 'tighin air," ars' esan.

Tha mi fo chù-r-r—

Ghlaodh boirionnach "mort" a mach air an t-sràid chùil. Dh' éirich bean Dhùghaill agus dh' fhosgail i 'n uinneag agus chuir i 'mach a ceann, 'us bha 'n iorghuill an sud da-rìreadh. Mnathan a glaodhaich gus an saoileadh tu gu 'm bi h-uile mionaid a' mhionaid mu dheireadh aca. "Marbhaidh iad a chéile," ars' a bhean.

"'S ioma call bu mhodha bha 'n Cuilfhodair," arsa Dùghall.

"Tha 'n t-Eirionnach mòr air an daoraich an nochd a rithist 'us marbhaidh e a bhean. Tha i glaodhaich mort aige." arsa bean Dhùgaill.

"'S iomadh uair a ghlaodh i sin o Nollaig so chaidhe 's cha 'n 'eil i morta fhathasd," arsa Dùghall. "Thig a stigh 's dùin an uinneag sin—na caomhaineadh iad a chéile, ged a mhorta leth-chiad dhiubh cha 'n ionndrainn thu ás an t-sràid iad air oidhche Di-sathuirne ged is math a thigeadh am bail' ás an ioghnais. Dùin an uinneag air a mhionaid—'s ann a tha iad a' cuir sgreatachd orm, an darna té ag glaodhaich air Ni Math 's an té eile ag glaodhich air a' *pholiceman*." Dhùin a bhean an uinneag, 'us thòisich Dùghall a rithist.

Tha mi fo chùram mu chor na dù-u-u—

"Chuala mi gu 'n d' thàinig Niall Mac Eòghainn a mach leis a' "Chlaidheamh mhòr "* an là roimhid," ars' a bhean. Cha d' thubhairt esan diog.

Tha mi fo chù-r-r-r—

"Tha iad a faotainn mòran sgadan aig an tigh an dràsd," ars' a bhean.

"Nach math sin," ars' esan.

Tha mi fo chùram mu chor na dùthcha,
    'S na daoine cliùiteach a bh' innte riamh—

---

* Steamer " Claymore."

"Sin agad e," ars' esan ris féin.

Tha mi fo-o-o-o—

"Fhuair mi stigh paipeir a *pholice tax* an diugh," ars' a bhean, "'s bidh am màl air an ath sheachdain. Cha chualas a leithid. Mu 'n gann a tha 'n darna rud pàighte, tha iad air thòir an rud eile. 'S ann a chuireadh a h-uile rud a th' ann ceann neach 'n a bhreislich," ars' ise.

"O, nach truagh duine nach fhaigh clos mionaid a stigh no muigh," ars esan.

Tha mi fo chùram mu chor na dùthcha,

'S na daoine cliùiteach a-a-a—

"Ciod e th' ort," ars' ise.

"O, 'bhean, na 'n cumadh tu do theanga 's mi bhiodh ann ad' chomainn," ars' esan.

"Tha leam gu 'm b' aotrom an obair sin dhomh," ars' ise, 'us i 'g éiridh 's a dol a nunn far an robh e 's i breth air làmhan air 's g' an slaodadh a nuas o 'cheann. "Ciod a tha ceàrr ort?"

"Cha 'n 'eil dad."

"Tha dà dhad."

"Bi 'falbh 's leig leam."

"C' arson a leigeas mi leat?"

"Leig leam a bhi smaointeachadh."

"Ma ta gu dearbh bidh obair agad a bhi smaointeachadh a' d' shuidhe 'n sin 's do làmhan mu d' cheann mar gu 'm b' ann ort féin a bha cùram na rìoghachd. Tha thu làn do 'n fhuachd. Cuiridh tu uisge blàth air do chasan 's théid thu 'luidhe." ars' ise.

"Cha chuir," ars' esan, "no uisge fuar. Gabh romhad 's tog do d' òinsealachd."

"Tha *pillichean* a stigh ann am bocsa," ars' ise, "'us gabhaidh tu dhà no trì dhiubh."

"Cha ghabh no purgaid," ars' esan.

"Gabhaidh tu làn a' ghloine mhòir do dh' uisge-beatha," ars' ise.

"Nach math a tha fios agad nach 'eil mise a gabhail uisge-beatha uair sam bith," ars' esan.

"Ach tha na dotairean fhéin g' a òrdachadh do dhaoine bhios gun a bhi gu math," ars' ise.

"Tha, 's do dhaoine nach bi gun a bhi gu math idir, ach cha d' òrdaich iad dhomhs' e, 's cha ghabh mi e."

"Bheir mi dhuit ann an uisge teth 'san siùcar e."

"Am fear a dh' itheas a sheana-mhàthair faodaidh e a h-eanaraich òl," ars' esan, "coma leat e."

Chunnaic a bhean nach robh math a bhi bruidhinn ris agus dh' fhalbh i nunn gu taobh eile na sràide far an robh Eachunn ruadh agus thug i nall còmhl' rith' e, ag innseadh dha cho neònach 's a bha Dùghall air fàs. "Mur a bheil dad ceàrr air gu corpora," ars' ise, "tha na 's miosa air."

'N uair a chunnaic Dùghall mar a thionndaidh na cùisean smaointich e gu feumadh e leth-sgeul air chor-eigin a ghabhail agus thuirt e gu robh a cheann goirt. Ach cha bhlaiseadh e sìon air an àilleas, ach chaidh uisge blàth 'chuir air a chasan gun taing dha 's a chuir a luidhe. Thachair gu 'n robh Eachunn so agus Calum nan-rann ag obair còmhla—'s e saoir a bh' annta le chéile—agus anns a' mhaduinn an la 'r-na-mhàireach thòisich Eachunn air innseadh do Chalum cho bochd 's a bha Dùghall òg an raoir, agus cho danarra 's a bha e, nach òladh e gloine uisge-bheatha ged a bheireadh e o'n bhàs e.

Ach mu 'n robh Eachunn réidh do 'n naigheachd bha
Calum g' a aornagaich fhéin air an ùrlar ann am measg
nan shseag, agus bho 'n a chunnaic e nach deach aig
Dùghall air cor na dùthcha a chuir air dòigh, chuir e
féin cor Dhùghaill a sìos mar a leanas :—

ORAN CHALUIM NAN RANN.

Seisd.—Air fair a thal o, ho ro, ho ro hù o,
    An cual thu mar thachair do m' charaid-sa Dùghall,
    Chaidh e gu rannan 's bha Lachann g' a stiùireadh,
    Los a chluas-chiùil a chumail air dòigh.

'N uair fhuair thu tighin dachaidh 's do chaiseart chur dhiot,
'Us t-aodan a ghlanadh 's a ghabh thu do thì,
Na 'm b' urrainn thu 'sheachanadh cabaireachd Iric,
    Dheanadh tu rainn cho fada ri ròp'.

An deighinn gach earail 'o Lachann a fhuair thu,
D' òrdagan daingean a sparradh a' d' chluasan,
Iric ri starum 's ri caithream mu 'n cuairt ort,
    'S chluinneadh tu fuaim a dh' aindeoin no 'dheòin.

Na fuinn gu 'n do theich iad ort 's theirig do bhriathran,
Le tartar na sràide 's na pàisdean a sgiamhail,
Mnathan a sgreadail, 'us fead an eich-iaruinn,
    Thug iad do chiall bh' uait, cuide ri d' cheòl.

Bha Iric a ghnàth 's gun tàmh a' bruidhinn,
Mu sgadan, 's mu mhàl, mu chàin, 's mu ioma rud,
Thusa ga d' chràdh 's do dhàn cha tigeadh e,
    'S chaill thu do mhisneach 's tu 'n trioblaid gu leòir.

'S e 'n t-eagal a ghabh i gu 'n d' chaill thu do riaghailt,
Le smaointeanan troma ga d' chromadh 's ga d' phianadh,

'S chaidh i gu Eachunn 'n a cabhaig a dhiachainn,
    An dianadh e rian ga d' chumail air dòigh.

Cha ghabhadh tu pillichean idir na purgaid,
Thuirt thu le coraich, 's an "toddy" g' a tairgsinn,
Am fear tha cho gionach 's gu 'n itheadh e 'sheana-mhàthair,
    Ciounus nach dianadh e 'h-eanaraich òl.

Chaidh thu 's an tuba 's am faoidte do bhàthadh,
Au t-uisge cho teth, 's gu 'n go theabadh do sgàladh,
'S beag nach do mhionnaich thu leis an droch nàdur,
    'S bhriseadh tu 'clàir le d' chasan, 's gun òrd.

Mar bhonnach air greideal gu 'n d' theasaich iad uil' thu,
Bha plaideachan geala agus sac air do mhuin dhiubh,
Tha 'n sean-fhacal freagarrach 's theagaisg iad dhuibhs' e,
    Gar miosa na 'n uireasbhidh tuillidh 's a chòir.

Na 'm biodh tu 's a' Ghàidhealtachd àluinn, eireachdail,
Dheanadh tu dàin gach là na 'n leth-dusain,
Far am bheil beanntan gleanntach, preasanach,
    Tomanaibh seilich 'us ceileireadh eòin.

TROD NAM BAN MU'N SGARBH.

Is iomadh ni gle fhaoin, agus gle shuarach, mu 'n do throid mnathan. Is iomadh, agus mu 'n do throid fir cuideachd ; ach dà mhnaoi choir, chneasda a bha na 'm màthraichean teaghlaich a dhol a chàineadh agus a smàdadh a cheile mu sgarbh, agus an sgarbh a mach air a' mhuir, feumar aideachadh gun robh e na ni cho faoin 's a' chuala sinn. Tha trod nam ban mu 'n sgarbh na shean-fhacal a tha gle chumanta, anns na h-eileinean Gàidhealach, agus gu sònruichte air taobh na h-àirde niar do dh' eilean Mhuile. Rachadh agam air innseadh dhuibh ann an ùine bhig mar a dh' éirich an sean-fhacal, ach bheir mi mu 'n cuairt an tuim sibh, a dh' ionnsaidh an àite anns an do thachair gnothach neònach no dha cho math ri trod nam ban mu 'n sgarbh.

Thachair ann an eilean, ach coma leibh co an t-eilean anns an do thachair e, ach thachair e ann an àite ris an abair mi Druim a' Challtainn, a chionn agus nach b'e sin idir ainm. Bha ann an Druinn a' Challtainn, duine còir ris an abradh iad Eachann Dhruim a' Challtainn, a chionn bu leis fein an oighreachd, a bh' aig a shinnsireachd roimhe, fad iomadh linn. Bha e do 'n t-seann fhasan. Bha dara leth na h-oighreachd na làmhan fhéin, agus an leth eile aig tuath chothromach, cuid aig nach robh ach cliteag bheag, agus cuid eile aig an robh a dhà, 'sa trì, 'us cuid a shè uidhir sin. Bha Eachann a' togail mòran treud, agus

le chuid treud fhéin, agus na bha e ceannach feadh na
dùthcha cha mhor dhrobh a ruigeadh an Eaglais Bhreac,
a b'ainmeala na drobh Dhruim a' Challtainn. Cha
robh do chloinn aig Eachann ach aona mhac, agus an
uair a tháinig e gu aois a chur do'n sgoil, chaidh a
chur gu ruig Duneidean a dh'fhaotainn oilein duine-
uasail, far an d'thug e aireamh bhliadhnachan agus ás
an do thill e na làn duine. Agus ged a bha e cho
umhail do thoil athar 'us cho caoimhneil, cairdeil,
abhachdach, sunndach, ris gach beag 'us mor 'san
duthaich 'sa bha e riamh, cha robh e toilichte gus an
d'fhalbh e san d'thug e an t-arm dearg air. Chuir e
eòlas air mòran do oifigich Ghàidhealach fad 'sa bha e
an Dunéidean, agus bha daoine smaointeachadh gu 'm
b'e sin bu mhòr aobhar air inntinn a thogail ris an
arm. An uair a chunnaic athair nach deanadh an
còrr feum, chaidh e agus cheaunaich e posta dha 'san
arm. An sin dh'fhalbh Eachann òg Dhruim a' Chall-
tainn agus chuir e suas an còta dearg, agus an déigh
dha bhi greis ann an gearasdan an Sasunn, sheòl e fo
chulair Bhreatunn agus fo chomanda Artair Wellesley
do'n Spainnt agus air dha bhi bhliadhnachan 'san arm,
anns an do dh'éirich e posta no dhà ni b'àirde na
bh'aige an toiseach, fhuair e leòn a thug a bhàs dha aig
Quatre Bras, dà latha mu 'n tugadh Waterloo, agus ged
a bha athair beò ré iomadh bliadhna as a dhéigh sin, cha
deachaidh e riamh os a chionn. Thuit gnothaichean
mu 'n cuairt na h-oighreachd ann a mi-dhòigh agus an
uair a chaochail e, cha robh gnothaichean ach gu math
fada air an ais, an uair a thàinig mac a bhràthar, a
bha na chòirneal 'san 'arm, agus nach robh 'sa

Ghàidhealtachd bho 'n a bha e da-bhliadhna-deug a dhaois, an uair a thàinig esan gu oighreachd a shinsireachd, agus a thàinig e féin s'a bhean—ban-Sasunnach—dhachaidh do 'n Tigh-bhàn a dh' fhuireach ann, mar a bha fiughair aig daoine, cha do dh' fhuireach iad ach sè seachduinean an uair a dh' fhalbh iad, agus mar a bha chailleach a bh' aig Fionnladh, "Cha 'n fhacas riamh tuilleadh iad." Dh' fhàg e riaghladh na h-oighreachd aig Pàruig fad-chasach mac fir Ghlaic nan Lùnn, oighreachd bheag a bha 'n crich ri Druim a' Challtainn. Bha Pàruig an déigh tighinn dhachaidh bhàr na Galldachd, far, mar a theireadh daoine, an do dh' ionnsaich e beagan lagha agus mòran cealgaireachd. Fhuair Pàruig riaghladh gach gnothaich a bh' ann 'n a làmhan fhéin, agus pàigheadh math air a shon. Thàinig tuathanach thar tir-mòr, do 'n Tigh-bhàn, a bha na dhuine cruaidh, firinneach. Chaidh cliteag ri croit agus chaidh croit ri cliteag, agus chaidh tighean luchd-obair a thogail aig an Fhaoilinn-bhig, cho teann air an loch agus na 'm biodh slat-iasgaich fhada agad gu 'm faodadh tu bhi ag iasgach as tu ad sheasamh 'san dorus. Agus, ma b' fhìor Dùghall Bàn, dh' fheudadh tu a bhi na bu chomhurtachaile na sud cuideachd. B' fheudar dhasan a' chroit a bh' aige thoirt suas agus dol sios do na tighean ùra. Agus anns an earrach mu 'n d' fhàg e 'chroit bha e ag ràdh mar a leanas.

ORAN DHUGHAILL BHAIN.

Air Fonn :—"*E ho ro, gu 'n d' fhalbh an othaisg.*"

Seisd:—E ho ro, 's ann orms' tha 'm fadal,
  E ho ro, 's ann orms' tha 'm fadal,

Tha fadal ormsa da rireamh
Faotainn sios gu taobh a' chladaich.

An uair a théid mi sìos do 'n Fhaolinn
Gheibh mi drogha* 'm bùth Mhic Mhaoilean.
Bidh a cheann aig Sgeir nam Faochag,
'S mi ga 'n slaodadh 's mi na m' leabaidh.

Cluinnidh mi 'ghàr bhreac† 's an fhaoileann
'Nuair bhios iad mu iasg a' caoinnag,
Thig an stearnal 's bheir e glaodh rium
An uair a dh' aomas ruinn an sgadan.

'Nuair a bhitheas càch fliuch, fuaraidh,
Ruith nan coltas feadh nan cuantan,
Chi mi troimh' n uinneig mu 'n gluais mi
H-uile àite am buail an t-amhsan.||

'Nuair bhios galar 's a' bhuntàta
Aig na tuathanaich 's a' Bhràighe,
Togaidh mise leam mo ghràpa
'S théid mi' n tràigh a bhuain nam breallach.

'Nuair a thig an geamhradh scarbh oirnn
'S nach faod mi togail ri fairge
'S ann a ni mi mòran airgid
Leis an rib 's mi marbhadh fhachach.‡

Fanaidh mis' an cois na tràghad
Cha 'n fhaod mi togail do 'n Bhràighe,
Mu 'm fuadaich mi na caoirich bhàna
'S iad an dràsd an àird an fhasain.

Thug Druim a' Challtuinn naoi bliadhna fo riagh-ladh Phàrnig fhad-chasaich, agus chual daoine gun robh an oighreachd ri reic, agus au ath naigheachd a chuala iad is e gu'n robh i air a ceannach aig Pàruig fad-chasach fhéin, agus anns an t-suidheachadh sin fàgaidh mi e a chionn nach urrainn mi an còrr a dheanamh. Ach thachair bho cheann mu thuairmeas fichead bliadhna, no mar sin, gun robh air achadh a bhuineadh do bhodach an Tigh-bhàin, mar a theirte ris, àireamh do luchd-obair, seann daoine agus seana mhnathan, caileagan òga agus sgonn-bhalaich agus iad ri gart-ghlanadh a' bhuntàta, agus co chunnacas a' tighinn a nall bhar na h-aimhne ach am Buachaille Robach, agus dranndan òrain aige ris fhéin. Bha am Buachaille Robach na bhuachaille aig an tuath air taobh eile na h-aimhne. Bha deich-tastain-fhichead, anns an leth-bhliadhna do thuarasdal aige agus paidhir bhròg. Bhitheadh e seachduinn ma seach 's a h-uile tigh a bha 's a' bhaile, ach an dithis. B'iad sin tigh Chailein Ghallda agus tigh Anna Bhig. Ach do aon do na tighean so cha rachadh e ged dh' fheumadh e bhi tighinn beò air na braonain. Ach co dhuibh, cha ruigeadh e leas sin a dheanamh; bha gu leòir do thighean 's a' bhaile anns nach bu bheag orra idir a chuideachd. 'Se baoghal ait a bh' ann 's a' Bhuachaille Robach. Theireadh cuid gu robh spiorad na bàrdachd ann. Ach 's e theireadh Cailein Gallda agus Anna Bheag, gu'n robh droch-spiorad ann. B'i Anna Bheag bean Lachuin òig, duine còir, socrach, gun chron d'a choimhearsnach, ged a bha Anna féin olc, ùpraideach, usaideach. Theireadh iad gur ann oirre féin a bha

bhriogais, ach co dhiubh bha sin fìor no nach robh,
cha 'n 'eil fios agam. Bha nighean aig Anna bha
g'a cosnadh ann an Glaschu, agus thàinig fios dhach-
aidh gun robh i 'dol a phòsadh, agus chaidh Anna gu
mòran spleadhraich. Ged a phòs an nighean ann an
Glaschu rinneadh banais eile aig an tigh. Chuireadh
mòran do chàirdean, agus do luchd-eòlais mu 'n cuairt
na dùthcha. Chuir i Lachunn air falbh a dh'iasgach
gu math tràth 's a' mhaduinn, air son gum biodh iasg ùr
aig na daoine. Ach cha robh Lachunn còir na iasgair
fuathasach. Cha d' fhuair e an t-iasg agus cha robh
Anna idir toilichte. Bha i ag ràdh na 'n rachadh i
fhéin a dh'iasgach nach tigeadh i dhachaidh gun iasg
ged nach biodh aice ach carrachan. Bhiodh na
mnathan còire a bha tighinn a dh'ionnsaidh an tighe
le cearcan agus gnothaichean do 'n t-seòrsa sin, a'
farraid gu dé bha an duine òg a bha an nighean a dol
a phòsadh, a deanamh. Agus bha Anna ag innseadh
dhaibh gun robh e na "chashier" ann an *Haberdashery*
agus ann an *Fancy Goods Warehouse*. Agus leis nach
robh a bheag do Bheurla aig na mnathan, na 's mo na
bha aig Anna fhéin, cha robh iad a' tuigsinn gu dé bha
na facail fhada so a' ciallachadh. Ach air do chuid
dhiubh tachairt air a' Bhuachaille Robach 'us iad an
déigh tilleadh bho bhi ag amharc Anna, dh' fheòraich
iad dheth gu dé bha an duine deanamh. Agus 's e
thuirt esan riutha, gun robh e na ghille bùth ann an
Toy Shop far am biodh iad a reic "dhollaichean" agus
daoine-maide, feadeagan *tin*, cirean croma, tromannan
agus snàthadan, agus gnothaichean mar bhiodh aig
Paruig Dolly an *ragman* Eireannach 's a' chliabh.

Thàinig so gu cluasan Anna, agus ma thàinig b'e sin
an dunaidh do 'n Bhuachaille Robach bhochd.   A
chiad uair a fhuair i greim air taobh a stigh na stairsnich
aice, ghabh i na bhad, thug e giùmanachadh a ghonaidh
air, agus an uair a fhuair esan e fhéin ás a làmhan thug
e chasan leis, agus cha deachaidh e riamh tuilleadh a
stigh air a dorus.   Ach bhiodh i cluinntinn uathe corr
uair ann an dòigh nach biodh idir a còrdadh rithe.
Ach air an latha àraidh so air an d' thug mi cheana
iomradh an uair a thog e an crodh a mach ris an
Leth-ghleann ghabh e nunn far an robh a' chuideachd
a bha a' gart-ghlanadh a' bhuntàta; agus an uair a
chunnaic iad a' tighinn e, thubhairt seann Dughall
Bàn, "so agaibh am Bhuachaille Robach a' tighinn, a
a chlann, agus gheibh sinn òran Anna Bhig uaithe
m' am falbh e."   "Ma ta, 's ann agam fhéin nach 'eil an
tlachd dheth fhéin no da chuid òran," arsa Mairearad
Ruadh.   Feumar a chuimhneachadh gun robh Mairearad
do 'n chuideachd a bh' aig a chuirm aig Anna Bheag.
Agus a bharr air sin bha mac-peathar dhi ann a thug
greis an Glaschu, 's an uair a thòisich an fhidhleireachd
's an dannsadh, anns an t-sabhal aig Lachunn Og, cha
b' fhiach 's cha b' fhiù leis an òig-fhear sparasach so ach
dannsaidhean Gallda.   Dh' éirich e féin agus nighean
òg agus thòisich iad air dannsadh nach fhac a' chuid bu
mhò do na bha 's a' chuideachd riamh roimhe.   Agus
an uair a bha iad réidh dheth, thubhairt Donnachadh
an Ruic, "Gu de an t-ainm a thagad air an ruidhle
sin, Eachainn?"   "Tha," fhreagair Eachann 'Là Và,' "*

---

* A circle dance called La Varsovienna.

"An lath a bha" thubhairt Donnacha, "cha chreid
mi fhéin nach e a b' fhearr a fhreagradh air, ' An latha
nach robh,' co dhiubh, is e bheir mise air, 'Ruidhle
bhog seot.'" Bha so aig a' Bhuachaille Robach anns
an òran, agus 's ann a bha eagal air Mairearad gun
robh "Ruidhle bhog seot" a' dol a leanachd ri Eachunn
mar fhar-ainm. Agus is ann air a' Bhuachaille Robach
a bha i cur na coire uile gu léir. "'S beag tlachd a
th'agam da chuid oran gu dearbh" thuirt ise, "agus is
neònach leam fhéin seann duine mar tha sibhse,
'Dhughaill, aig am bu chòir bhur n-inntinn a bhi air a
socrachadh air nithean a b' fheumala dhiubh na rama-
sgail dhrabasda gun loinn gun eireachdas gun fhacal
fìrinn. 'S neònach leam sibh a bhi comhairleachadh
gum biodh iad air an seinn ann an éisdeach oirgridh
mar a tha an so." Cha robh sùil a bh' air an achadh
nach robh socraichte air Dùghall Bàn, no cluas nach
robh a biorachadh a chluintinn gu dé am freagradh a
bheireadh e air an sgeamhaichd a thug Mairearad dha.
Cha robh Dùghall na dhuine bha mòr-bhriathrach agus
bha daoine gu math déigheil air a bheagan a bh' aige a
chluinntinn. Thog e a cheann agus sheall e air càch,
agus ars' esan, "'S ann mu 'n chuma a bha am fuagh-
al." "Cha chreid mi fhéin nach ann," arsa Mor na
Cuinneige. Cha deachaidh ise iarraidh idir a dh'
ionnsaidh na cuirm a bh' aig Anna bheag, ged a chaidh
Calum a' Chnotail 's a bhean a bha 'san ath dhorus rithe
a chuireadh ann. "Cha chreid mi nach ann mu 'n
chuma bha am fuaghal gu dearbh" ars ise, "'se mo
bheachd gun deachaidh na ramasgail, mar a their thu
riutha, na 's tinne air an fhìrinn na chaidh daoine a

bha am bocsa na miond."*   Bha e air a ràdh gun robh
caraid aig Maireiread bho chionn fada a thog fianuis
bhréige ann an aghaidh a choimhearsnaich aig cùirt
aig an robh' iad, ach co dhiubh thar a chéile ghabh
Maireiread Ruadh agus Mor na Cuinneige, agus an
uair a thug iad smàdadh do 'n teangaidh, agus do
dhroch theangaidh cuideachd, air càch a chéile, dh'
éirich Dùghall Bàn na sheasamh, agus ars' esan, "So
agaibh, a chuideachd, trod nam bàn mu 'n sgarbh" an
dara uair.   "Am bheil an sgarbh a mach air a' mhuir
an dràsda," ars' am Bhuachaille Robach, agus e tighinn
a nuas ann an clais an iomaire as an déigh.   "Cha 'n
'eil" arsa Eoghan òg; "tha e 'san iomaire bhuntàta air
an t-siubhal so, ged a's dona an comharra air an t-sìde
e bhi ann an àite cho tìorail.   Bheil saod math ort an
diugh?"   "Ghabhadh saod cur orm" ars' am buchaille.
"Gu de mar a dh'fhàg thu daoine air taobh eile na
h-aimhne" ars' Eoghan.   "Ma ta dh'fhàg a chionn nach
b'urrainn mi an toirt leam" arsa am buachaile.
"Cuiridh mi geall gun tug thu Anna bheag leat" arsa
Dùghall bàn.   Rinn am buachaille gàire.   "Thug agus
Cailein Gallda" ars' Eoghan òg, "ach 's fhearr dhuit
facal na dha do Anna fhéin a thoirt dhuinn an toiseach.
"Am bheil toil agad bodach an Tigh-bhàin a bhi ann
am bhad, a chionn a bhi cumail nan daoine aige bhar
an obrach" ars' am buachaille.   "Tog d'ad leisgeulan"
arsa Dùghall bàn, "ged nach urrainn sinn a mhin a
chagnadh 'san teine a shéideadh aig an aon àm, is
urrainn sinn am buntàta a ghart-ghlanadh agus éisd-

---

* Witness-box.

eachd ri òran aig an aon am." An déigh beagan
pliotaireachd thòisich am buachaille air an òran a tha
mar a leanas :—

ORAN ANNA BHIG.

SEISD.—'S coma leam Anna bheag, 's beag orm fhéin i;
   'S coma leam Anna bheag 's beag orm fhéin i,
   'S coma leam Anna bheag, 's beag orm fhéin i,
   Rinn i mo shadadh 's mo phabadh gu h-olc.

An cuala sibh 'bhanais bha 'n Glaschu m' bliadhna
An nighean aig Anna gu 'n ghabh i 'n "cashier"
'S a leithid do làn aighear cha 'n fhaca sinn riamh
'S bha corr agus ciad ga cumail an so.

'Nuair thòisich an gréidheadh 's i fhéin bha curr loinn air
Bha Màiri le tubadh a tumadh nan coinnlean,
'S chàraich i Lachunn a mach thun na Roinn-sgeir
Le dubhan as line a dhrobhach nan trosg.

Ach bha e gun lann aige 'n àm tighinn bho 'n chladach,
'S bha Anna ri tàir air bho 'n thàinig e falamh,
Thu mach ris a mharbh-shruth 's gun dearga ri fhaighinn
'S gun bhuilich thu 'n latha 's tighinn dachaidh gun ghnes.

'Nuair chruinnich a chuideachd nach tiochdadh 'san t-seòmar
Rinn iad an sabhal a chur ann an òrdugh.
A chuirm a bha ainmeil 'n uair chuir iad air bòrd i—
Cearcan 'us geòidh, 'us bhreamain a' mhoilt.

Bha macDhùghaill Ic' Eacharn 'us Anna Nic-Ruaridh
Màiri Nigh 'nn Ailein 'us Calum Mac Guaire,
Bodach 'us cailleach bho chladach a' gruagain,
Isabal Ruadh 's am *Boyille-thomh.*

Bha coire air an t-sabhal, bha 'sparan ro iòsal,
Cha b' fhurasda gluasad 's tu spuaiceadh do chinn ann,
Thòisich Mac-Griogair air briogadh na fidhle—
'S bha Eachunn 's Catrìona aig Ruidhle bhog seot.

Nuair thòisich sduirdein air maoidheadh 'n an claiginn,
Bha Lachunn cho sunndach 's e g' ionnsachadh labhairt,
Thubhairt Anna 's i glaodhaich bho thaobh eile an t-sabhail,
Dean suidhe na d' chathair, a bhladaire bhochd.

"Sin agaibh an t-òran" arsa am Buachaille Robach
's e cochdadh a chorrag an rathad a bha Mairciread
Ruadh, 's i an dèigh leth dusan do bharan a' bhuntàta
'spìonadh an àite ghart-ghlanadh. Cha d' thàinig smid
as a ceann, bho 'n a thàinig am buachaille ann an astar
cluinntinn dhi, ach bha i cho mòr air a dalladh leis an
droch nàdur 's nach bu lèir dhi an t-eadar-dhealachadh
bha eadar bàrr a' bhuntàta agus an luibheannach.
Sheall a h-uile neach riamh oirre, ach a mach bho
ghàire a dheanamh cha dubhairt duine facal rithe.
"Ma ta" arsa Dùghall Bàn "ma sheinneas tu nise òran
Chailein Ghallda, 's mi fhèin an seana bhodach nach
abbair gu 'm bu dona an turus a thug thu an diugh
thar na h-aimhne." "Ni mi sin air chùmhnant," ars'
am buachuille. "Gu de an cùmhnant bhios an sin?"
arsa Dùghall. "Cha 'n innis mi sin gus an gabh mi an
t-òran," ars' am buachaille. "Ach feuch nach fàg
meud t-iarrtuis falamh thu." "Cha 'n ann a chionn 's
gu 'm bi e eucomasach dhuibh co dhiubh." "So, so
smùid air, ma ta." Ach mu 'n toir mi dhuibh òran
Chailein feumaidh mi leigeil dhuibh a thuigsinn gu dé
an seòrsa duine a bh' ann an Cailein. Gu dé a chuir

Cailein Gallda air cha 'n 'eil fios agam, cha 'n fhiosrach
mi gun robh e riamh air a' Ghalldachd. Thugadh
Cailein Gallda air ann an toiseach a làithean agus lean
e riamh ris. B'e Cailein Dòmhnullach ainm an duine,
do na fìor Dhòmhnullaich mar theireadh e féin, ni as
an robh e deanamh mòr uaill. Shaoileadh sibh gun
robh e tighinn beò air euchdan a shinnsiribh, a nuas
bho 'n cheud fhear air an cualas iomradh dhiubh, gus
a ruig a shean-athair, agus athair fhéin. Na 'm biodh
daoine a' bruidhinn air eich a bha math 's a bha luath,
bha capull bàn aig sean-athair Chailein a bheireadh
bàrr orra gu léir. Na 'm biodh iad a' bruidhinn air
bàtaichean, dheanadh an sgoth dhubh a bh' aig athair,
falach-cuain orra air fad. Cha robh e gu mùthadh sam
bith le Cailein gu dé cho fòghlumaichte na gu de cho
iochdmhor, truacanta, maoth-chridheach, 'sa bha daoine
sam bith na 's lugha na bha iad an cogaidhean agus am
batail agus gu 'n do mharbh iad mòran dhaoine, cha b'
fhiach iad a bhi bruidhinn orra. Ach cha robh an
Cailein fhéin ach an gealtair an déigh a h-uile rud a
bh' ann. Bha e na sheana-ghiullan a bha gu math os
ceann an dà fhichead, ach cha robh a chridhe sin a
radh, no nighean a luaidh ris a bha os ceann fichead
bliadhna dh' aois. 'S minig an uair a gheibheadh
gillean òga greim air mu 'n tigh-òsda, shéideadh iad a
suas e gus an tugadh iad air botul uisge-bheatha a
cheannach, agus gu 'm falbhadh iad féin leis a dh'
iarraidh mnatha, far am bitheadh iad cinnteach am
botal òl an toiseach, agus Cailein a bhi air a dhiùltadh
a rithis. Chomharlaich pàirt dhiubh dha air latha
sònruichte falbh le gunna a fhuair iad dha an coin-

gheall a shealg air bur-bhuachaille * mòr, eireachdail,
a bha tighinn gu math teann air a' chladach gu
h-ìosal fodhpa.　Dh' fhalbh Cailein leis a' ghunna 's
thòisich e air feuchainn ri faotainn a stigh dlùth air an
eun.　'S cha b'e sin an gnìomh furasda.　An déigh dha
bhi màgaran air a ghlùinean 's air a mhàgan faisg air
leth uair a dh' ùine, chàirich e a h-uile srad a bh' innte
mu thuairmeas a' bhur-bhuachaille, ach bha cho math
dha a leigeil mu thuairmeas Beinn an Aoinidh.　Is i
a b' usa amas oirre.　An uair a dh' fhalbh an toit bho
shùilean Chailein bha e sealltuin am faiceadh e an
t-eun na bholla ar uachdar an uisge.　Ach a cheud
tighinn an uachdar a rinn i, bha e cho fada mach s'
nach cuireadh sealgair a b' fhearr na Cailein mòran
curam air.　　Dh' éirich guilbneach * briagh a clais
seann iomaire ma leth-cheud slat do 'n aite ann 's an
robh e an uair a loisg e an urchair.　Thug e siabadh
a dha na tri do uairean as a cheann mar gu 'm biodh e
feuchainn ri faotainn a mach co dhiubh a bha Cailein
an da-rireadh 's nach robh.　Thug e sin an guileag ud
as agus thug e taobh eile a' chaoil air.　Agus an uair a
thog Cailein a shuilean ris a bhruthach, co bha na
sheasamh air cnoc, le bhata ri chruachain ach am
Buachaille Robach, agus e air a bhi gabhail beachd air
Cailein fad na h-ùine.　Cha robh gnothaichean gu
math mar a bha, 's cha d' fhag sud dad ni b' fheàrr iad.
Ma b' fhìor am buachaille gur e a bha an guilbneach ag
ràdh an uair a thug e an guileag as, "O, ach Cailein
fhéin!"　Cha robh sid fada gun tighinn gu cluasan
Chailein, agus rud no dhà bharrachd air.

* Northern diver.　　　　　* Curlew.

B'e gille òg a bha 's a' maighistir-sgoile a bh' anns an
àite. Bha e do mhuinntir taobh eile na dùthcha. Is
e Dùghall Dòmhnullach a b' ainm dha. Bha Cailein
fuathasach mòr á fhear-cinnidh. Bha e ag ràdh gur e
gille fòghlumaichte agus fìor dhuine-uasal a bh' anns a'
mhaighistir-sgoil. Ach cha robh duine 's an àite leis
am b' fheàrr dibhearsain fhaotainn air Cailein na am
maighistir sgoil fhéin. Bha e feasgar sònruichte a'
gabhail sràid a mach air feadh nan cnoc agus e
leughadh a' phaipeir naigheachd. Thàinig e trasda air
còmhradh a bha eadar dà Ghàidheal mu 'n fhine d' am
buineadh iad fa leith. Bha fear dhiubh de Chloinn
Leathain, agus a réir fhianuis fhéin dh' fheumadh
gun robh iad ann fada roimh linn Noah, ach ars' am
fear eile. "Cha chuala mi riamh iomradh orra bhi 's an
Airc." "Anns an Airc?" arsa Mac 'Illeathain. "Am
faca no 'n cuala tu riamh iomradh air Mac Illeathain
aig nach robh bàta dha fhéin?" Thog am maighisteir
sgoile a shùil agus co bha nall na chòmhail ach Cailein
Gallda, agus is e smaointich e gu 'n cuireadh e an
naigheachd so gu buil mhath le innseadh do Chailein,
agus an Dòmhnullach a chur an aite Mhic Ghilleathain.
A nall a bha Cailein, 's an déigh fàilte a chur air a'
mhaighistir-sgoil, dh' fheòraich e dheth an robh dad ùr
's a' phaipeir an dràsda, an robh cogadh an àite sam
bith no 'n robh margaidhean a' cumail suas? "Cha 'n
'eil an Rìoghachd againne 'cogadh an drasd, 's tha na
margaidhean car mar a bha iad," thuirt am maighistir-
sgoil. Ach 's ann a bha mi an dràsd a' leughadh mu 'n
cuairt air an fhine againn fhein. "Sin sibh fhéin"
arsa Cailein, "tha sibh daonnan a' faotainn a mach

gnothaicheann mòra agus urramach mu 'n cuairt orrasan. Gu de m' an déibhinn an dràsda?" "Tha duine mòr fòghlumaichte an so," ars' am maighistir sgoil, "a tha deanadh a mach gur iad a's sine de na fineachan Gàidhealach air fad. Agus a bhàrr air sin gun robh iad ann fada roimh linn Noah fhéin." "Tha mi creidsinn a h-uile facal dheth," arsa Cailein, a's neo-'r-thaing mur d'thug am maighstir-sgoil naighneachd mhòr fhada réidh dha anns nach robh facal firinn, ged bu dona an obair sin do mhaighstir-sgoile. Ach co dhuibh cha bu leanabh Cailein, agus dh' fheudteadh gu 'n robh sin ag atharrachadh na cùise. Neo-'r-thaing mur do sgaoil Cailein na naigheachdan so mu a luchd cinnidh air feadh na dùthcha agus anns gach àite san rachadh e. Goirid an déigh so chaidh Cailein gu faidhir nan each, agus tha an seann fhacal ag ràdh "Am fear neach toir gnothach do 'n bhaile mhòr, gun toir e gnothach ás," agus b' ann mar sin a dh' éirich dhasan. An uair a ghabh an dram ris gu math chuir àn oigridh gu seinn e. 'S b' i sin an t-seinn. Bha e deanamh nan rann mar a bha e ga 'n gabhail; cha d' fhoghainn sud leò; thug iad air tòiseachadh air dannsa rud nach facas e deanamh an tùs òige. An àm fàgail an tigh-òsda gu tighinn dachaidh thug e leis botul làn 'na phòca. Chomhairlich iad dha dol do thigh duine còir a bha 'n sin, agus a nighean iarraidh gu pòsadh. Cha bu ruith ach leum le Cailein gu sud a dheanamh, 's an uair a choisich e féin agus na h-òganaich a bha leis dòrlach mhiltean do 'n astar 's a ràinig iad an tigh, ghabh fear an tighe riutha gu suilbhearra. Bha e cho eòlach air dòighean Chailein ri aon aca. Cha robh

anns an nighinn ach caileag òg, nach robh fichead
bliadhna, agus thachair gun robh i mach 'san tobar an
uair a thàinig na fleasgaich a stigh. Cha robh Cailein
fad a cur a gnothaich an céill d'a h-athair. Thubhairt
an duine nach robh ni aige-san na aghaidh 'us thug
Cailein air lom am botul 'us thug iad smearsaichean ás
mu 'n d'thàinig an nighean a stigh, agus an uair a
thàinig i 's a leig i air làr na cuinneagan, thubhairt a
h-athair rithe gun robh Cailein an sud ga h-iarraidh
ri phòsadh. Sheall an nighean air a h-athair; sheall i
an sin air Cailein; bhuail i a dà bhois air a chéile, agus
rinn i glag mòr gàire, agus ars' ise, "O ach Cailein
fhéin!" Dh'aithnich Cailein sgialachdan a' Bhuach-
aille Robaich, cha d'éisd e ann còrr, rug e air theis
meadhoin air a bhata, agus ghabh e mach agus cha do
sheall e ás a dhéigh gus an do ràinig e a thigh féin
An uair a chaidh e stigh cha robh neach roimhe. Bha
'phiuthar a mach a' bleoghan a' chruidh. Ghabh e
mach do 'n bha-thigh, agus ars' esan agus e dol a stigh
air an dorus, "Nach ann domhsa dh' éirich!" Dh'
éirich a phiuthar na seasamh 's a' chuach a bha na
làimh air chrith. "Am forstan a dh' amharc oirnn,
gu de dh' éirich dhuit a nise!" ars' ise. Dh' innis e dhi
mar a thachair agus shuidh am boireannach còir gu
socrach a bhleoghan a' mhairt mar bha i roimhe:
agus tha eagal orm mur biodh am bà-thigh cho dorcha
gum faiceadh Cailein gun robh a phiuthar fhéin a'
gàireachdaich mhagaidh air; ach bha Cailein a cur
dheth, greim aig air ceann caol a bhata, 's e ga chur
mu 'n cuairt a chinn agus a maoidheadh mar dheanadh
e air an fheadhainn a bha mìltean uaithe. Rug cromag

a bhata air faradh nan cearc a bha os ceann dorus a'
bha-thigh 's a nuas a bha gach faradh 'us cearc 'us
coileach 'us rud a bh' ann mu 'chluasan. An uair a
fhuair e e féin a tharruing as a chonnalaich a bha sud cha
b'e idir làmh a thoirt air gnothaichean a chur nan àite
a rinn e. Bha speuran a chinn air togail. Ghabh e
mach, thug e aghaidh air tigh Dhòmhnull Mhic
Eòghain, far an robh e smaointeachadh am faigheadh e
greim air a' Bhuachchaille Robach gus a h-uile rud a
bh' ann a dhioladh air; ach bha e air a mhealladh an
uair so; cha robh am buachaille a stigh ach bha
Eoghan Og a stigh, agus e an déigh tighinn dachaidh
bhar na faidhreach. Thug Cailein buille do 'n bhata
air an dorus an uair a ràinig e. "Tha e fosgailt air do
chulthaobh," ars' Eoghan Og. "Cha 'n 'eil do bhearra-
daireachd a dhith orm," arsa Cailein, "cuir a mach an
gàrlaoch sin á tigh d' athar gus an dean mi sonn
chudainnean dheth." "B'fhearr dhuit togail gad 'bhurr-
aireachd, a' gabhail eallaidh ri sgonna-bhalaich" ars'
Eoghan. "Nam biodh tu air taobh mach an tighe
leiginn faicinn dhuit ciod e burraireachd." A mach a
ghabh Eoghan; a h-uile ceum mar a chasadh e air
Cailein, bha Cailein a' dol ceum air ais. Thog e aon
uair am bata, a dol ga bhualadh air Eoghan. Fhuair
Eoghan greim air a' bhata agus spion e á làmhan e.
Thug e ionnsaidh mar gum biodh e dol a bhualadh
Chailein mu na luirgnean leis. Thug Cailein a dhà na
trì do cheumannan an comhair a chùil, agus shuidh e
air cliabh a bha air a bheul fuidhe taobh an tighe,
ach chaidh car do 'n chliabh agus chaidh car do
Chaillein leis a' chliabh. An uair a fhuair e air a chas-

an aon uair uile, cha d' fhan e fada an lathair Eòghain.
Thug e dhachaidh air, ach fhuair e mach gu 'n robh
cnap mòr gorm os ceann na mala aige, a chum ochd
làithean gun tighinn a mach a tigh e, agus b' ann le
ceann glè chrom a thàinig e mach. Cha robh e ach
gann air tighinn air lom an uair a thòisich am Buachaille
Robach a rithis air. Bha òran Thighearna Chluaidh
gu math foirmeil a measg an t-sluaigh 's an àm, agus
is ann air an fhonn sin a chuir e òran Chailein, a tha
mar a leanas:—

CAILEIN GALLDA.

Tha Cailein Gallda tighinn a nall,
'S gur crom a cheann bho 'n fhuair e meall;
Tha Cailein Gallda tighinn a nall,
    'S cha d' fhuair e bann air Seònaid.

Tha thu caoimhneil, aoibheil, innich,
Tha thu 'm miadh am measg nan gillean,
'S gur a niarachd a' chlann nighean,
    Bhiodh a' mireag og riut.
Tha thu làidir, càirdeil, fineil,
Ged a rinn an cliabh do mhilleadh;
'S 'n uair rugadh thu gun d' thàinig piseach,
    Air fine Chlann-Dòmhnuill.

Tha thu feumail anns an earrach,
'N am an inneir chur fo thalamh,
'S co bheir dhiot an cladach feamuinn,
    Cur a' char mu 'n ròpa.
Air gach gniomh gu bheil thu ro mhath,
'S tu cho làidir ris a' ghearan:

'S an ort fhéin tha cuma 'n eallaich,
    'S ro mhath tharraing mòn' thu.

Tha thu 'd iasgair air an sgadan,
'S neo-ar-thaing sud air a' bhradan,
'N uair a thig e stigh do 'n abhainn,
    Cha 'n fhada bhios an deò ann.
Thig an carbhanach leat dhachaidh,
Piocach, liuthachan, 's an adag;
S leis an sgrioban 's riomhach beairt,
    Gur tric a ghlac thu cnòdan.

Tha thu 'd shealgair air na lachaibh,
'N uair a bitheadh iad 's a' chaisil;
An guilbeirneach a bha 's a' chlais,
    Fhuair e chasan beò leis.
Am bur-bhuachaill aig taobh na sgeire,
Chairich thusa ris am peileir;
'S ged nach d' rinn thu 'n t-eun a leagail,
    Chuir thu eagal mòr air.

Tha eachdraidh ag innseadh dhuinn,
Cho sean 's a tha do shinsireachd,
Gun robh iad thall 's na criochan ud,
    Fad iomadh linn roimh Noah.
Chaidh fineachean a striochdadh leo,
'S an còraichean tha sgrìobht' aca,
Tha sud na mhor thoil-inntinn duit,
    Cha 'n iognadh ged bhiodh pròis ort.

Ach gur e 'n dràst chuir sunnd oirnn,
An naigheachd a thug Dùghall dhuit,
Gun robh iad thall 'us iùbhrach ac',
    Na laoich a dh' ionnsaich seòladh.
Chuir iad croinn 'us siùil innte,
'S bha combaist 'us cairt-iùil aca,

'Us air Beinn Nibheis stiùir iad i,
    'N uair ghabh i 'n grunnd air Noah.

Air au dannsadh tha thu ro mhath,
Casan caol air cumadh chaman,
Dh'ionnsaicheadh tu do na balaich,
    Steapaichean Mòr Oinnseach.
Air an ranntachd tha thu loineil.
'S eagal leam gun dean thu coire,
Na 'n seinncadh tu ann an doire,
    Cha ghoireadh na h-eòin ann.

An uair a bha thu air an fhaidhir,
Dh' éirich fonn ort 's tu tighinn dachaidh,
Thug thu botul làn ad achlais,
    'N chuid bu bhraise 'n Tòiseach.
'S a' dol seachad air Druim Diachair,
Thug thu srùbag bheag do Niall ás,
'S tu sealltainn eadar thu 'us lias air,
    Feuch an robh gu leòir ann.

Bha thu 'n dùil dol thar na h-abhunn,
Do 'n Ghlaic Bhàin a dh-iarriadh mnatha,
'S thug thu 'n leum ud thar a' chlachain,
    'S Niall 'us Calum comhl' riut.
'S tu cho cridheil 's tu cho sunndach,
Ort bha coltas an diunlaoich;
Ach an uair a chaidh do dhiùltadh,
    Rinn e mùthadh mòr ort.

'N uair a ràinig thusa dhachaidh,
Chaidh thu 'n bha-thigh far 'n robh Anna;
Dh'innis thu dhi mar a thachair,
    'S crioman math de chòrr leis.
Bha do chuaille fada daraich,
Dol tri chuir m' an cuairt do chlaiginn,

'S thug thu nuas mu d' cheann am faradh,
M' an do stad thu 'n bhòilich.

Bha d' athair féin 'us bàt' aige,
'S do sheanair 's seann làir bhàn aige,
Bha fearann mòr 'us àiteachas,
  Aig h-uile freumh de d' sheòrsa.
Cha 'n ioghnadh ged is àrmunn thu,
'S liughad sonn bho 'n d' thàinig thu—
'S tu 'n dream a bhrist an t-Sàbaid.
  Anns a' bhlar aig Ionar-Lochaidh.

An uair a bha am bhuachaille réidh d' an òran thuirt
e, "A nis, a Dùghaill Bhàin, innsibh dhuinn ciod is
ciall do na facail ud, 'Trod nam ban mu 'n sgarbh.'"
"Cha robh thu riamh gun luach do pheighinn agad
na 'n gabhadh e idir faotainn," arsa Dughall; "ach co
dhiubh, faodaidh mise sin a dheanamh. Nach faic thu
an dà làraich ghuirm ud thall ann an Doire nan-
Sgeachag. Tha aon diubh air gach taobh de 'n
t-sruthan. Sud agad far an robh dà thigh uair-eigin
d' an t-saoghal m' an do rugadh thusa. Ri linn an
t-seann Uachdrain, cadal sàmhach dha, bha duine a'
fuireach ann an aon diubh ris an abradh iad Domhnull
Mac Phara Bhàin, agus anns an aon eile duine ris an
abradh iad Eachann Beag, ach dh' atharraicheadh ainm
gus an Drobhair Beag."
"Bha," arsa Anna nighean Dughaill, "seanair Fir
a'——"
"Coma leat co d' am bu sheanair e, no d' am b' athair
e, Anna," arsa Dùghall ; "bha e aig an àm mu 'm bheil
mi dol a labhairt agus fearann aige ann an Doire nan

Sgeachag, agus e gu math ann cuideachd. Cha 'n 'eil
fios agam co dhiubh bha e cumail sgalaig no nach robh,
ach leigidh mo naigheachd a thuigsinn duibh gu 'n robh
e a gleidheadh searbhanta; agus bha Dùghall Mac
Phara Bhàin a' deanamh a leithid eile. Thachair air
bliadhna shònraichte gu 'n robh eòrna an cur aca air
an lianaig rainich os cionn nan tighean, agus is e
thachair air latha àraidh anns an fhoghar gun robh iad
le chéile mach a' buain an eòrna. Cha robh ach clais
an iomaire de chrìch eadar riutha. Bha nighean òg
na searbhanta aig Dùghall Mac Phara Bhàin ris an
abradh iad Iseabal Sheumais. Bha searbhanta aig
Eachann Beag ris an abradh iad Mòr Bheag, na'n
"Tuilmein." Is e sin a bu bhitheanta gheobhadh i—far-
ainm a bha aca oirre a chionn gun robh i cho leathan
's a bha i fada. Bha hùg aig a' cheathrar air buain an
eòrna agus iad a' seanchas ri chéile, an uair a thuirt
Dùghall ris an t-searbhanta aige fhéin, 'Iseabal,' ars'
esan, 'falbh suas agus bheir thu nuas thugam a' chlach-
gheurachaidh a dh' fhàg mi air a' chàrn aig bhràighe an
iomaire.' Dh' fhalbh i suas air tòir na cloiche. An
uair a ràinig i an càrn chrom i a thogail na cloich-
gheurachaidh, ach am priobadh na sùl bha i a' teicheadh
air falbh o'n charn, agus cha robh sgriach a bheireadh
i aisde nach faodadh tu chluinntinn air taobh eile an
loch. Dh' aithnich na daoine eile gu math de bha
ceàrr, agus ann an ùine na 's lugha na ghabhas e ga
innseadh bha iad shuas aig a' chàrn. An uair a ràinig
Eachann Beag—is e bha air thoiseach agus a choran
na làimh—bha nathair mhòr, bhreac, ruadh a' slaodadh
a h-earbuill a stigh fo'n chloich. Rug e air a' chloich

R

agus chuir e car dhi, ach bha earball na beisde a' dol
ás an t-sealladh fo chloich eile. Bha càch a nuas aige
's a' mhionaid agus an uair a dh'innis Iseabal dhaibh
cho mòr 's a bha an nathair agus mar theab a cridhe
leum roimhpe, leum Dùghall Mac Phàraig a nunn do 'n
iomaire bhuntàta agus thug e nall an caibe. Ghabh e
an caraibh a' chuirn, ach a h-uile clach a thionndadh e
bhiodh earball bradaig ga fhàgail fo chloich eile. An
déigh a bhi tacain as a déigh mar so, thàinig e oirre
agus i na cuaich air lic mhòir, leathain, a bha cho
òrdail air a leagail agus ged bhiodh duine an tiodh-
lacadh foidhpe. Cha b' fhada bha e cur ás do 'n
nathair, anns an robh còrr agus ceithir troidhean air
fad. 'Tha mi cinnteach,' ars' esan, ris an fheadhainn
a bha m' an cuairt air, 'nach robh i leatha fhéin, gun
robh companach aice.' Thòisich e air bùrach m' an
cuairt air, ach cha d' fhuair e ni de choltas nathrach.
Thug e smùid d' an chaibe air an lic, agus ars' esan,
'Tha mi cinnteach gu bheil gearasdan aca foidhpe so.'
'Ma tha,' thuirt Eachann, 'cha bhuain thu mòran
eòrna an diugh m' an cuir thu as iad.' 'Cha 'n 'eil
fhios agam nach 'eil ulaidh foidhpe,' arsa Mòr Bheag.
'No cnamhan duine mhairbh, is e bu docha leam,' ars'
Iseabal; 'leigibh leatha.' Ach thòisich Dòmhnull air
bùrach a stigh fo 'n oir aice leis a' chaibe. Dh'fhalbh
Eachann a nunn do bhealach a' ghàraidh agus thug e
nall leis maide-tarsuing a bha 's a' chachleith.
Chàirich e ceann a' mhaide anns an toll a rinn
Dòmhnull leis a' chaibe; chuir e sorachan fo chùl; leig
e a chudrom air a' cheann eile dheth, agus thog e an leac
mu thuaiream troidh, ach air sleamhnachadh do cheann

a' mhaide thuit i air a h-ais far an robh i roimhne.
Sheas iad tacan a' scalltainn oirre dh'fheuch an robh
biasta snàgach no creutair ceithir-chasach sa bith dol a
thighinn a mach, ach cha robh dad d'an t-seòrsa ri
fhaicinn. Ghabh iad 'na caraibh a rithist, agus an
déigh a bhi tacain a' gleachd rithe chaidh aca air a cur
as a làrich. Bha an ulaidh an sud mu choinneamh an
sùl—an t-òr buidhe a' dearrsadh anns a' ghréin. Bha
e ann an cnapaich de phoit chreadha, ach bhrist iad
na criomagan i a' togail na cloiche. Cha b' fhada gus
nach robh gach bonn 'us braiste a bha 'n sin am boineid
Eachainn Bhig. Thuirt e gun robh e fada gu leòir
anns a' phoit chreadha; agus an uair a fhuair e an
t-òr anns a' bhoineid, ars' esan ri Domhnull, 'Ciod e a
ni sinn ris a so?' 'Ciod ach a roinn,' arsa Domhnull.
'B' fheàrr dhuinn fios a bhi againn air a luach an
toiseach,' ars' Eachann; 'tha, mar tha fios agad, mac
mo bhràthar-sa aig fear-lagha ann an Glaschu, agus
cha leig thusa no mise leis an fheur fàs fo ar casan gus
an ruig sinn e. Ma chluinneas daoine iomradh air so
agus gu 'n tig e gu cluasan an luchd-lagha bidh a chuid
fhéin aig an Rìgh dheth; a chuid fhéin aig an Uach-
dran; agus cha 'n fhàg iad againne ach sgrìobadh na
poite, agus, bho 'n bhrist sinn fhéin i cha bhi sinn ro
reamhar air na gheobh sinn oirre. Leis a sin feumaidh
sinn a bhi balbh air a' ghnothach so, eadhon bho ar
mnathan pòsda fhéin. Ma dh'innseas tusa do Mhàiri
e cha bhi bean 's an sgìreachd nach faigh uaipe an
diùbhrais e, le earail làidir a thoirt orra nach innis iad
do neach eile e; ni a gheallas iad di, ach bidh leth
bharail agad fhéin mar théid an gealladh a chumail.'

'Ma ta, Eachainn,' arsa Dòmhnull, is tu fhèin is fhaide
's a' cheann, ged nach tu is fhaide 's a' chom. Tha mise
gun sgoil, gun Bheurla, agus tha prabartaich de 'n dà
chuid agasda; gabhaidh mi do chomhairle.' Thionn-
daidh Eachann an sin ris na h-igheanan agus thuirt
esan, 'An uair a thilleas sinne á Glaschu, gheobh gach
té agaibh gùn ùr. Fanaidh tusa, Mhòr, leamsa gu
latha do bhainnse. Ni Iseabal an tomhas ceudna le
Dòmhnull. Bidh còig tasdain a bharrachd 's an leth-
bhliadhna agaibh air searbhanta 's an dùthaich, agus
dà mhart-laoigh an té mar thochar an là a phòsas sibh.
Ach m' am fàg sibh so feumaidh sibh 'ur mionnan a
a thoirt nach toir sibh facal air a so ri càch a chéile
no ri neach eile.' Cha robh na h-igheannan fuathasach
toileach sud a dheanamh, ach co dhiubh, dh' aontaich
iad mu dheireadh. Bha duine anns an àite ris an
abradh iad Calum Caog-shuileach. Theireadh cuid
gu 'n robh an dà shealladh aig Calum; rud a bha fìor
gu léoir, a chionn an uair a dhùineadh e an dara sùil
chitheadh e leis an t-sùil eile; ni a bha a' dearbhadh
gun teagamh gu 'n robh an dà shealladh aig an duine.
Bha e air an là shònraichte so a mach ann am bàta
gun duine ach e fhéin, air chùl dà ràimh. An uair a
thàinig e m' an cuairt an Rugha, am fradharc an achaidh
còrna aig Eachann Beag agus Dòmhnall Mac Phàraig,
is e a chunnaic e an dà nighinn na 'n seasamh taobh ri
taobh an làmhan togte os cionn an cinn agus Eachann
mar gu 'm biodh e a'searmonachadh dhaibh—Dòmhnull,
agus a dhà làimh paisge os cionn na cois-chaibe agus a
smig oirre, ri taobh Eachainn. Leig Calum Caog-
shùileach uchd air na raimh; dhùin e a leth-shùil agus

thòisich e air beachd a ghabhail air an fheadhainn a
bha air tìr. Anns a' chiad ghluasad a rinn iad chàirich
Calum na raimh a rithist oirre, agus a chiad shealladh
a fhuair iad dhi bha e a' tighinn am fradharc m' an
cuairt an Rugha. Is beag fhios a bha aca gun robh e
cho fad ga 'm feitheamh. An uair a thàinig am feasgar
agus a chuala gu 'n do mharbhadh a bheithir mhòr
a bha an Doire-nan-Sgeachag, bha mòran a' dol ga
scalltainn, agus chaidh Calum Caog-shùileach ga scall-
tainn cho math ri càch. Tha e air a ràdh gu 'm
faighear deireadh gach sgeòil a nasgaidh, agus an rud
a bhios ri tighinn gur caol an snàthain air an tig e.
Bu chaol gu dearbh an snàthain a bha aig Calum gu
dearbhadh fhaotainn air an amharus a bhuail na
inntinn an uair a chunnaic e an leac fo 'n d' thugadh
an nathair an Doire-nan-Sgeachag air an fheasgair ud."

"Chuir e iongantas gu leoir air daoine ciod a thug
Calum Beag agus Dòmhnull Mac-Phàraig do Glaschu
còmhla. Ach chuir e iongantas bu mhò an ath
bhliadhna orra iad a bhi a' ceannach treud, agus an
Eglais Bhreac a thoirt orra le drobh mòr cruidh.
Thàinig Eachann gu bhi air aithneachadh bho 'n aimn
an Drobhair Beag, ach cha robh Dòmhnull bochd fada
ris an drobhaireachd. Bha e oidhche a' caithris an
treud agus e sgìth. Chaidil e fo 'n liath-reotha. Cha
deachaidh e ach astar thrì làithean leis an drobh na
dhéigh sin an uair a ghabh e a leaba ann an tigh-òsda
air an rathad. Ghabh an Dròbhair Beag air aghaidh
leis an dròbh a dh'ionnsaidh a' mhargaidh, agus an uair
a thill e an ceann deich làithean, bha a chompanach
fuar fo 'n fhòid. Ràinig naigheachad a bhàis a chuid-

eachd ceitheir làithean m'an do ràinig an Dròbhair
Beag iad. Thug e a cuid fhéin do bhean Dhòmhnuill
Mhic-Phàraig de thighinn a mach an dròbh, agus bha i
am beachd gun do rinn e an ceartas rithe; agus tha
mi a' creidsinn gun do rinn e ceart gu leòir a thaobh an
dròbh, ach gu 'n diog a ràdh air na bha anns a' phoit
chreadha. Ach chaidh gach ni a bha an sin seachad
agus cha robh cuimhne orra. Phòs Mor Bheag, agus
cas na déigh, phos Iseabal Sheumais. Bha an Dròbh-
air Beag cho math agus a ghealladh riutha, agus
beagan na b'fheàrr. Tha e air a ràdh gun robh
'dealachadh eadar na Còirneil' agus air a' cheart dòigh
bha dealachadh eadar am fear a fhuair Iseabal agus am
fear a fhuair Mòr. Bha an duine aig Mòr cruaidh,
cùramach, gleusda a chothachadh an t-saoghail, ach cha
robh an duine aig Iseabal mar sin; agus bha bhlàth
's a bhuil. Bha Mòr a' dìreadh agus Iseabal a' tearn-
adh. Thog atharrachadh staid fuarachd eadar an
dithis bhan a bha aon uair cho blath-chridheach,
caoimhneil ri chéile. Bha Iseabal riamh 's an amharus
gun robh Mòr a' faotainn cuideachaidh bho 'n Dròbhair
Bheag gus a bhi a' cur pios an déigh pios ris an fhear-
ann. Bha àite shios air Cladach-a'-Bogha far an robh
cead aig daoine tighean a thogail, agus an sin bha
Iseabal a' còmhnuidh còmhla r' a fear-pòsda fhéin.
Bha dorlach de thighean eile m'an cuairt orra.
Thachair, air feasgar bòidheach sàmhraidh, gu 'n robh
Iseabal 'n a shidhe a mach aig dorus bana-choimhear-
snaich dhi agus a dha no trì de mhnathan eile còmhla
rithe. Co a chunnacas a nuas taobh a' chladaich ach
Mòr Bheag. Thàinig i nuas agus sheas i tacain a'

bruidhinn riutha. Bha am muir lan mar dhusan slat
do na casan aca, agus ciod sam bith a thàinig am
beachd an sgairbh thàinig e an uachdar ann an oir na
tuinne làmh riutha. Cha d' fhuirich e fada ag amharc
orra; thug e a cheann fodha agus ghabhadh e sùil glé
bhiorach a dheanamh a mach co dhiu a bu sgarbh no
tunnag e an uair a dh'éirich e. 'O nach seall sibh an
tunnag,' ars' Iseabal. 'Is an a th'ann sgarbh,' arsa
Mòr. 'Bu tu fhéin sin an sgarbh,' ars' Iseabal; 'is ann
a th'ann tunnag'; agus bho 'n bheag gus a' mhòr gus an
robh na mnathan am mullach nam meall. Cha robh
innisg a ghabhadh faotainn bho linn an seanar nach robh
iad a' tilgeadh air a chéile, ach cha deach guth a thoirt
air a' phoit chreadha, co dhiu air dhòigh agus gun
tuigeadh na mnathan eile e. 'A chreutair luidich,
shuaraich, bhochd, 'n uair a bhiodh a' chridh agad
tunnag a radh ri m' leithide de bhoirionnach,' arsa
Mòr Bheag.

' A Mhòr,' arsa Iseabal, 'na 'n rachainn a thogail mo
mhàil-toisd * cho bitheanta 's a chaidh thusa dh' fheud-
teadh nach bithinn cho luideach no cho bochd.'
Thionndaidh Mòr air falbh; dh' fhàg i an sud iad gun
fhacal tuilleadh a labhairt. Dh' éirich Iseabal 's ghabh
i stigh d' a tigh fhéin agus dhùin i an dorus. Sheas na
mnathan eile le 'n sùilean agus am beòil fosgailte gun
fhios aca dé a theireadh iad; ach bha Calum Caog-shùil-
each gun a bhith fada air falbh, agus an uair a smaoint-
ich e nach robh aig Iseabal ach i fhéin, ghabh e stigh
far an robh i. 'Ciod e cho fad 's a tha thu am beachd
a bhi a' cumail cuid nan dìlleachdan uapa, Iseabal ?'

<hr>

* Hush-money.

ars' esan. 'Tha mise air mo mhionnan, a Chaluim,' ars' ise. 'Tha fios agam air sin,' ars' esan, 'agus na h-innis dad dhomhsa, ach innisidh mise dhuitse n'a chuireas iongantas ort,' arsa Calum. Thòisich e agus dh' innis e dhith mar a chunnaic e iad ás a' bhàta an uair a bha e ga 'm feitheamh an latha bha iad a' buain an còrna, agus a' deanamh sgeula d' a bharail air a chòr. An uair a bha e reidh, 'Am bheil mi ceart a nis?' ars' esan. 'Tha, ceart gu leòir,' thuirt Iseabal. Cha d' éisd e ris a' chòrr. Bha dà mhac Dhòmhnuill Mhic Phàra Bhàin nach robh ach na 'm pàisdean an uair a chaochail an athair, a nis air tighin gu inbhe dhaoine. Cha robh d' an t-saoghal aca ach an cosnadh. Dh' fhalbh Calum Caog-shùileach agus thug e an Dròbhair Beag air, agus le dhà no trì dh' fhacail thug e air gu 'n d' thug e ceithir chiad punnd Sasunnach am fear do dhà mhac Dhòmhnuill Mhic Phàraig. Goirid an déigh sin thug iad Canada orra agus sin agad am fear a b' òige dhiubh an seann duin'-uasal ud a bha fuireach fad dà mhìos 's an tigh-bhàn, a bhliadhna an t-samhraidh so chaidh, ris an abradh iad Maighstir Mac-Ghuaire."

"Sin am fear," ars' am Buachaille Robach, "a shuidh a mach air Sgeir-nan-crùban mar gu 'm biodh e dol 'n a chadal gus an d' thàinig an làn m' an cuairt air, agus tha mi 'creidsinn gu 'n robh e bàithte mur bithinn cho dlùth air, 's gu 'n do thilg mi taod an eich ruaidh air, 's gu 'n do shlaod mi a stigh e. Ach fhuair mi bonn òir air son mo shaoithreach."

"Dh' fhàg e airgiod aig Eòghan Chaluim," arsa Mairearad Ruadh, "agus bhiodh e thall aige a h-uile latha."

“Bu chòir dha fhéin sin,” arsa Dùghall Bàn, “a chionn bha Eòghan Chaluim glé chàirdeach dha. Ach cha robh neach beò ’s an àite air an robh cuimhne aige ach seann Anna nighean Eòghain,”

“O, nach fhaca mi e fhéin agus i féin agus a làmh ’n a achlais agus am bata aice anns an làimh eile, agus iad a’ sràideamachd a sìos gu Creagan-a-Bheithe,” arsa Mairearad; “bha iad ag ràdh gu ’n robh iad a’ suiridh an uair a bha iad òg.”

“Bidh iad ag ràdh mòran,” arsa Dùghall Bàn, “ach bheir mi dhuit, a Bhuachaille, òran Iain Mhic-Ghuaire, cha chreid mi gu ’n cuala tu roimhe e.”

“Oran a rinn e fhéin, no òran a rinneadh air a shon?” ars’ am Buachaille, agus e a’ caogadh ri Eòghan Og.

“Coma leat cia mar tha sin, ma chluinneas tu an t-òran,” arsa Dùghall, agus e a’ tòiseachadh air na rann-an a leanas mu ’n t-seann duin’-uasal so a thàinig aon uair eile a shealltainn tìr a dhùthchais agus dùthaich òige :—

ORAN IAIN MHIC-GHUAIRE.

AIR FONN.—“*Air fuillirin, illirinn, uillirinn, o ho ro, laoidh.*”

> Mi am shuidhe leam fhéin air a’ chreagan,
>> Far an tric robh mi beadradh ’s mi òg,
> Le m’ choimpirean fhéin ’s sinn a’ farpais,
>> Measg chuirteag, ’us leacag ’us òb;
> Tha gach amar ’us gaineamh ’us sàile,
>> ’S a’ chaisle a’ snàmh mar bu nòs,
> Ach cuideachd mo ghaoil ’s mo luchd-àbhachd,
>> Cha till ris an làraich ni ’s mò.

Tha cuid anns na h-Innsean au Iar dhiubh,
    Cuid eil' thug a' ghrian orra tuath ;
Tha cuid dhiubh na 'n sìneadh 's an tulaich,
    Cuid eile fo thonnaibh a' chuain ;
Bha cuid dhiubh a' seòladh na fairge,
    'S a' chabullaich armailtean luath,
Bha cuid mar tha mise rinn stòras,
    Ach chaill sinn ar n-òige g'a bhuain.

Na guamagan guanagach, beusach,
    Ris an tric rinn mi leumnaich gun ghò,
Anns na cluaintean am buainear an t-sòbhrach,
    An t-eòinein, am maoth-lus 's an ròs.
An t-aon diubh bha beò 'n diugh 's an àite,
    Gun mhaise, gun àilleachd, gun treòir,
'N a seana chaillich chrom-phearsach, cham-bheòil,
    Ged 's tric bha mi 'n geall air a pòig.

Gu moch anns a' ghlòmanaich Chéitein,
    'S dealt na h-oidhche ag éirigh bhar lòin,
'S binn innealan lùthmhor nan geug leam,
    'Us langan an fhéidh anns a' cheò ;
An uair a thig gathan na gréine,
    Le feartan a' reubadh nan neòil,
'N sin togaidh an sgàil-bhrat mar bhréid dhiubh,
    'Us nochdar na sléibhtean na 'n glòir.

'N uair bhithinn ri cualach nan caorach,
    Gu mullach an aonaich 's an t-sléibh,
'S mi tearnadh gu iochdar,
    'N uair dh' aomadh a' ghrian anns an speur,
'S mi faicinn nan iasgair,
    'S an Linn' ann am fiath shleamhainn réidh,
Agus astar nan iarrach,
    Le currachdag nan liadh as an déigh.

Gur tric bhios mo smuaintean a' tathaich,
  'S a' chladach is fallaine tràigh,
Far an tric robh mi 'n caoimhneas nan cailcag,
  Bha ceanalta, banalta, màld';
An t-uinseann, an calltuinn, 's an darach,
  Gu badanach, meanganach, àrd,
'S bu chàbhraidh leam fàile na meala,
  Bho chùl nan tom droighinn fo bhlàth.

Bhiodh còisridh an doire fo 'n duilleach,
  Ged bu bhinn bhiodh an luinneag 's an là,
An ribheidean paisgte fo 'n sgéithe,
  Air dosaibh nan geug 's iad a' tàmh;
An loch 's e gun tonn air ag éirigh,
  'N a sgàthau do reulta nan néamh,
'S gu m'chluais thig an t-iasgair le dhranndan,
  'S an fhuaim thig bho chladan nan ràmh.

Tha sòlais 'us sonais gun àireamh,
  Do neach a fhuair tàlant no smaoint,
Tha sgrìobhadh air clàr obair nàduir,
  Mar a bha air na clàir a bh' aig Maois.
A dhuin' air na bhuilicheadh reusan,
  Bhreithnich ma 's a leur co a rinn;
Tog do shùilean a suas agus leugh e,
  'Nuair lasas an speur anns an oidhch'.

Ach so dhuit mo dhàn, a Mhic Chaluim,
  Dean a leughadh 'us aithris gu d' shannt,
An uair a théid mise nunn thairis,
  As nach till mi ri m' mhaireann a nall.
Ged bheirinnse leam thar na mar' e,
  Do dhùthaich nan crannaibh ud thall,
Cha tuigeadh mo sgalag, mo shearbhant,
  Mo bhean no mo leanabh mo chainnt.

Tha mo chrodh-sa glé lionmhor le 'n àlach,
  Mo dhaimh anns an stàbull neo-ghann,
Mo chaorich gur tric bhios ga 'n àireamh,
  Air machraichean àluinn nach lom;
Ach cha di-chuimhnich mi fhad 's is beò mi,   .
  'N uair bha mi gun òr is gun mheann,
Na bu leam-sa do dh' aighear 's do shòlas,
  Aig bonn leitir bhòidheach nan crann.

"Sin agaibh, a chuideachda, toiseach agus brìgh nam
facal sin a tha cho tric air an aithris ri muinntir a
bhios a' trod mu ghnothaichean faoine nach 'eil a chum
buannachd agus nach buin daibh—"Trod nam ban mu 'n
sgarbh, agus an sgarbh a mach air a' mhuir."

BAKER CAM AGUS BUIDSEIR BREAC.

Bha ann am baille Ghlaschu bho cheann àireamh math do bhliadhnachan dà ghille òg Ghàidhealach ag ionnsachadh an ceirde. Bha fear dhiu d' am b' ainm Uisdean, agus b' e ainm an fhir eile Calum òg, agus air dhaibh a bhi gabhail sràid feadh a' bhaile air feasgar àraidh, thachair boirionnach orra agus i a' caoineadh. Sheall Calum òg ás a dhéigh an uair a chaidh i seachad agus ars' esan, "ma ta, cha chreid mi nach i boirionnach Gàidhealach a chaidh seachad oirnn an sud."

"Cha 'n 'eil a h-uile té air am bheil currachd geal Gàidhealach." "Coma leat i," ars' Uisdean.

"Cha 'n 'eil," arsa Calum, "ach tha mi meallta am bharail air neo tha i sud ann ; tiugainn agus théid sinn ceum seachad oirre 'rithist." Thill iad air an sàil, agus an uair a bha iad a' dol seachad oirre thuirt Calum, "Ciod e tha ceàrr oirbh a bhean ?" "Oh, eudail nan gillean," ars' ise, 's i breith air bhroilleach a' chòt' aige mar nach biodh a mhiann oirre a leigeil ás tuilleadh, "nach 'eil mis' air chall." "Cia mar a chaidh sibh air chall ?" arsa Calum. "Ma ta," thuirt ise, "chaidh leis an dalmachd. Tha mi fuireach le m' nighinn an Glaschu bho cheann bhliadhnachan agus thàinig caileag bheag, odha dhomh, agus dh' fhàg i ann an tigh bean-eòlais mi, agus bha i ri tilleadh air mo thòir an uair a thigeadh i ás an sgoil, agus an uair a bha mi gabhail fadail nach robh i 'tighinn, thuirt mi ris a' bhoirionn-

ach gu 'n rachadh agam fhéin air mo rathad a dheanadh
dhachaidh, agus so agad is deireadh dha."

"Cò an ceann do 'n bhaile 's an robh sibh a' fuir-
each ?" arsa Calum. "Cha 'n ann 'n a cheann a bha mi
fuireach idir, eudail, ach 'n a theis-meadhoin," ars' ise.
"Nach 'eil ainm na sràide, na àireamh a chlous agaibh?"
ars' Uisdein. "Cha 'n 'eil, 'ille mo ghaoil," ars' ise,
"ainm sràide 's a' bhaile agam, ach tha Baker cam agus
bùth aige air an dara taobh do 'n chlous, agus Bùidseir
breac agus bùth aige air an taobh eile." Rinn Calum
gàire 's thubhairt e, " 's iomadh Baker cam agus Bùid-
seir breac a dh' fhaodadh a bhi an Glaschu, ach co-dhiù,
feumaidh sinn oidhirp air chor-eigin a dheanamh air ar
faicinn dhachaidh." Thòisich an iarraidh agus b' e sin
an iarraidh gun a leithid, feuch am faighte Baker cam
agus Bùidseir breac ; ged a gheibhte an dara fear cha
deanadh sin math sam bith mar biodh am fear eile
làimh ris. Fhuair iad aon uair Baker cam, ach cha b'e
sud an duine ceart. Fhuair iad uair eile Bùidseir
breac, ach thubhairt am boirionnach nach b' e sud an
duine idir. "Cha 'n 'eil an sud ach duine caol, glas,
ach 's ann a tha 'm fear a tha sinne ag iarraidh mòr
reamhar ; thogadh e an triùir againn na 'm biodh e air
an dara ceann do 'n mheigh, agus sinne air a' cheann
eile." Ach thachair gille òg Gàidhealach orra air an
robh Calum còlach agus thòisich iad às ùr air iarraidh
Baker cam agus Bùidseir breac, agus le còmhnadh fir
a' chòta ghuirm, agus cuid d'a chompanaich a bha
'tachairt air, fhuair iad, an déigh dà uair do thìm a
chosd g' an iarraidh, am Baker cam agus am Bùidseir
breac ; agus an uair a chunnaic i iad cha b' urrainn i

tuilleadh gàirdeachas a dheanadh ged a chitheadh i Gomastra. Ach bha Uisdean ag ràdh mar bhith an t-àm do 'n bhliadhna bh' ann gu 'n abradh daoine gur ann a bha iad air ghogaireachd.

An uair a chunnaic na gillean gu 'n robh am boirionnach aig a h-àite còmhnuidh bha iad air son beannachd fhàgail aice, ach cha deanadh sud feum. 'S e dh' fheumadh iad dol suas thun an tighe; 's an uair a chaidh iad a stigh rinn muinntir an tighe mòran othail riutha a chionn gu 'n tug iad *grannie* dhachaidh, bho 'n bha eagal orra nach faiceadh iad beò tuilleadh i. Thubhairt bean-an-tighe nach do dh' fhàg iad *Police Office* an Glaschu nach robh iad ann. "Ma ta," thuirt an t-seana-bhean, "cha ruigeadh sibh a leas a bhi g' am iarraidh-sa 's a' *Pholice Office*, agus triùir *Pholiceman* 'n am freiceadan orm a falbh na sràide ; ach mar bhiodh na gillean còire so, cha 'n 'eil fhios cia mar a rachadh dhomh idir. Tha uait," ars' ise, 's i tionndadh ri 'h-ighinn, "seallttainn am bheil deur a stigh agad a's soilleire na tì." Thug bean an tighe air lom am botul, agus an uair a chaidh a chuir mu 'n cuairt thuirt an t-seana-bhean 's i 'n a suidhe làmh ri Calum. "Air leam gu 'n d' thubhairt thu gur saor a bh' annad." "Thubhairt mi sin," ars' esan.

"An cuala tu," ars' ise, "iomradh riamh air an t-saor Mac-Pheidh ?" "Chuala mi an t-ainm, ach 's e sin uil' e." ars' esan.

"Bha an saor Mac-Pheidh," ars' ise, "na latha 's na linn fuasach ainmeil ann an Albainn. Chualas a chliù eadhon an Sasunn, agus thàinig dà shaor Sasunnach a dh' aon obair g' a fhaicinn. Chuala 'n saor

Mac-Pheidh gu 'n robh iad a' tighinn agus 's e rinn e a chuid ghillean a chur air falbh ás a' bhùth taobh-eigin eile, agus chuir e fhéin dheth a chòta agus chuir e air an t-aparan agus thòisich e. Thàinig na Sasunn-aich a stigh agus dh' fheòraich fear dhiubh am b' e sud am bùth aig an t-saor Mac-Pheidh? Thuirt Mac-Pheidh gu 'm b' e. Am bheil e aig an tigh an diugh? thuirt an Sasunnach? Cha 'n 'eil, thuirt Mac-a-Pheidh, tha e air falbh leis na gillean a' togail caisteil, cho math ri leth-cheud mìle ás a so. An tusa, ars' an Sasunn-ach, a tha sealltainn ás déigh a ghnothaich fhad 's a tha e air falbh? Cha mhi, arsa Mac-Pheidh, tha neach eile ris a sin. Cha 'n 'eil mis' ach ag ionnsachadh mo cheirde.

" Fad 's a bha 'n seanachas so dol air aghart, bha Mac-Pheidh ag obair air deanadh cas tàil. Bha e anns an dara ceann do 'n bhùth, agus bha iarunn an tàil ann an glamus anns a' cheann eile. An uair a bheireadh e sgrìob no dhà do 'n lochdair air cas an tàil chuireadh e ri 'shùil i 's chaogadh e ris an iarunn a bha cho math ri fichead slat uaithe. Bha na Sasunnaich 's am beòil 's an sùilean fosgailte ag amharc an duine, ach rug Mac-Pheidh air cas an tàil air theis-meadhoin agus bhuail e gnogag do 'n òrd oirre fo chùl a làimhe agus dh'fhalbh i mar gu 'n tilgte á gunn' i, agus thug i glag ann an sùil an iaruinn a bha 's a' ghlamus an ceann eile a bhùth, agus an uair a thug e ás i bha an tàl deas, glan, air son dol a dh' obair leatha. Falbh, falbh, ars' an Sasunnach, dhachaidh sinn! 'N uair a ni am fear a tha ag ionnsachadh a cheirde sud, gu 'n seachnadh am fort-an oirnn a mhaighstir."

"Tha eagal orm," ars' Uisdean, "gu 'n robh tuilleadh 's a' Chreud 's a' Phaidir aig Mac-Pheidh." "Tha sin agaibh a nis sgeulachd," ars' an t-seana-bhean, "ach bheir mi dhuibh naigheachd fhìor."

"Bha anns a' bhaile 's an d' rugadh 's an do thogadh mise, duine ris an abradh iad an "Cartan," mar fhar-ainm, ged nach b' urrainn iad ainm eile cho mi-fhreag-arrach a thoirt air, a chionn 's e 's cleachdadh leis a' chreutair ris an abair iad an "cartan" greimeachadh gu daingean, anns an àite 's am faigh e greim ; ach bha Murachadh calg-dhìreach 'n a aghaidh sin—tha mi 'm beachd gur e an gobhlan-gaoithe a b' fheàrr a fhreag-radh air, a chionn cha robh e riamh fada 's an aon àite. Cha do phòs e riamh a chionn 'cha ghabhadh e na cois-ichean 's cha 'n fhaigheadh e na marcaichean.' Bha trì eaglaisean 's an sgìreachd agus bha an Cartan greis 'na bhall daingean anns a' h-uile aon diubh. 'S e theireadh Iain Mac Ailein, bàrd na sgìreachd, na mar theireadh an Cartan fhéin ris 'ceàrd na sgìreachd,' co dhiubh, 's e theireadh Iain gu 'm b' e an t-aobhar a chuir nach robh an Cartan anns a' cheathramh eaglais, a chionn nach robh i ann. Ach air latha do na làithean, ged nach cualas iomradh riamh roimhe aig air, thug an Cartan an togail ud air fhéin bhar an àite 's an robh e 'n a shuidhe, agus, ars' esan, Cò bhiodh a' dol bàs 's a' bhaile so, agus obair gu leòir an Glaschu ? agus gun an còrr mu dhéibhinn a mach a ghabh e 's thug e Glaschu air. Bha bràthair aige 's a' bhaile mhòr a bha pòsda agus a theaghlach togta, agus b' ann an tigh a bhràthar a bha 'n Cartan a' fuireach. Bha caraid dhaibh a bha ag obair aig feadhainn aig an robh stòr dibhe, agus b'

ann ris an duine so a bha 'n Cartan ag earbsa obair
fhaotainn dha. Thubhairt am fear so ris nach robh na
daoine acasan a toirt obair do neach nach robh do 'n aon
chreideamh riutha fhéin. Ciod e an creideamh a tha 'n
sin? ars' an Cartan, 'sann dona tha e air neo tha e
na 's feàrr na 'n fheadhainn a tha dol.

"Thòisich a charaid agus thug e dha ann am briathran
snasmhor, agus 's ann dha b' aithne, mheudaich agus
leudaich e air a h-uile beannachd a bha sruthadh bho'n
chreideamh so. Bha e ùr 's bha e eireachdail.

"A nis 's e an creideamh a bh' ann, beachd a bh' aig
àireamh bheag do 'n t-sluagh mu dhéibhinn staid an
duine an déigh a bhàis. Bha a bhuidheann a bha sud
a' creidsinn cho luath 's a dh' fhàgadh an anail neach
gu 'n robh e tighinn beò an atharrachadh cruth. Math
dh' fhaoidte an riochd féidh, na earba, na coileach peuc-
aig, 's a h-uile creutair eile bu bhòidhche na chéile.*
Ach co dhiubh, cha robh an Cartan fada faotainn a
a stigh anns gach diomhaireachd a bha mu 'n cuairt air
a chreideamh a bha 'n sud.

" Bha e ri obair fhaotainn an ceann latha no dha
bho 'n duine mhòr ud, agus thubhairt a charaid ris gu'n
robh duine fuasach fòghluimte do 'n chuideachd aca a
dol a thoirt seachad òraid gu goirid air ' cruthachadh an
duine, agus co a dh' ionnsaich bruidhinn do Adhamh,'
agus gu 'm feumadh e dol g' a éisdeachd, agus gun teag-
amh rachadh an Cartan g' a éisdeachd ged nach tuig-
eadh e an treasamh trian do na bhiodh an duine ag
ràdh. An uair a thàinig e dhachaidh feasgar 's a thòis-

* Transmigrationists.

ich e air innseadh mar a chaidh dha 's gu 'n robh e dol
an ath-oidhche a dh' éisdeachd an duine ainmeil a bha
dol a dh' innseadh co a dh' ionnsaich bruidhinn do
Adhamh.

"Nach 'eil fhios aig a h-uile duine co dh' ionnsaich
bruidhinn do Adhamh, arsa Ruairidh òg, mac a bhràth-
ar. Cha 'n 'eil, ars' an Cartan, fios aig neach an Glas-
chu, no 'n Albainn co dh' ionnsaich bruidhinn do dh'
Adhamh, ach aig aon fhear, agus 's e sin am fear a dh'
ainmich mi. So, so, arsa Ruaraidh, na bithibh a dean-
amh culaidh-bhùird dhibh féin air an dòigh sin, nach
'eil fhios aig gach balachan beag 's a' bhaile co dh' ionn-
saich bruidhinn do dh' Adhamh. Agus co dh' ionnsaich
dha i ma ta? Nach do dh' ionnsaich a bhean," arsa
Ruaraidh. Tha mi creidsinn mur bristeadh a ghàir-
eachdaich air a h-uile neach a bha a stigh, gu 'm fògh-
nadh an fhreagairt ud féin leis a' Chartan. Cha 'n 'eil
fhios agam, ars' esan, nach bi mi fhathasd ann am uis-
eig 's mi seinn anns a' speur os ceann a' Choire Bhàin.
Cha 'n 'eil fhios agam, arsa Ruairidh, nach bi thu a' d'
chirc-fhraoich 's an Leabaidh-làthaich agus nach cuir an
Sasunnach caol urchair annad. Cha 'n 'eil fhios agam
nach bi mi 'm bhradan 's mi leum an Eas a' Bhric, ars'
an Cartan. Cha 'n 'eil fhios agam, arsa Ruairidh, nach
bi thu annad nathair 's cha bhi duine thachras ort, leis
nach bu mhath an t-eanachainn a chur asad. Dh'
fhaoidte gur ann a bhios mi am fhiadh, ars' an Cartan.
Dh' fhaoidte, arsa Ruairidh, gur ann a bhios thu a' d'
asail 's tu slaodadh barra guail air sràidean Ghlaschu.

"Ach co dhiubh, fhuair an Cartan obair. Bha aige
ri bhi dol a mach le barra air uairibh. Bha balach

beag aige gu falbh leis gus am fàsadh e fhéin eòlach.
Shìn fear an stòir dha botul, agus thuirt e ris òl. Air
fad? ars' an Cartan. A h-uile deur dheth, ars' am fear
eile, cha téid sin a' d' cheann. Ach an uair a dh'
fhuasgail e an t-sreang dheth, cha do dh' fhuirich deur
dheth nach do spread 'n a shùilean, agus an uair a sheall
e mu 'n cuairt air, ars' esan, nach be 'm fortan a shàbh-
ail mi nach do dh' òl mi stuth an uamhais. Thugadh
an so am barra air lom, ach cha do chòrd e idir ris a'
Chartan. Cha b' e sud an seòrsa barra bh' aca 's a'
Ghàidhealtachd. 'S ann a bha sud ni bu choltaiche ris
a' chairt ùir a fhuair Lachunn nan sgrath, agus dh'
fheumadh e bhi 'dol an comhair a chùil ann, dìreach
mar a chuireadh Lachunn an làir bhàn anns a' chairt.
An uair a fhuair e a bhuclachadh anns gach crios 'us
iall a bha 'n crochadh ris a' bharra, sheall e mu'n cuairt
air 's cha robh e idir toilichte. 'S ann a bhuail an
t-eagal e, gu 'n robh e dol a dh' atharrachadh cruth
mu 'n tigeadh am bàs idir air. Agus bha an asail 's i a'
slaodadh a' bharra ghuail, mar a dh' ainmich Ruairidh,
a tighinn tuilleadh 's a chòir teann air tachairt. Nach
ann air an t-saoghal a thàinig e 'n uair a bhiodh mac
mo mhàthar 'us m' athar air a chuir ann an cairt mar
gu 'm biodh seann each odhar ann, ars' esan, agus thilg
e uaithe am barra. Dh' fhàg e 'n stòr 's na bh' ann an
sud, 's thug e dhachaidh air, agus cha do dh' fhuirich e
an Glaschu ni b' fhaide na b' eudar dha. Ach so mar
a chuir Iain Mac Ailein air dòigh

SGRIOB A' CHARTAIN DO GHLASCHU.

Air Fonn.—"*Oran na feannaig.*"

'S mise Murachadh an Cartan,
  Air tighin dhachaidh do 'n àite,
Bheir mi sgeul dhuit mu Ghlaschu,
  O 'n bha mi tacan a' tàmh ann,
Bha mi 'g obair 's an stòr,
  'S an robh gach seòrsa deoch-làidir,
A bu treise na 'n Tòiseachd,
  'S nach cumadh róp' agus àrcan,
    Gun tigh'n a mach, gun tigh'n a mach.

Thairgeadh botul a' m foill dhomh,
  Cha b' ann an caoimhneas a bha e,
'S 'n uair a dh' fhuasgail mi 'n t-sreang dheth,
  'S ann chaidh steall ris an spàrr ás,
Cha d' fhuirich deur anns au t-soitheach,
  Nach deach air ghoil mu an làr orm,
Ach na 'n deachaidh e 'm ghoile,
  Cha bhiodh a choire aig a ghàrlach,
    Nach robh mi 'm sgnoc, nach robh mi 'm sgnoc.

Chuir iad mise 's a' bhara,
  Le chuid acuinn 'us shinntein,
Ach cha deach mi air sràid leis,
  Chionn bu tàir sud do m' shinnsreachd,
A bhi g' a chlodhadh air cabhsair,
  Cha b' e m' annsachd mar cheird i,
Mar each odhar le braichdcam,
  A' slaodadh cairt feadh nan digean,
    A chluinnte glag, a chluinnte glag.

'N uair a chuir iad 's a' chairt mi,
  Ghabh mi athadh 'us mi-thlachd,

'S mi le iomaguin ga m' phianadh,
  A dh' fhiach am mi fhìn bh' ann,
Ghabh mi eagal bha fuasach,
  Mu 'n ni bhuail ann am inntinn,
'S bha mi feuchainn mu 'n cuairt orm,
  An robh mo chluasan a' cinntinn,
    No 'n d' fhàs mi 'm *ass*, no 'n d' fhàs mi 'm *ass*.

Ghabh mi seòrsa do mhisneach,
  Ged 's ann an trioblaid a bha mi,
'N uair a dhùisg ann am aithre,
  A h-uile gaisgeach o 'n d' thàinig ;
O ! cha 'n *ass* mi gu cinnteach,
  O 'n a bhruidh'neas mi Gàilig,
Gus na bhuail ann am inntinn,
  Gu faod gur mi bh' aig Balaam,
    Mu 'n champ o shean, mu 'n champ o shean.

Ach fhir a dh' ionnsaich dhomh 'n creideamh,
  Cha b' e do choire nach d' fhàs mi,
Ann am each dhianadh sitir,
  Mu 'n d' thàinig fios o 'n a bhàs orm,
Cha robh mi idir a' gearan,
  Na 'm b' ann a m' fheannaig a bha mi,
An sin cha 'n fhuirichinn 's a' bhaile,
  Ach rachainn dhachaidh do 'n Ghàidhealtachd,
    A spionadh chearc, a spionadh chearc.

Rinn an dòchas ud m' fhàgail,
  Gu 'n deanainn fàs ann am pheucaig,
Air feadh na flùr anns a' ghàradh,
  'S a gabhail tàmh fo chuid gheugaibh,
Chaidh an smaointinn ud seachad,
  'S mòr m' airtneul 's mo ghruaman,
'S gun fhios nach bi mi a' m' chartan,
  An sàs am mart Iain 'Ic Ruairidh,
    Taobh shuas Dhruim glas, taobh shuas Dhruim glas.

AIR CHEILIDH LE CAILLEACH-NAN-SOP.

Air oidhche gheal ghealaich anns a' gheamhradh, 's e sin, bha 'ghealach air an speur, 'n am fuiricheadh i 'san t-sealladh, ach sin cha deanadh i, ach a leum a stigh 'sa mach ann an neòil mhòra dhubha, mar gu 'n robh i cluich air Bodach-a'-mhulain.

Chruinnich sgonna-bhalaich 'us seana-bhalaich air faoilein réidh aig cois na tuinne a dhol a thoirt deannal leis na camain air a' bhall, ach cha robh an oidhche idir freagarrach. An darna uair cho soilleir agus gu'm faiceadh tu slige bàirnich, agus an uair eile cho dorcha 'n nach bu léir dhuit each bàn. Chailleadh a' bhall trì uairean, agus fhuaradh a rithisd i ann an leth-uair do thìm. Bha bodach na gealaich mar gu 'm bitheadh e an déigh eisimpleir a ghabhail o bhodach eile, a' deanadh a h-uile rud a b' urrainn dha gus an toil-inntinn a chumail o 'n òigridh. Ach cha robh esan daonnan dona 's an rathad ud, ciod e sam bith a thàinig air an oidhche bha 'n sud. Dh' fhaoidte gu 'n robh cion an tombaca air. Cha do thaoghail bàta na smùid air a' mhìos a chaidh seachad idir, agus 's iomadh fear a rachadh do'n spliùcan nach d' thugadh mòran às.

Ach, co dhiu, chunnaic na gillean nach robh feum ann a bhi feuchainn ris a' chluich ud. Thubhairt fear-eigin, "Mur a dean e latha buana ni e latha chnuap chnò," mur a dean i oidhche camanachd ni i oidhche céilidh. "Gu Cailleach-nan-sop," arsa fear eile, agus mar gu 'm b' ann g' an greasad thug a chlach-mheallain

fead mu na cluasan aca, 's a mach a ghabh iad, an darna
fear a deanadh a dhìchcall gus a bhi air thoiseach air an
fhear eile, agus am fear a chailleadh a chasan, cha robh
dha ach a bhi g' am faotainn mar a b' fheàrr a b' urr-
ainn dha. Thàinig triùir no cheathrar dhiubh dh'
ionnsuidh dorus Cailleach-nan-sop cearta còmhla, agus
anns an strìth dh' fheuch iad co bhitheadh a stigh an
toiseach. Ghreimich iad ann an càch a chéile agus am
fear a bha air thoiseach 's ann an comhair a chùil a
bha e dol a steach, agus anns an dòigh sin cha mhòr
nach do shaltair e air òrdagan Chaluim mhòir is e 'n a
shuidhe g' a gharadh ri teinne mòr mòna. "Air d' ath-
ais, a chladhaire," arsa Calum, "an e sin an dòigh gu
tighinn a steach do thigh neach sam bith?" 'us thug e
smùid do bhata do 'n bhalach mu na luirgcinean.
"Tha," ars' esan, "an Grioglachan * a call a chùrsa aon
oidhche deug roimh Nollaig Mhòr, agus 's e sin a nochd,
agus tha e mar àirde na gealaich do gach amadan 's an
dùthaich. Bha Pàruig amadan a stigh 'n a shuidhe air
furm beag agus thug e an cinnichdeadh ud air fhéin
agus ars' esan, "Chunnaic sinn tuilleadh 's an Griog-
lachan a cail an cùrsa roimh Nollaig Mhòir, agus gu
seachd sònraichte roimh Nollaig bhig." Thachair gu'n
deachaidh Calum Mòr uair-eigin o chionn fhada a dh'
iarraidh uisge-beatha na Nollaig do Thigh na Tiùrr a
bha sè mìle bh' uaithe. Lìon e am pige, agus lìon e a
bhrù. An uair a thàinig an oidhche 's a dh' fheuch e
ri dol dachaidh, an àite aghaidh a thoirt an rathad a bu
chòir dha 's ann a thionndaidh e calg dhìreach an rath-
ad eile, agus fhuaradh an là-'r-na-mhàireach e ann am

* The seven star constellation.

poll mòna, còig mìle deas air Tigh 'na Tiùrr, ged a bha dhachaidh sè mìle tuath air an tigh sin ; agus a h-uile deuchainn troimh an d' thàinig e—'us feumaidh gu 'n d' thàinig e troimh mhòran—lean e riamh ris a' phige.

Coma co dhiu, 'n uair a ràinig na gillean bha mòran eile romhpa. Fir agus mnathan air chéilidh le Anna Nighean Fhearchair—b' e sin ainm Cailleach-nan-sop 'n a tigh fhéin. Fhuair na gillean suidhe air fad ach a h-aon, agus thuirt bean an tighe ris falbh a sìos do 'n chùil-mhòna agus ultach do na fóidean a thoirt a nuas agus e a dheanamh àite suidhe dha féin orra.

"Na h-iarr an tràigh ri muir làn agus am maorach a stigh agad," arsa Pàruig amadan. "Thoir a nuas an cliabh agus cuir a bheul fodha—ni e àite-suidhe is fheàrr na ni na fóidean mòna."

Thòisich an sin na sgeulachdan, na toimhseagain agus na h-òrain, 's a h-uile fear aig nach rachadh air aon dhiubh sud a thoirt seachad rachadh a chur a mach mur gealladh e cliabh mòna a thoirt dhachaidh do Chaill- each-nan-sop an là-'r-na-mhàireach. Chaidh croinn a chur feuch co air a thigeadh a cheud rud a thoirt seach- ad. Agus an uair a bhitheadh esan réidh dh' fhaodadh e glaodhaich air an neach a thogradh e. Thàinig an crann air a' bhalach a thàinig a stigh an comhair a chùil. "Ciod a bheir thu seachad?" arsa fear-eigin. Toimh- seagan, thuirt esan. A mach leis mata.

Chaidh duine mòr ann am bogadh,
Eadar bhrògan 'us bhoineid,
Fhuair iad mòran g' a thogail
A bogalach mòna.

Dh' éirich Callum mòr 'na sheasamh agus gréum aig air ceann caol a' bhata, agus a shùil air a' bhalach a thug an toimhseagan seachad, agus ars' esan "cuiridh mi na fiaclan a sìos air srath do ghoile."

"Suidh, suidh, a Chalum," arsa Dòmhnull Mac Eòghain, na cuir a mach air na balaich agus d' obair earraich romhad." Shuidh Calum mar a bh' aige.

"Tich, hich, hich, hi," arsa Pàruig amadan, "'s e sin toimhseagan is feàrr a chuala mi riamh." "'S obair latha tòiseachadh," arsa bean an tighe. "So a Dhòmh-nuill Mhic Eòghain, tha sinn a' feitheamh ort." "Tha mi cinnteach," arsa Dòmhnull, "gu 'n cuala sibh an rann,

> 'S truagh nach faicinn Caisteal Dhubhairt,
>   'S e 'n a spruthan anns a' ghrunnd,
> 'S truagh nach faicinn Caisteal Arois,
>   'S e g' a chàradh suas ás ùr."

"Bha na Dòmhnullaich ann an Caisteal Arois, agus Clann 'Illeathain ann an Caisteal Dhubhairt, agus 's iom-adh batailt fada, fuilteach a bha eadar an dà chinneadh, mar a thubhairt iad e,—"Cha 'n 'eil rudha air eilein Mhuile nach do dh' òl de dh' fhuil nan Leathanach." Mu théid a h-aon agaibh gu bràth thar Màm na Croise agus gu 'n tearuinn sibh le Dìnseag, 's a nunn fo 'n Ghearna, na 'm biodh fios agaibh c' àit' an rachadh sibh a shealltuinn air a son, chitheadh sibh an sin Leac-nan-arm, agus na làraichean innte gus an latha 'n diugh far an robh na Dòmhnullaich a' geurachadh nan lann air a' mhaduinn ud mu 'n d' thugadh Blàr Leac-a-lìth. 'S e an Ridire ruadh a bha air ceann nan Dòmhnullach an

latha bha 'n sud. Bha fear do Chlann 'Illeathain ann
an camp nan Dòmhnullach a bha air falbh bho chuid-
eachd fhéin air son aobhar air chor-eigin, agus mhoth-
aich an Ridire gu 'n robh e glé throm-inntinneach air a'
mhaduinn ud, agus thòisich e air sgallais air.

"Tha duilichinn ort," ars' an Ridire, "a bhi 'dol a
dhòrtadh fuil do luchd cinnidh an diugh." "'S aotrom
duilichinn na maduinn seach duilichinn na h-oidhche,"
arsa Mac 'Illeathain. "Dhiù do bhruadar 's bheir sinn
brìgh às, 's cha chuir e beul sìos air Clann Dòmhnuill,"
ars' an Ridire. Ach cha robh am fear eile air son sud
a dheanamh, ach cha 'n fhaoidte diùltadh.

"Chunnaic mi arsa Mac 'Illeathain gu 'n robh mi 'n
am shìneadh air an tulman uaine ud shuas, agus thàinig
seann duine liath agus chuir e an cagar so ann am
chluais—

A leaca sin 's a Leac-a-lìth,
'S ann ort a bheircar an dìth,
Clann 'Illeathain a bheir buaidh,
Air an t-sluagh a thig o thìr,
An Gearna sin 's an Gearna dubh,
'S ann ort a dhòirtear an fhuil,
Thig an ceann do 'n Ridire ruadh.
Mu 'n téid an claidheamh 's an truaill an diugh.

Tha cuid a their riut nach fac' e 'm bruadar idir, ach
co aige is urrainn fios a bhi air a sin. Thachair a h-uile
rud air a réir. Cha deach an latha ud le Clann Dòmh-
nuill, ged a chaidh an latha air am bheil Iain Lom ag
iomradh leotha. Sin agaibh mo naigheachd-sa a chlann,
agus cuiridh mi seachad Struileag * gu Iric Nic Chal-
uinn. "So a nis Irig, bheir sibh dhuinn sgeulachd air

See Note end of Reading.

Eòghan a' Chinn Bhig." B' ann do shliochd Eòghain a
bha Iric i fhéin agus thòisich i a chearta cho sòluimte
's ged a bhiodh i dol a sheinn Laoidh Mhic Eallair.

"Thachair," ars' ise, "air an fheasgar mu 'n d' thug-
adh Blàr a' Chnocain, gu 'n robh an ceann-cinnidh, b' e
sin Eòghan a mach air feadh a chuid dhaoine agus bha
e 'tighinn dhachaidh gu math anamoch gu 'Chaisteal a
bha air Loch-sguabain, agus 'n uair a ràinig e beul-àth
uillt air am feumadh e dol thairis, chunnaic e boirionn-
ach thall mu 'choinneamh air an taobh eile agus i posd-
adh agus a nigheadh aodaich le slachdan. Dh' aithnich
e gu math gur h-i 'bhean-shìth bh' ann, a chionn bha a
dà chìch thar a guaillean air a cùlthaobh 'n uair a chrom
i anns an allt. Chuir e 'n spuir ris an each 's ghabh e
thairis, 's an uair a fhuair e air an taobh thall leum e
dheth. A nis tha mi cinnteach gu 'n cuala sibh briath-
ran an t-seanar a tha 'g ràdh—

> Am fear a dh' òlas bainne á broilleach bean-shìth,
> Is sìth anns gach cogadh dha,
> Athailt a chlaidheamh ged a chì,
> 'S luath a lionas an lot.

Dh' iarr Eòbhan oirre bainne thoirt dha ás a broill-
each, ach dhiùlt i sud dha agus leum e 'n sin a rithist
'n a dhiolaid agus chuir e 'n spuir ris an each ruadh,
ach stad e 's thionndaidh e mu 'n cuairt, agus thubh-
airt e—

> Bho 'n a dhiùlt thu dhomh na dh' iarr,
> B' aotrom m' iarrtas, 's cha bu trom,
> Innis dhomh o 'n 's aithne dhuit,
> Cia mar théid a' chluich so leam?

Fhreagair a' bhean-shìth mar so—

> Am màireach, mu ghabhas tu beachd,
>   'S do chuid ghaisgeach 's iad ri d' thaobh,
> A' suidhe sìos a gabhail bìdh,
>   Bheirear dhuit gach ni le aoidh,
> Aran 'us sithionn gun dìth,
>   'S gach ni 'us prìseala na d' stòr,
> 'S mar do mhiann théid leat gach ni,
>   Mu 'chuireas i 'n t-ìm air a' bhòrd.

Ach cha do chuir Nighean Mhic Dhùghaill Dhuibh á Dunolla an t-ìm air a' bhòrd, 's bha bhlàth 's a' bhuil, chaill esan a cheann, agus eadar sin agus so tha e air fhaicinn 's a' cholunn gun cheann, a marcachd air an each uaine. Tha sin cho fìor 's a tha sibh ann an sin. Chunnaic mise gu leòir a chunnaic e, mo sheanair fhéin air a h-aon. Ach cuiridh mi bh' uam Struileag an dràsd gu Alasdair Mac Mhòirein.

Thug Alasdair a phìob thombaca ás a bheul agus bha e g' a dinneadh ann am pòca na peiteig, agus ars' esan, "Ma ta, chuala agus chunnaic mise Eòghan a' Chinn Bhig." "Bidh cuimhne agaibh-se Eachain" ars' esan. 's e tionndadh ri seann duine bha stigh, "bidh cuimhne agaibh-se air Cailleach a' Ghoirtein." "B'i sin màthair-chéile Chaluim Bhàin," ars' Eachunn. "A cheart té," ars' Alasdair, "agus bha càirdeas fada mach aice ri m' athair. 'S ann an tigh Chaluim Bhàin a chuir i seach-ad a làithean deireannach, agus an uair a shiubhail i, cha robh mi ach am bhalach; ach tha cuimhne agam air cho math 's a tha agam air an raoir. Bha sinn a' gabh-ail ar dinneir ri solus a' chrùisgein 'n uair a thàinig fios air m' athair e a dhol a sìos g' a caithris. Thubhairt

mo mhàthair, (cadal sàmhach dhi) car ann am fealladha,
"'s ann do shìol Lochbuidhe a bha Mòr, 's tha mi
cinnteach gu 'm bi Eòghan a' gabhail sgrìob mu'n cuairt
a nochd." Thug m'athair sùil mhi-chiadach oirre 's
thubhairt e nach bu chòir dhi bhi ri 'leithid sud do
sheanchas mu choinneamh na cloinne. Ach 'n uair bha
e deas gu falbh thubhairt e rium-sa gu 'm feumainn
falbh còmhla ris, cha 'n 'eil mi 'cur nam breug air 's e
'cnàmh 's an ùir, ach tha mi làn chinnteach mar a h-
abradh mo mhàthair na facail ud a thug Eòghan 'n a
chuimhne nach bitheadh mo chuideachd a dhìth air,
ach co dhiu, dh' fhalbh mise còmhla ris agus cha b' ann
am dheòin, ach cha robh a chridh' agam diùltadh. Bha
làn an tighe do dhaoine stigh 'n uair a ràinig sinn agus
bha 'n t-slige-chreachain g'a cur mu 'n cuairt gu math
tric, ged nach d' thàinig i am rathad-sa ach an aon uair,
ach cha b' ann aig an fhear a bha riarachadh a bha
'choire sin. Cha 'n fhuilgeadh m' athair dha deur tuill-
eadh a thoirt dhomh. B' e sud a' cheud uair a bha mi
riamh ann an aon tigh ri neach marbh, agus cha robh
m' inntinn idir socrach. Cha robh carbsa mhòr sam
bith agam anns a' chaillich nach faodadh i tighinn a
nuas bhar a' bhùird a bha 'n sud, agus thug mi orm
fhéin a chreidsinn uair no dhà gu 'n d' rinn i seòrsa
gluasad. Ach mu mheadhon oidhche, chuala sinn an
aon sgread 's a nuallanaich a b' oillteile a chuala duine
riamh, a null 's a nall air beulthaobh an tighe, agus ge
b'e rud a bh' ann a' slaodadh slabhruidhean iaruinn a
glingeardaich ás a dhéigh. Ma bha casan an eich aig
Eòghan cho trom ri sud tha eagal orm nach seasadh e
air bàrr a' ghaoisein fhraoich gun a lùbadh, mar a

their cuid ruinn a chunnaic e a dheanadh e. Chaidh
mise air chrith. Thug mi sùil air an eislinn agus bheir-
inn mo bhòid gu 'n d' thug a' chailleach aon leum aisde,
agus bha mi cinnteach gu 'm biodh an ath leum air an
ùrlar. Ghabh mi nunn air cùlthaobh m' athar agus
thubhairt e 's e breith air làimh orm, na gabh eagal
idir, ach 's gann a chreideas mi gu 'n robh e fhéin fal-
amh dheth. Bha Dòmhnull dubh, bràthair fir an
tighe, 'n a shuidhe taobh an teine 's e 'dol 'n a chadal,
dh' éirich e agus ghabh e sìos a chatha. " A Dhòmh-
nuill," arsa fear do na bha stigh, "seachain an t-olc fad
's a sheachnas e thu." Ach ghabh Dòmhnull a mach a
toirt leis ceipe o chùl an dòruis, agus cha robh e fada
mach an uair a thill e agus Eòghan air amhaich aige.
A nis mar a bhios cuimhne agaibh-se Eachainn bhiodh
daonnan gàradh math càil aig Callum Bàn, agus air a'
bhliadhna bh' ann an sud bha polag bhuntata aig anns
a' ghàradh agus thòisich na radain air dol do 'n pholaig,
agus chaidh Calum gu ruige Tigh na coille a dh' iarr-
aidh coingheal do thrap, feuch am beireadh e air na
radain. Ach thug té do na searbhantan dha trap mhòr
eun ann an àite trap radan agus cha robh fios aig
Calum fhéin air na b' fheàrr, ach dh' fhaodadh e bhi
cur na trap gus am biodh e sgìth cha rachadh an radan
g' a còir. Ach air an oidhche ud, agus tha mi cinnt-
each nach b' e 'chiad uair, thàinig maigheach a dh' ith-
eadh a' chàil aig Calum, agus a réir coslais 'n uair a
fhuair i a leòir thòisich i air sealltuinn mu 'n cuairt
oirre agus chaidh i anns an trap anns nach rachadh an
radan. Thug e aon smùid do 'n chaibe bh' aig Dòmh-
null dubh oirre nach itheadh i tuilleadh càil agus mar

a biodh do mhisnich aige 'na chaidh a mach agus gu 'n
d' fhuair e a mhaigheach air falbh mu 'n d' thàinig an
latha, cha robh duine fo na sparraibh ud a chreideadh
nach cual iad Eòghan a' Chinn Bhig. Cuir seachad
Struileag. Co thuige an dràsd i? So a Sheumas thoir
dhuinn rud-eigin.

"Cha 'n 'eil rann no sgeulachd agamsa," ars' a
Seumas. "Taobh a mach an tighe air neo cliabh mòna
air do dhroll am màireach" "Bheir mise dhachaidh
cliabh mòna do bhean an tighe, 's mi bheir gu dearbh."
"Ma ta, cha b' e cheud uair," arsa bean an tighe. Cha
chreid mi nach cuir sinn Struileag air a h-ais gu Dòmh-
null Mac Eòghain." "An ann a rithist," arsa Dòmh-
null, "togaidh sinn am màl a chum 's gu 'm faigh an
neach a dh' fheumas dà naigheachd innseadh cliabh
mòna cho math ri bean an tighe fhéin. Bha uair-eigin
de 'n t-saoghal, agus feumaidh gur fada bh' uaithe,
'n uair nach robh bàta idir no nì coltach rithe ann an
eilein Mhuile, agus ged a bha iad a' faicinn saoghal eile
mar a thubhairt iad fhéin, air gach taobh dhiubh, cha
robh dòigh ac' air dol a shealltuinn gu dé 'bu choslas
dhoibh. Ach air latha do na làithean chunnaic iad rud-
eigin a tighinn a stigh gu cladach Chàrsaig. Bha e
coltach ri each air snàmh agus craobh air a stobadh 'na
dhruim, agus an uair a thàinig an rud ud gu tìr, leum
duine mach as a bhroinn. Chruinnich muinntir an àite
mu 'n cuairt air le urrad do dh' ioghnadh 's ged a thig-
eadh e o na rionnagan. Agus 's e an long a bh' aig a'
mharaiche a bh' ann a sud, cliabh air fhigheadh do
shlatan seilich agus seicheannan mhart air am fuaghal
tiomchioll air. Bha geug leamhain agus luachair air a

tigheadh mu na meanglain aice a' deanamh àite siùil
dha. Bha bolg do mhin eòrna, bolg do chnothan
calltuinn agus searrag uisge aige anns a' bhàta bha sud,
agus thug iad am Boicionnach mar ainm air. Goirid
ás a dhéigh sin thàinig a bhràthair car anns a' cheart
dòigh air tìr aig Ceann Lochspeilbh, agus thug iad an
Craicionnach mar ainm air san, agus sin agaibh am Boic-
ionnach 's an Craicionnach. Tha mi cinnteach gu 'n
cuala sibh iomradh roimhe orra. B' iad sud na ceud
dhaoine a dh' ionnsaich do mhuinntir an àite so mar a
dheanadh iad càise. Rachadh aca fhéin air im a dhean-
adh, ach cha 'n fhac iad càise riamh gus a sud. Ach
thug am Boicionnach am biuthan * á rumaich an amair,
's rinn e 'm bainne 'n a ghruth.

Ach 's iomadh ni feumail eile a dh' ionnsaich na
daoine a bh' ann a sud do mhuinntir an àite. B'e aon
dhiubh sud gu sònraichte togail bhàtaichean. Thog iad
aon té ris an abradh iad " Iarach na sia ràmh." Fhuair
iad sgiobadh 's thug iad gu marachd orra letha sud.
Bha iad a' faicinn Dhiùra thall mu 'n coinneamh agus
smaoinich iad gu 'n rachadh iad a nunn a shealltuinn
dé ghnè dhaoine bha chòmhnuidh ann. 'N uair a
chunnaic muinntir Dhiùra am bàta 'tighinn gu tìr,
theich iad o 'n chladach, ach 'n uair a chunnaic iad
daoine 'leum a mach aisde, thill iad a rithist agus chuir
iad an ruaig air na coigrich, 's thug iad am bàta orra
cho luath 's a b' urrainn dhoibh. Ach ged nach deach-
aidh an oidhirp ud leò, cha robh iad a dol a thilleadh
air a' cheud chamadh corraig. Stiùir iad air Scarba 's

* A well-known herb.

cha robh duine an sud a chuir grabadh orra gu dol air
tìr. Ach mar an robh daoine ann bha gu leòir do
ghabhair ann. Fhuair iad seòl air na gabhair a chròdh-
adh agus a bhleodhan, agus thill iad dhachaidh ann an
ùine nach robh fada, agus Iarach na sia ràmh luchd-
aichte le càise ghabhar. Tacan ás a dhéigh sud
chuir iad gu muir a rithist, agus stiùir iad air Colasa,
ach rinn na Colasaich mar a rinn na Diùraich. Cha
leigeadh iad air tìr idir iad, ach ghabh iad 'n am bad
agus cha mhòr nach do chuir iad na sùilean ásda leis a'
ghainneamh. Cha robh dhoibh ach a' mhuir a thoirt
orra rithist, agus leag iad a cùrsa air Ile, agus mar a
bha am fortan fàbharach thàinig iad gu cladach Ile an
déigh do 'n oidhche dorchadh, agus fhuair iad air tìr
gun neach a chur dragh orra. Thòisich iad air seallt-
uinn mu 'n cuairt orra, feuch ciod a chitheadh iad, agus
thachair duine agus cù orra a bha 'faire a' bharra.
Bhruidhinn am Boicionnach ris ach 's e 'cheud fhreag-
airt a thug an duine air—

> 'S neònach do bhruidhinn a dhuine,
> Mu rugadh thu 's an eilein ghorm ;

Ciod e do thuras an so ?

Fhreagair am Boicionnach agus thubhairt e "'s e mo
thuras an so, a thoirt seachad na bheil agam, nach 'eil
agad, agus a dh' iarraidh na bheil agad, nach 'eil agam."
Fhuair iad na h-Ilich car mar bha na Muilich. Rach-
adh aca air ìm a dheanadh, ach cha 'n fhac' iad riamh
càise. Dh' fhuirich iad ann an Ile fad latha 's bliadhna,
agus anns an ùine sin thog iad seachd bàtaichean a dh'
fhàg iad aig muinntir an àite. Fhuair am Boicionnach

bean ann an Ile agus thug e leis i ann an Iarach na sia
ràmh, i fhéin 'sa chuid ghillean air maduinn bhòidheach
shàmhraidh, a' stiùradh anns an àirde tuath. Chaidh
dhoibh gu math air an turas gus an d' thàinig an oidh-
che orra, agus leis an oidhche thàinig an ceò, ach chum
iad air iomram, 's gun fios aca c' àit' an robh iad a' dol,
agus mu 'm fac' iad bogha, no rochd, no coslas fearainn,
ruith Iarach na sia ràmh fad a droma air gainneamh
mhìn gheall, agus thàinig duine mòr, nach fhac' iad
riamh a leithid, agus rug e air toiseach a' bhàta agus
shlaod e suas do bhràigh a' chladaich i mu 'n d' fhuair
duine bh' innte leum a mach. Thubhairt bean a' Bhoic-
ionnach, 's i fo mhòr eagal, gu 'n robh an sud an t-eil-
ein uaine air an robh na famhairean 's a bha fo dheas-
aibh, 's nach faigheadh iad às gu bràth. Thug an duine
suas a dh' ionnsuidh a thighe iad, agus bha sin aige,
tigh air an robh coslas tigh duine chòir agus a phailteis.
Dh' iarr e air a nighean deoch a thoirt do na coigrich.
Thug i nuas measair bhainne 'us chuir i air an làr i 'us
dh' fhalbh i fhéin a mach. Ach cha robh triùir anns a'
chuideachd a b' urrainn a' mheasair a thogail. Thill
an nighean air a h-ais, sheall i air a' mheasair agus
air na daoine agus ars' ise—

> Ma chaisg sibh ar n-iota,
> Cha 'n 'eil e 'dhìth air a' mheasair.

Thubhairt iadsan—

> Cha 'n 'eil neach ann a thogas i,
> 'S cha do chleachd sinn cromadh mar bhò.

"Cia d' am buin sibh, 's co ás a thàinig sibh ?" ars' ise.

"Buinnidh sinn do 'n eilein bheannach, 's thàinig sinn o 'n eilein ghorm," ars' iadsan.

"An t-eilein beannach," ars' ise. "Eilein Mhuile, Muile mo ghràidh! Muile nam fear beaga."

Rug i air a' mheasair 'n a làimh chlì agus chum i ris a' chuideachd i, gus an d' òl iad an leòir aisde. Thug iad an sin an aghaidh air a' chladach, agus chuir e ioghnadh mòr orra nach deach grabadh sam bith a chur orra. Bha nis a' ghrian an àirde an adhair, 's cha robh duine beò r'a fhaicinn air an eilein. Thòisich iad air feuchainn ris a' bhàta 'chur a mach, ach cha b' urrainn dhoibh a dheanamh. Bha i air sàthadh anns a' ghainneamh, 's bha cho math dhoibh tòiseachadh air an Roinn Ileach a chuir air phlod, ri Iarach na sia ràmh a chur bhar an eilein uaine. Thachair gu 'n d' rugadh a' bhean so a fhuair am Boicionnach ann an Ile, agus currachd-sonais mu 'ceann. Thug a màthair dhi an currachd 'n uair a dh' fhàg i beannachd aice, agus thubhairt i rithe, i g' a ghleidheadh daonnan air a pearsa, agus, ars' an t-seana bhean,

> Mu bhios thu gu bràth ann an càs,
> Càirich air do cheann e.

Ach ged a thug an nighean leatha an currachd cha b' ann air a pearsa bha i g' a ghiùlan, ach anns a' mhàileid. Ach coma co dhiu, thàinig an currachd-sonais 'na cuimhne, 'n uair a bha i 'n a càs, 's am bàta fo dheis, 's fo chruaidh ghlais aig famhair an eilean uaine. Dh' innis i d'a fear, am Boicionnach, mu dheighinn a' churraichd. 'N uair a chual' esan mar a bha, thug e air a h-uile aon aca dol a stigh do 'n bhàta air tìr tioram mar

a bha i. Thug e air na gillean suidhe aig na ràimh
agus chuir e a bhean 'n a seasamh ann am meadhon a'
bhàta agus an currachd-sonais 'n a dà làimh, agus
anns an t-suidheachadh sin bha i ri cromadh sìos gus
am beanadh meòir a làmh do mheòir a cas, agus bha
i ris a sin a dheanadh seachd uairean. A cheud uair
bha i ris a churrachd a thogail suas gu 'h-uchd, an dara
uair gu 'muineal, an treas uair gu 'smig, an ceath-
ramh uair gu 'beul, an còigeamh uair gu 'sùilean, an
seathamh uair gu 'mala, 's an seachdamh uair gu mull-
ach a cinn. Cho luath 's a chuir a' bhean an currachd-
sonais air a ceann bha Iarach na sia ràimh air bhàrr
nan tonn, agus dh' fhalbh an t-eilean uaine cho luath
's cho iongantach ás an t-sealladh 's a thàinig e ann.

Bha iad a nis air am fàgail air druim a' chuain 's gun
fearann r' a fhaicinn air aon taobh no taobh eile dhiubh,
agus an t-anamoch a' tighinn. Dh' fharraid iad do 'n
Bhoicionnach ciod an taobh a chumadh iad toiseach a'
bhàta. Thubhairt esan, 'cuiribh gu asdar i 's leanaibh
an eunlaidh, tha iad ag iarraidh nan creag.' Bha eòin
na mara a' gabhail mu thàmh agus ghabh am Boicionn-
ach an cùrsa mar a chairt-iùil gu caladh. Bha fiath
nan eun air aodan a' chuain, agus dh' iomair iad fad na
h-oidhche gun stad. 'N uair a thàinig glasadh an latha
thubhairt an Craicionnach, 's e 'n a shuidhe ann an tois-
each a' bhàta, ris a' Bhoicionnach, a bha 'n a shuidhe na
deireadh, 'ciod iad na torran a tha 'n sud.' Thubhairt
am fear eile gu 'm b' e na torran iad ''s cha 'n 'eil feur
air am mullach.' Sin agaibh mar a chaidh an t-ainm a
thoirt air na 'Torrainnean.' Thàinig rannt do ghaoth
'n iar orra, 's cha b' fhada gus am fac' iad fearann. Tha

coltach leam, arsa Calum iasgair, gu'n robh an Réibheir*
a' cur nam both dheth 's an àm sin mar a bhios e an
diugh fhéin. Ach co dhiu, arsa Dòmhnull, bha 'ghaoth
a séideadh gu fuasach agus iad a' tighinn air cladach
doirbh gun gheobha, gun tràigh r'a fhaicinn, air an tug-
adh iad am bàta sàbhailte air tìr. Ach 'n uair a shaoil
iad gu'n robh iad a' dol a bhi air an tilgeadh air aodan
nan stalla, chunnaic iad beallach fosgailte ann an aodan
na creige nach robh ni bu leithne na cachaileith gàr-
aidh, agus ruith iad a stigh ann agus sruth 'us soirbheas
g' an cur na 'n leum. Ach mu 'n d' fhuair iad na ràimh
a thilgeadh ás na pudagan, chaidh na ràimh a chur na'n
dà leth.   Fhuair iad air tìr sàbhailte, agus thug iad
' Caolas-bhriste-ràmh ' air an àite mar ainm.

Chuunaic mi an t-àite, arsa Calum iasgair, a bhliadh-
na bha 'n sgadan a'm Polltairbh.

Ach co dhiu, arsa Dòmhnull, ged a bha iad air tìr
tioram, gus an deachaidh innseadh dhoibh, cha robh
fhios aca gu 'n robh fearann Mhuile fo 'n casan, ni a
tha 'nochdadh gu soilleir, nach robh daoine cleachdadh
a bhi 'dol fada o 'n bhaile anns na tiomannan a bh'ann
a sud, agus bhiodh na daoine gaisgeil, cliùiteach ud beò
gus an latha 'n diugh, mar a bhith gu 'n do shiubhail
iad. Cuiridh mise Struileag a nis gu Anna Nic Nèill."

"Ma ta," ars' Anna, "chuala mise aig mo sheana-
mhàthair, 's cha b' e sin beul nam breug, gu 'n robh anns
a' bhaile 's an d' rugadh, 'us anns an do thogadh i, dà
phiuthair a bh' air am fàgail na 'n dìlleachdain.   Bha
iad a' fuireach còmhla ann an tigh leotha féin.   B' e

* Aon do bhoghachan nan Torrainnean.

ainm na té bu shine Ealasaid odhar, agus b' e ainm na
té b' òige Mairearad bhòidheach. Thòisich e air a bhi
air a sheanachas gu 'n robh leannan-sìth aig Mairearad,
agus fhuair a piuthar a mach, an déigh iomadh geall-
adh a thoirt nach innseadh i gu bràth e, gu 'n robh an
leannan-sìth da rìreabh ann; ach cha do chum Ealasaid
na geallaidhean ged bu mhath air an toirt seachad i.
Faodaidh, ars' ise, gu 'n d' thig do dhiùrais a mach air
mo ghlùn, ach air mo bheul cha d' thig gu bràth. Ach
co dhiubh fhuair Ealasaid an diùrais, ged nach b' fhada
ghléidh i e. Dh' innis i do dh' òganaich a' bhaile e,
agus chuir iadsan an comhairle ri seann duine bh' anns
an àite, agus dh' innis esan dhoibh mar a rachadh iad
mu 'n cuairt air a ghnothach gus an t-sithiche a thoirt
fo smachd. Chuir iad faire air an tigh, agus 'n uair a
fhuair iad a stigh e chuartaich iad e, agus thug iad
droch ghiollachd agus tàir uamhasach dha, a thug air
nach do thill e gu bràth tuillidh. 'N uair a chunnaic
Mairearad bhòidheach gu 'n robh i air a brath, cha robh
latha sona riamh tuilleadh aice air uachdar an t-saogh-
ail so. Thréig i a dachaidh gu buileach agus thug i
uaigneas nan gleann 's nan coilltean oirre, far am bu
tric a chluinneadh na buachaillean an àm tional an
treud, ann an ceò an anamoich, a ciùchran mulladach
bròin agus a crònan tiamhaidh, 's i ann an uamhachan
na 'n creag, 's i seinn—

Tha suthag * mo mhàthar gu fàs, falamh, fuar,
   Tha m' athair thug luaidh dhomh 'n a shuain fo 'n lic,
Gun daoine, gun duine, na raoin tha mi siubhal,
   'S gun 'san t-saoghal do m' chuideachd ach piuthar gun iochd.

* Cathair a bh' air a figheadh le luachair.

Dh'iarr thusa 's thug mise do mheud mo thoiliuntinn,
    'S mi gun neach a bu dìllse do 'n innsinn mo rùn,
Ach dh' ionnsaich mi féin, 's thug e snith' air mo leursainn,
    Gur luaithe thig sgeul bho 'n bheul no bho 'n ghlùn.

Air uairean eile rachadh i air a h-aghaidh le guidh-eachan fiadhaich, feargach an aghaidh clann nan daoine gu léir, agus gu sònraichte an aghaidh a peathar fhéin air an dòigh so—

'N an na chinn 's na chuir thu ùigh,
    'N an na luidh an driùchd a d' lios,
'N an na robh á d' bhothan smùid,
    Ann an dùmhlachd crutha* 'n crios.

Gu 'n robh a' chnuimheag ann ad stòr,
    'S an leòmunn fo bhòrd do chist,
'S ma tha cumhachd anns an t-sìth,
    Dìolar ged b' ann air do shliochd.

Ach co dhiu, phòs Ealasaid odhar, odhar 's mar a bha i, agus bha mac aice ris an abradh iad Torcall donn.

Torcall donn a dhìreadh sròn,
    'S a bheireadh an ròn bhar nan stuadh,
Bu sgaiteach do chorran a' d' dhòrn,
    Dheanadh do dhà dhlòth làn sguab.

Cha robh buanaiche 's an tìr a bheireadh leis taobh an iomaire 's a chumadh ri Torcall donn. Thachair air bliadhna shònraichte a bh' ann a' sud anns an fhoghar 'n uair a thàinig geallach mhòr an abachaidh mu 'n cuairt gu 'n robh gruagach air a faicinn a' tighinn a

---

* Sean-fhacal, " Faoilleach, faoilleach, crutha 'n crios."

mach á càrn mòr air taobh eile na dùthcha, agus thug
iad Gruagach a' Chùirn mar ainm oirre. Thigeadh i
mach ris a' gheallaich agus ghabhadh i do 'n achadh
bhuana, agus dh' fhàgadh i obair seachdnar 'n a luidhe
air na bannaibh, do 'n choirce bhadach, bhuidhe, mu 'n
tigeadh bristeadh na fàire. Thachair gu 'n robh Torcall
donn a mach air chéilidh aon oidhche, agus bha e ana-
moch gun tighinn dhachaidh; bha e an uair sin eadar
oidhche 's latha, mar a thuirt an sean-fhacal,—

> An uair sin eadar oidhche 's lò
> Anns am bu chòir dhuit a bhi 'steach,
> 'S cumhachd nach 'eil anns an fheòil,
> A' tagairt còir air na tha mach.

Ach 's e bh' ann gu 'm faca Torcall donn Gruagach a'
Chùirn 'n a achadh fhéin, agus chuir e ioghnadh fuasach
air, a chionn chual' e gu 'm fac' iad i air an oidhche
roimhe sud cho math ri fichead mìle o 'n àite. 'N uair
a thàinig e am fagus dhi chunnaic e nach robh i a toirt
leatha ach aon taobh do 'n iomaire, mur gu 'm biodh
fiughair aice ri companach a thighinn air an taobh eile.
Fhuair Torcall a chorran agus thòisich e às a déigh,
ach buaineadh Torcall mar a thogradh e, bha a' Ghruag-
ach g' a fhàgail fad às a déigh, gus mu dheireadh an do
ghlaodh e mach,

> ESAN.—A Ghruagach a' Chùirn,
> Fuirich rium, fuirich rium.

> ISE.—A fhleasgaich 'chùil duinn,
> Beir orm, beir orm.

> ESAN.—Mhùchadh a' ghealach fo neul,
> Fuirich rium, fuirich rium.

Ise.—Tha mise gun solus ach i,
　　Beir orm, beir orm.

Esan.—B' fheàirrde mo chorran-sa 'chlach,
　　Fuirich rium, fuirich rium.

Ise.—Cha gheàrr mo chorran-sa 'n cneamh,
　　Beir orm, beir orm.

Esan.—Le buain an là-dé tha mi sgìth,
　　Fuirich rium, fuirich rium.

Ise.—Màm-nan-leac-cas, dhìrich mi,
　　Beir orm, beir orm.

Ach lean iad air buain gus an do bhuain iad an t-ach-
adh uile, agus bha obair sheachd latha do na seachd
corrain air. 'N uair a bha a' Ghruagach ullamh do leth
an iomaire mu dheireadh, sheas i aig a' cheann gus an
d' thàinig Torcall a nuas far an robh i, agus thubhairt
esan 's an dlòth mu dheireadh 'n a làimh agus e tarr-
uing a' chorrain le sgutadh a dhol a thoirt a mach na
Maighdeann bhuana :—

　　Chuir thu 'Chailleach fada bh' uam—
　　Cha b' e mo ghruaim a thoill thu.

Ise.—Is anabuich air oidhche Luain,
　　Dol a bhuain Maighdinn.

Ach thuit Torcall donn, a chorran anns an darna
làimh agus a' Mhaighdean-bhuana anns an làimh eile, 'us
chuir e mach fuil a chridhe air ceann an iomaire, 's cha
'n fhacas Gruagach a' Chùirn riamh tuilleadh. A nis,
ars' Anna, cuiridh mise Struileag thugad-sa a Phàruig,

'us i 'sealltainn air Pàruig amadan, 's e 'n a shuidhe mu
'coinneamh air taobh eile an tighe.

Cha 'n fhuirich i fad' agam-sa, arsa Pàruig.

Thuirt an luch 's i anns an toll,
Dé do naigheachd a' chait ghlais?

An Cat.—Càirdeas 'us comunn, 'us gaol,
Faodaidh thusa tigh'n a mach.

An Luch.—'S eòlach mi mu 'n dubhan chrom
Tha agad ann am bonn do chas,
Mharbh thu mo phiùthrag an dé,
'S chaidh mi féin air éiginn às.

An Cat.—O, cha mhise 'bha sin idir,
Ach cat glas nigh'n Dhòmhnuill ruaidh,
Giomanach a' bhail' ud shuas,
'S àbhaist dha bhi ruagadh chearc,
Bheireadh e 'n fheòil às a' chliabh,
Bheireadh e 'n t-iasg bhar na slait,
Bheireadh e 'n t-sùil às an ian,
'S bheireadh e 'm bian bhar na neas.

An Luch.—Tha giomanach nigh'n Dòmhnuill ruaidh,
A cheart cho uasal 's a tha càch,
Ach dh' ionnsaich mise beagan gliocais,
'S fuirichidh mi 'nis mar tha.

Cuiridh mise Struileag gu Sìne.

Dh' fhaodadh i dol gu caladh bu mheasa, arsa bean
an tighe. So a Shìne, tha sinn a' feitheamh ort. Ma ta
arsa Sìne, chuala mise aig mo mhàthair—cadal sàmhach

dhith—gu 'n robh cuimhne aice fhéin air boirionnach a bh' anns an aon bhaile rithe ris an abradh iad Anna nan Cnoc. Bha do dhroch cumhachd aig Anna, na chuireadh i fhéin ann an riochd ainmhidh an t-sléibhe. Bha duine anns a' bhaile agus chaidh e mach a shealg-aireachd le gunna air maduinn mhoich. Chunnaic e maigheach mhòr a stigh anns an todhar a measg an treud, 's an uair a mhothaich i dha, dh' fhàg i 'n todhar, 's thug i ri bruthach oirre. Chàirich e 'n gunna rithe, 's thuit i air an raon lom mu choinneamh a shùl, ach 'n uair a ràinig e far an do thuit i cha robh greim r' a fhaicinn dhith. Ghabh an duine mòran iongantais 'n uair a chunnaic e nach gabhadh a' mhaigheach faot-ainn air an achadh lom, réidh, ach cha do thuig e chùis gu ceart gus an d' thàinig e dhachaidh agus an d' innis iad dha gu 'n robh Anna nan Cnoc 'n a luidhe stigh 's a làmh briste.

'S i cas thoisich na maighich anns an rachadh an ur-chair, arsa Pàruig amadan.

Dìreach sin, arsa Sìne.

Ach na 'm b' ann a'n cas dheiridh na maighich a rachadh an urchair? arsa Pàruig.

Gu 'm biodh cas Anna briste, arsa Sìne.

Ach na 'n rachadh a' chluas a chur de 'n mhaigheach? arsa Pàruig.

Gu 'n rachadh a' chluas a chur bhar Anna.

Ach na 'n rachadh an t-earbull a chur de 'n mhaigh-each? arsa Pàruig.

Ud, tha thu farraid tuilleadh 's a chòir do cheistean a Phàruig, arsa Sìne.

A Shìne, a Shìne, arsa Lachann Bàn, nach 'eil fios

nach 'eil sibh fhéin a' creidsinn a leithid sin do dh'
fhaoineis.

Cha 'n fhaod thusa an creidsinn a Lachainn. arsa
Sìne, o 'n a rinn iad foirfeach dhiot, ach coma leat, co
dhiu tha mise g' an creidsinn no nach 'eil. Cuiridh
mise Struileag gu Uilleam Mac Sheumais.

Ars' Uilleam, "Is mithich dhòmhsa dol a luidhe, arsa
ceann trom." Cuiridh mi Struileag thugad-sa 'Dhòmh-
nuill.

Arsa Dòmhnull, "Gheibh sinn suipeir eile fhathasd,
arsa brùth mhòr."

Cha 'n 'eil ar naigheachdan-sa ach goirid 'illean, arsa
Lachann bàn, ach 's iad a's feàrr no sgeulachdan breug-
ach gun mhath, gun bhrìgh, mu bhuitsichean 's mu
shithichean nach 'eil neach anns am bheil tuigse a'
creidsinn.

A Lachainn, arsa Sìne, am bheil cuimhn' agad air an
oidhch' ud a thàinig ort dol air tòir an dotair? Ciod
air son nach deachaidh thu ann leat fhéin, seach taogh-
al air Sgalag nan Tòrr, 's a chur air a chois
air a' mheadhon-oidhche, 's a thoirt leat còmhla
riut? An e a' chlach 's an t-aol a tha 'n drochaid Allt-
chaomhainn. no 'n tom beithe ann am Beallach-na-
Còmhairc a bha cur eagal ort? Faodaidh thu fhéin 'sam
Minister a bhi mìneachadh 's a leudachadh air spleum-
ais dhaoine, mar a their sibh ris, mar a thogras sibh.
Ma their thu ris a' Mhinisteir gu 'm fac thu fiadh air
an robh cròic iongantach an raoir, their esan nach robh
ann ach duine air an robh ad' àrd, ged nach 'eil mòran
's an àite dhiubh ach an té aige fhéin. Ma their thu
gu 'm fac thu leòmhann, their e nach robh ann ach

luch. Nach robh Dùghall ag innseadh dhomh gu'n do thachair e air an là-roimhe, agus arsa Dùghall ris—

chunnaic mi rud-eigin an raoir, 's mi 'tighinn thar a' mhonaidh.

Ciod e nis a bh' ann an sin a Dhùghaill? ars' am Ministeir.

Bha meall mòr, geal, thall aig Allt-an-Eirionnaich.

Caora! ars' am Ministeir.

Cha 'n i, dh' aithnichinn fhéin caora, arsa Dùghall.

Deàrrsadh na gealaich air lub, ars' am Ministeir 'us thòisich e'n sin le deàrrsadh na gealaich air lub', 's deàrrsadh an luib air lub eile, gus an d' rinn gach deàrrsadh a bh' ann aon mheall geal air meadhon an rathaid mhòir. Cha b' e h-aon do na nithean sin a bh' ann, arsa Dùghall.

Agus ciod e 'n rud a nis a bh' ann? ars' am Ministeir.

Bha, arsa Dùghall, làir bhàn Iain 'Ic Sheumais.

Nach d' thubhairt mi riut gur e rud-eigin mar sin a bh' ann, ars' am Ministeir.

"Sibh fhéin nach d' thubhairt," arsa Dùghall. 'Am measg gach dealbh a tharruing sibh mu 'm choinneamh-sa, cha 'n fhacaidh mi coslas na làir bàine air a h-aon aca.' Ach tha mi cur seachad na h-oidhche oirbh. So 'Dhonnachaidh, cha chuala mi smid às do bheul an nochd.

Mur an cuala cluinnidh, arsa Donnachadh.

Tha 'n oidhche nis air dol seachad,
 'S e dol dhachaidh a's fheudar,
Thoir a nall dhomh mo bhata,
 An cluinn thu, 'Chaluim, dean éiridh,

Chuala mise aig mo sheanair,
 'S cha b' e m' beul a chanadh a bhreug e.
Gur iomadh rud luachmhor a chailleas
 Fear a' chaidil 's na chéilidh,
  'Us biomaid ás, 'us biomaid ás.

------※------

Note.—Struileag was an imaginary boat which was sent from one to another with a rhyme accompanying it. It was never sent to a friend, and no person cared to keep it long, and he that could not make a verse himself, had to get some one else to make one for him, as it could not be passed on by any other means. There is something similar in Islay called " A' bhoineid mhòr."

A' Chrìoch.

AN T-ORANAICHE.

OPINIONS OF THE PRESS.

An t-Oranaiche, (The Gaelic Songster.) Such is the title of the carefully compiled, and tastefully executed volume now before us. The work contains about three hundred Gaelic songs, many of them now printed for the first time. There is much genuine pleasure in scanning the beautifully printed leaves of the *Oranaiche*, for there is not a page on which we do not find some chaste ditty or charming love-song which we had thought lost beyond recall. We find ourselves now lingering over *Mairi Bhan Dhail-an-eas, Duthaich nan craobh,* or *Gaol an t-seoladair,* or pausing to sing a verse or two of *Tha mo run air a' ghille* or *Ille dhuinn chaidh thu 'm dhith.* The songs have been most carefully selected and correctly printed, and the collection is beyond doubt the largest and best ever published. The *Oranaiche* ought to be found in the library of all who love the language, poetry, and music of the Highlands.—*Oban Times.*

The *Oranaiche* is a good book, and contains between 500 and 600 pages, beautifully printed on toned paper. There is not, so far as we have seen, one expression in the work that could give offence to the most delicate. The value of such a book cannot be over-estimated. The cost is so small, and the contents and appearance of the work so excellent, that no true-hearted Gael should be without a copy.—*Highlander.*

We have here before us a copy of the *Oranaiche,* and it gives us much pleasure to commend it very cordially to the attention of our Gaelic readers. That the power of song, so characteristic of the Scottish peasantry of the south, is no less so of the sturdy sons of the north is amply exemplified in the very tasteful and excellent work before us. The measure of the success which has crowned Mr. Sinclair's labours thus far may be judged by a simple look at the list of contents. Any work containing so many favourite lyrics cannot, we think, fail of being very popular among our Celtic friends. So far as outward appearance goes, the work is neat, correct, and well printed, thus reflecting most creditably upon Mr. Sinclair's taste and Gaelic scholarship, and being also a lasting testimony of his patriotism, courage, and enterprise. It is out of sight the best collection of miscellaneous songs in existence, and not only so, but even in point of intrinsic excellence it is worthy to take its place beside the best books of song in any language. Let Highlanders everywhere possess themselves of the work, and we have no fear that any of them will consider our praise in the slightest degree exaggerated. The work consists of 527 pages, exclusive of preface, contents, index, &c., and the price is so low that we are almost tempted to put cheapness down as the only fault which we could suggest in connection with the *Oranaiche.*—*Perthshire Advertiser.*

The *Oranaiche* is one of the best printed Gaelic words we have ever seen, and consists, with a few exceptions, of songs hitherto unpublished. *Scotsman.*

The book is simply and beyond question the best and most complete, as it is the largest, collection of Gaelic popular songs existing. It contains all or nearly all the songs which have stood the test of popularity.—*Donald M'Kinnon, Edinburgh.*

MY DEAR SIR,—Allow me to congratulate you on having got the *Oranaiche* so handsomely off your hands. It is the completest and in every way the best collection of Gaelic poetry that has yet appeared : and the way in which you have managed the matter, in the face of so many difficulties, does you infinite credit —" *ether Lochaber.*"

9 783337 181239